KB243120

종표두

총표두 7
묵필 新무협 판타지 소설

초판 1쇄 찍은 날 § 2005년 10월 27일
초판 1쇄 펴낸 날 § 2005년 11월 7일

지은이 § 묵필
펴낸이 § 서경석

편집장 § 문혜영
편집책임 § 유경화
편집 § 장상수 · 이재권

펴낸곳 § 도서출판 청어람
등록번호 § 제1081-1-89호
등록일자 § 1999. 5. 31
어람번호 § 제2-0732호

주소 § 경기도 부천시 원미구 심곡1동 350-1 남성B/D 3F (우) 420-011
전화 § 032-656-4452 팩스 § 032-656-4453
http://www.chungeoram.com
E-mail § eoram99@chollian.net

ⓒ 묵필, 2004

ISBN 89-5831-799-X 04810
ISBN 89-5505-947-7 (세트)

總鏢頭
Fantastic Oriental Heroes

총표두

묵필 新무협 판타지 소설 **7**
완결

도서출판
청어람

목 차

평여(平輿).

평여는 가구 수가 일만 호(戶)에 달하는 하남성(河南省)에서도 손꼽히는 큰 현(縣)이었다. 뒤로는 천중산(天中山)을 병풍처럼 두르고 있고, 앞으로는 소탕강(小宕江)과 대탕강(大宕江)이 교차해서 흐르고 있다. 풍수로 본 평여는 수(水)의 기운이 강했다. 그런 이유로 소탕강과 대탕강의 수량은 늘 풍부했고, 중원 전역이 가뭄으로 골살을 앓아도 평여현만은 예년에 비해 크게 떨어지지 않는 쌀의 생산량을 자랑했다.

이에 평여현의 삶은 풍족했고, 자연 사람들의 인심 역시 넉넉했다. 세인들의 부러움을 받는 고을이 평여현이었고, 그렇게 평여현은 중원에 제법 알려져 있었다. 이름이 중원에 알려질수록 그곳에 뿌리를 내리고 있는 무림의 문파 역시 세인들의 입에 오르내렸다. 하남(河南) 태을문(太乙門). 전진의 맥을 이었다는 무림의 문파가 그 주인공이었다.

평여현의 외곽. 천중산이 막 시작되는 곳에 태을문이 이백여 년이라는 짧지 않은 역사를 이어오고 있었다. 문도의 수는 대략 백오십여 명. 무공을 모르는 가솔들의 숫자를 모두 합한다 하더라도 그 수가 이백을 넘지 않았다. 단순히 태을문의 규모만을 들여다보면 무림에 수많은 그렇고 그런 중소문파들 중 하나로 생각할 수도 있다. 하지만 태을문에 대해 조금이라도 아는 사람이라면 그런 판단은 하지 않는다.

현기검(眩氣劍) 나진청(羅眞靑). 당대 태을문의 문주인 나진청은 고작 중소문파의 문주의 자리나 맡고 있을 만큼 역량이 낮지 않았다. 이백여 년 전 천하를 호령했던 태을문의 초대 조사인 태을신군(太乙神君) 곽경(郭擎)의 무공을 새롭게 정립했고, 태을문의 무공을 한 단계 새롭게 발전시킨 인물이 바로 당대의 태을문 문주 나진청이었다.

태을신군 이후 쇄락을 거듭해 이류의 문파로 전락한 태을문을 규모는 작지만 명실상부한 일류의 문파로 키워낸 인물이 나진청인 것이다.

그런 일대종사의 기도를 가진 나진청의 검은 현 무림의 실세라 할 수 있는 오파일방의 장문인에 비해 손색이 없다는 무림의 풍문이 한때 돌기도 했었다. 비록, 나진청이 문파를 중흥시키기 위해 평여에 칩거하면서 세인들의 관심에서 멀어지긴 했지만, 무림인들의 기억 한편에는 여전히 나진청이라는 이름 석 자가 남아 있었다.

그런 나진청이 며칠째 굳은 얼굴을 하고 있었다.

"지내시는 데 불편하신 것은 없으신지요?"

그 말에 나진청의 모습을 찬찬히 뜯어보고 있던 승려 요심(窈心) 대사가 빙긋 미소를 지었다. 이름없는 어느 산사에 모셔진 관음의 미소를 보는 것처럼 일순이나마 나진청의 근심을 잊게 만들어주는 편안한 미소였다.

"덕분에 아주 편하게 지냈다오, 나 문주."

"그러시다니 다행입니다."

나진청이 머리를 숙여 예를 보였다. 나진청의 앞에 자리한 요심 대사는 현 소림의 계율원(戒律院)의 원주였다. 현 소림파의 장문인 요공 대사의 사제이며, 무림의 삼신승 중 일인인 공무신승의 제자이기도 했다. 그런 요심 대사가 사흘째 태을문에 머물고 있었다. 나진청의 입장에서는 그다지 좋지 않은 소식을 가지고서.

"재앙을 몰고 온 빈승이 나 문주는 그다지 기쁘지는 않을 테지요?"

나진청과의 무거운 분위기를 달래려 요심 대사가 반쯤 농이 담긴 말을 했다. 그러나 요심 대사의 말에 나진청은 무척이나 당황했다.

"그렇지 않습니다, 대사님!"

나진청이 황급히 양팔을 휘저으며 급기야 머리까지 흔들어 보이곤 요심 대사의 말에 부정했다. 그 모습이 마치 속다음을 들킨 사람처럼 나진청은 평소의 그답지 않게 허둥댔다.

사실 요심 대사의 말처럼 그가 가지고 온 소식은 태을문의 입장에서는 결코 환영할 만한 것은 아니었다. 하지만 그렇다고 그 책임이 요심 대사에게 있는 것은 결코 아니었다. 단지 마교의 후예인 '회'의 무리가 태을문을 노리고 있다는 사실을 알고 있음에도 적절한 도움을 주지 않는 것이 섭섭했던 것이다.

비록 요심 대사가 무림에서 손꼽히는 고수이기는 하지만, 얼마나 될지 모르는 마교의 무리들을 모두 상대할 수는 없는 일이었다. 결국 나진청과 태을문 제자들의 힘만으로 마교의 무리들과 싸워야 할 것이고, 그러면 자연 태을문의 피해는 눈덩이처럼 늘어날 것이 분명했기 때문이다. 그런 나진청의 속마음을 요심 대사가 마치 들여다본 것처럼 이야기하니 나진청은 당황하지 않을 수가 없었던 것이다. 그리고 요심 대사의 다음 말은 나진청의 얼굴을 화끈 달아오르게 만들었다.

"아니에요. 나 문주의 입장에서는 분명 섭섭하기도 할 것이에요. 태을문에 닥칠 흉사를 미리 알면서도 고작 빈승만이 태을문에 나타났으니……."

나진청만큼이나 요심 대사의 마음도 편치 않았다. 겉으로는 담담한 모습을 하고 있지만 아직 소림에서 아무런 소식이 없는 것에 의구심이 들었다. 이는 평소 장문인의 일 처리가 아니었기 때문이다.

마교의 발호.

정확히는 마교의 후예들인 '회'의 발호가 목전에 이르렀다고 했다. 세상의 소식에 느린 소림이라지만 이는 분명 뜻밖의 소식이었고, 소림을 당황하게 만들기에 충분했다. 이태 전 있었던 사천혈사 이후 부쩍 무림이 소란스럽다는 이야기는 풍문으로 들어 알고 있었지만, 그 이면에 마교의 개입이 있었다는 것은 소림으로서는 상상도 하지 못한 일이었다. 아니, 전 무림이 상상도 하지 못했을 것이다. 이미 마교는 무림인들의 머리 속에서 잊혀져 가고 있었기 때문이다.

더욱이 소림을 더욱 당황스럽게 만드는 것은 현 무림의 상황이었다. 세상의 소식에 느린 소림이 마교의 발호를 눈치채고 있음에도 중원의 무림은 그러한 사실을 전혀 모르고 있는 듯한 모습이었기 때문이다. 그러한 정황 때문에 요심 대사는 불경스럽지만 당시 장문인의 입에서 흘러나오는 이야기들을 쉬이 믿지 못했다.

그러나 마교에 대한 일을 전해온 사람이 다름이 아닌 소림의 최고 어른인 사백 공공신승이라는 말에 그런 의심조차도 접어야 했다. 공공신승이 전해온 소식이 너무도 구체적이어서 믿지 않을래야 않을 수가 없었던 것이다.

　모든 정황이 마교의 발호가 기정사실임을 말해 주었고, 또 그 증거도 있었다. 그럼에도 소림에서는 아직 소식이 없었다. 아무리 요심 대사가 소림에서 세 분의 사백들과 장문인을 제외하고는 가장 뛰어난 고수라고는 하지만, 한 손이 열 손을 상대할 수는 없는 일이었다. 그렇게 요심 대사 역시 나진청과 같은 걱정을 하고 있었던 것이다. 다만 요심 대사의 신분과 소림의 체면을 보아 나진청이 그러한 걱정을 겉으로 표현하지 않고 있다는 것을 요심 대사는 모르지 않았다.

　"문주님, 대양표국에서 사람이 찾아왔습니다."

　요심 대사와 나진청이 서로 내색하지 않았지만, 같은 걱정으로 생각에 잠겨 있을 때였다. 태을문의 총관으로부터 전해져 온 뜻밖의 전갈에 요심 대사와 나진청은 잠시간의 상념에서 벗어나야 했다.

　"대양표국?"

　대양표국은 섬서(陝西)에 기반을 둔 표국이었다. 섬서에서도 그다지 규모가 큰 편이 아니었기에 섬서성의 사람들도 대양표국이 존재하는지조차 모르는 사람이 부지기수였다. 하지만 대양표국의 총표두 구양의 존재로 인해 대양표국이 조금씩 무림에 알려지기 시작했다. 무산 신녀문에서 보인 구양의 신위가 무림의 후기지수들 중에서도 발군이었기에 중원이 구양을 주목하고 있었던 것이다. 그리고 구양과 대양표국에 대한 소문은 사람들의 입을 타고 태을문이 있는 이곳 하남의 평여에까지 전해져 있었다.

　"대양표국에서 무슨 일로?"

　나진청은 도리어 총관에게 반문했다. 섬서의 대양표국과 태을문은 지금까지 단 한 번도 거래가 없었기 때문이다.

"그것이… 요심 대사님께 전할 서찰과 표물이 있다고 합니다."

"……."

총관의 말에 나진청이 요심 대사를 바라보았다. 나진청의 얼굴에 의구심이 가득했다. 그러나 요심 대사 역시 대양표국에서 자신을 찾는다는 사실이 의아할 뿐이었다. 소림은 대양표국과 인연이 없었고, 요심 대사 역시 대양표국을 오늘 처음 알았던 것이다. 그러나 의문은 의문. 멀리 섬서에서 자신을 찾아왔다는 사람을 마냥 밖에서 기다리게 할 수만은 없는 일이었다.

"그래, 표행의 책임자가 누구라고 하던가?"

"예, 대사님. 대양표국의 구양 총표두라고 합니다."

"구양?"

"풍월패검(風月敗劍)?"

요심 대사와 나진청의 입에서 동시에 목소리가 흘러나왔다. 요심 대사는 선뜻 떠오르지 않는 구양이라는 이름에 대한 반문이었고, 나진청의 목소리에는 뜻밖이라는 의미가 담겨 있었다.

총표두가 직접 나선 표행이라면 무언가 중요한 표물이라는 것을 의미했다. 대양표국이 섬서에서 규모가 작고 중원십대표국에 비할 만큼 비중이 있는 표국이 아닌 것에는 이론의 여지가 없었다. 그러나 총표두 구양이 직접 표행을 인솔했다는 것은 구양이 전할 소식과 표물이 매우 중요함을 의미했다.

비록 나진청이 표국의 운영에 대해 그다지 아는 것은 없었지만, 그동안의 예를 살펴보면 총표두가 직접 표행을 인솔할 때면 분명 표국의 명운을 건 중요한 표물이 대부분이었다. 나진청의 미간이 잔뜩 찌푸려졌다. 무언가 잡힐 듯하면서도 막상 움켜쥐면 손가락 사이로 빠져나가는 안개처럼, 분명 머리 속에서는 요심 대사의 방문과 연관이 있을 것이라는 확신이 들었지만 또 그렇게 생각하기에는 여전히 앞뒤가 맞지 않는 부분이 너무 많았다.

"나 문주는 그 구양이라는 사람에 대해 잘 아는 모양이오?"

"그렇지는 않습니다. 저도 그저 소문으로 들어 알고 있는 사람입니다. 후기지수들 중에 제법 빼어난 실력을 지닌 인물이라는 것 정도가 제가 알고 있는 전부입니다."

"그래요? 그럼 일단 만나보십시다. 멀리서 찾아온 사람을 언제까지 기다리게 할 수 없는 노릇이 아니겠소. 총관은 구 총표두를 이곳으로 안내하시게나."

"예, 대사님."

요심 대사의 승낙이 떨어지기 무섭게 총관의 발걸음이 밖으로 향했다. 멀어져 가는 총관의 발걸음 소리를 들으며 요심 대사와 나진청은 각기 다른 기대로 대양표국의 총표두 구양을 기다렸다. 태을문의 문주인 나진청은 구양이 가져올 소식이 요심 대사와 같이 좋지 않은 소식이 아니기를 바랐고, 요심 대사는 오파일방이나 사대세가와 같은 정통의 무가가 아닌 곳에서 나타난 후기지수가 궁금했던 것이다.

탁―

밤 고양이가 태을문의 담벼락에 조용히 내려서며, 파란 두 눈을 좌우로 두리번거렸다. 한참을 두리번거리던 작은 밤손님은 자신에게 위협이 될 만한 것이 없음을 확인하고는 태을문의 주방이 있는 방향으로 빠르게 움직이기 시작했다.

고양이는 평여에서 흔한 도둑고양이였다. 태을문의 주방에 많은 음식이 있다는 것은 평여의 모든 도둑고양이들이 알고 있었다. 태을문의 숙위가 대단해 숨어드는 것이 쉽지 않지만, 지금 태을문의 주방으로 향하고 있는 고양이에게는 그다지 어려움이 되지 않았다. 다른 고양이들은 모르는 비밀 통로를 알고 있었기 때문이다.

카웅—

거침없이 주방을 향하던 고양이가 갑자기 털을 곤추세우며 짧게 울었다. 주방이 가까워질수록 어둠 속에 숨은 사람들의 시선이 느껴졌기 때문이다. 지금까지 한 번도 없었던 일이기에 고양이는 당황했다. 그리고 지금 어둠에 몸을 숨긴 사람들이 위험하다는 것을 고양이는 본능적으로 느꼈다. 사람들의 몸에서 짙은 피 냄새가 맡아졌던 것이다.

사삭—

바람에 옷자락이 날리는 소리에 고양이는 재빨리 뒤로 달아났다. 태을문의 주방에서 멀어지며 고양이는 어둠 속에 숨어 있던 사람들의 인기척이 백여 명이 넘는다는 사실에 더욱 발놀림을 빨리 했다. 아마도 고양이는 당분간 태을문을 찾지 않을 것이다.

태을문에 침입했던 고양이가 달아나고 어둠 속에 기척을 숨기고 있던 사람들의 신형이 서서히 그 형체를 드러내기 시작했다. 전신이 검은색 경장에 검은 복면. 태을문을 찾은 이들의 목적이 결코 호의적이지 않음을 짐작할 수 있었다.

"대주님, 너무 조용합니다."

염열대(炎熱隊)의 부대주 우파(右譜)가 굳은 얼굴로 그의 직속상관인 주걸륜(朱傑圇)을 향해 다가서며 말했다.

"그래, 너무 조용하군……."

주걸륜 역시 우파의 말처럼 조용한 태을문이 이해가 되지 않았다.

이틀 동안 지켜본 태을문은 경비가 삼엄하기 이를 데가 없었다. 그런데 하필 염열대가 태을문을 공격하려는 오늘 무방비 상태의 모습을 보이고 있었다. 심지어 정문을 지키고 있어야 할 태을문 제자들의 모습마저 보이지 않았기에 주걸륜은 태을문의 의도를 이해할 수 없었다.

만약 태을문이 염열대의 존재를 눈치채고 있다 하더라도 현재의 상황은 이해가 되지 않았다. 적의 전력조차 알지 못하는 상황에서 적을 안으로 끌어들이는 것은 수비의 이점을 스스로 버리는 것과 같았기 때문이다. 더욱이 염열대의 전력은 결코 태을문 단독으로 견뎌낼 수 있는 힘이 아니었다.

"곧 사경입니다."

주걸륜은 우파의 말에 꼬리를 무는 의심을 거두어야 했다. 사경은 염열대와 혈수마대가 태을문을 공격하기로 한 시간이었기 때문이다.

태을문을 무림에서 지워 버리기 위해 '회'에서는 염열대와 혈수마대가 동원되었다. 두 무력 단체 모두 '회' 내에서는 상위에 속하는 무력단이었다. 태을문이 아무리 전력을 숨긴 잠룡이라 하더라도 염열대나 혈수마대 단독의 힘만으로도 충분히 태을문을 무림에서 사라지게 만들 수 있었다.

그럼에도 두 무력단이 동원된 것은 태을문의 공격에서 발생할 전력의 손실을 최소화하기 위함이었고, 또 태을문의 공격에서 '회'가 지닌 압도적인 힘을 중원 전역에 알리기 위함이었다. '회'가 지닌 강력한 힘을 내보이므로 해서 정파무림에 충격을 주고, 흩어져 있는 마도와 사도의 세력을 '회'의 이름 아래 결집시키기 위함이었던 것이다.

"혈수마대에게서 연락은 왔나?"

"그것이… 아직입니다."

"음……."

주걸륜은 우파의 말에 미간을 잔뜩 모았다. 주걸륜의 염열대와 황립행(黃立婷)의 혈수마대는 각기 태상과 회주 직속의 무력 단체였다. 서로의 소속이 다르니 염열대와 혈수마대 역시 사이가 그다지 좋지 않았다.

원래 '회' 의 전체 서열에서는 혈수마대가 염열대의 위에 있었으나, '회' 가 회주와 태상의 세력으로 나뉘면서 염열대의 서열이 혈수마대와 동급으로 올랐다. 혈수마대의 입장에서는 그다지 내세울 공이 없고 자기들에 비해 무력이 떨어지는 염열대가 그들과 같은 서열에 오른 것이 못마땅했고, 염열대는 염열대 나름대로 혈수마대가 못마땅했던 것이다.

"예상 못한 것은 아니지만, 분명 아쉬운 일이긴 하군."

아쉽다는 주걸륜의 말과는 달리 그의 표정은 그다지 아쉬워하는 표정이 아니었다. 혈수마대와 연수(聯手)가 되지 않아도 태을문 정도의 문파는 쉽게 멸문시킬 수 있다는 자신감이 있었기 때문이다. 그리고 주걸륜의 생각은 염열대 모두의 생각이기도 했다. 그들이 지닌 무력에 대한 자부심은 결코 하루아침에 이루어진 것이 아니기 때문이다.

삐이이—

귀에 거슬리는 파공음이 들렸다. 주걸륜과 우파의 얼굴이 누가 먼저랄 것도 없이 동시에 찌푸려졌다. 혈수마대가 공격을 하겠다는 일방적인 통보를 해온 것이다. 선수를 빼앗긴 것에 대한 짜증이 주걸륜의 얼굴에 가득 드러났다.

"서둘러라!"

주걸륜의 말이 떨어지기 무섭게 백이십에 달하는 염열대가 주걸륜의 뒤를 따르기 시작했다.

황립행은 자신과 혈수마대를 포위하고 있는 이들의 모습에 당황했
다. 마치 오늘의 공격을 알고 있었던 것처럼 태을문의 대응은 신속했
다. 처음 태을문의 외벽을 넘었을 때 너무도 조용한 것에 내심 꺼려지
는 마음이 없던 것은 아니었지만, 천하의 혈수마대가 태을문의 검진에
갇히게 될 줄은 꿈에도 생각하지 못한 일이었다.
　"황 선배, 처음 뵙소이다!"
　황립행과 나진청은 서로 활동한 시기가 달라 마주칠 일이 없었다.
그럼에도 대번에 자신의 신분을 알아보는 나진청의 모습에 황립행은
마음 한구석이 불안해 옴을 느꼈다. 적이 자신의 신분을 대번에 알아
보았다는 것은 필시 오늘의 일도 미리 알고 대비를 했음이 확실했기
때문이다.
　"나 문주의 말은 마치 오늘의 일을 예상하고 있었다는 의미로 들리
는데, 맞는가?"
　"글쎄요……."
　황립행의 말에 나진청은 여유가 넘쳤다. 반대로 황립행의 얼굴은 더
욱 굳어져 갔다. 나진청이 '회'의 공격을 미리 알고 있었다 하더라도
태을문 단독으로 황립행의 혈수마대를 상대할 수는 없는 일이었다. 하
물며 아직 모습은 보이지 않았지만, 혈수마대와 크게 차이가 나지 않는
무력을 지닌 염열대가 곧 모습을 보일 것이었다. 만약 태을문 단독의
힘으로 혈수마대와 염열대 모두 상대할 수 있다는 생각을 나진청이 하
고 있다면 이는 나진청의 크나큰 실수였다.
　하지만 '회'의 등천비마대가 전한 나진청에 대한 내용은 나진청이

결코 가볍거나 스스로를 과신하는 인물이 아니라고 했다. 결국 나진청이 지금 여유를 부릴 수 있는 것은 혈수마대나 염열대를 상대할 다른 수단이 있다고밖에 생각할 수 없었다.

"나 문주에게 무언가 숨겨둔 한 수가 있는 것 같네만, 그래도 태을문이 오늘 무림에서 사라진다는 사실은 변하지 않네."

"그야 두고 볼 일이지요."

"과연 자네의 뜻대로 되는지 내 이 두 눈으로 지켜보겠네."

"이제 그만 오시지요. 황 선배의 다른 일행은 이미 시작한 것 같은데……."

황립행의 두 눈이 무겁게 가라앉았다. 태을문의 외원에서 조금 전부터 병장기 부딪치는 소리가 제법 크게 들려왔던 것이다. 처음 황립행이 예측한 것처럼 태을문이 아닌 제삼자가 개입했음을 직접 확인한 순간이었다.

과연 그 세력이 어디인지 짐작할 수는 없었지만, 점점 싸움의 기세가 격렬해지는 것이 결코 염열대에 비해 손색이 없는 모양이었다. 아니, 어쩌면 염열대가 밀리고 있을지도 모르는 일이었다. 여전히 여유를 잃지 않고 있는 나진청의 모습이 황립행 자신도 모르게 그런 생각이 들게 만들었다.

"쳐라!"

황립행의 신형이 나진청을 향해 쇄도해 갔다. 그리고 황립행의 명령에 혈수마대 전원이 움직였다. 전원 혈옥수(血玉手)를 익힌 그들의 양손이 붉게 물들기 시작했다. 과거 마교에서도 그렇게 많지 않았던 혈옥수의 고수가 무려 일백이십에 달했다. 이들 모두가 혈옥수를 대성했을 것이라고는 생각되지 않았지만, 오성에 이른 혈옥수만으로도 태을문의 제자들에게는 충분히 위협이 되는 것이 혈옥수라는 마공이 지닌 위력이었다.

"제자들은 검진을 펼쳐라!"

나진청은 애초 이들이 쉬운 상대일 것이라고는 생각지 않았다. 하지만 백 명이 넘는 이들이 전원 혈옥수를 익히고 있다는 것에 당황하지 않을 수 없었다. 최대한 버티며 요심 대사가 구원하러 오기를 기다리는 전략을 선택했지만, 그동안 얼마나 많은 태을문 제자들의 목숨이 사라질지 나진청은 생각만으로도 가슴에 바위가 내려앉은 것처럼 무거웠다.

최라락! 카카캉!

태을문의 검진과 혈수마대가 처음 격돌 후 서로 물러났다. 검과 혈옥수가 부딪치자 날카로운 쇠울림이 들렸다. 예상했던 것보다 더욱 강맹한 혈옥수의 공격에 태을문의 제자들이 당황하기 시작했다.

그러나 혈수마대 역시 놀라기는 매한가지였다. 비록 검진을 이룬 태을문의 제자들을 뒤로 물러나게 만들었지만, 그렇다고 어떤 이득을 얻은 것도 아니었다. 촘촘하게 혈수마대를 에워싸고 있는 검진에는 어떤 변화도 없었던 것이다. 그리고 황립행은 태을문의 검진에 일순 주춤한 수하들보다 더욱 당혹해하고 있었다.

"태극검진?"

태극검진은 무당파의 조사인 장삼풍이 창안한 무당파의 대표적인 검진이었다. 지금은 칠정진과 칠성두형진, 그리고 오행검진이 무당파를 대표하는 검진이 되었지만, 한때 태극검진은 현재의 세 검진보다 윗줄의 검진으로 인정을 받았다.

하지만 수백 년의 역사를 이어오는 동안 무당은 수많은 세력들의 침입을 받아야 했다. 그리고 때로는 무당의 힘만으로 부족해 봉문 직전까지 몰린 일도 몇 차례 있었다. 그렇게 수많은 외인의 침입을 겪으면서 무당의 많은 무공들이 소실되었고, 태극검진 역시 그러한 세월 동안 검진의 오의를 잃었고, 이제는 껍데기만 남은 삼류의 검진으로 전락하고 말았다. 이미 태극검진보다 먼저 삼류로 전락한 삼재검진처럼…….

황립행은 태을문이 펼친 검진이 강호에 널리 알려진 태극검진임을 알아보고는 코웃음을 쳤다. 과거 무당의 깨어지지 않는 무적의 검진이 태극검진이었지만, 이제는 그 이름이 많이 바래 삼류의 검진임을 무림인이라면 모르는 이가 없었다.

비록 나진청이 일대종사의 기도를 지녔고, 또 태을문과 같은 중소문파의 장문을 맡기에 차고 넘칠 능력을 가지고 있다지만, 나진청이 무당파의 조사 장삼풍을 뛰어넘을 능력을 가지고 있을 것이라고는 생각하지 않았다. 그리고 수백 년 동안 삼류로 전락해 있는 태극검진을 나진청의 능력으로는 과거 무적이었던 태극검진의 영광을 재현할 수 없을 것이라고 확신했다. 나진청이 오늘 문파의 존립에 처한 상황에 태극검진을 택한 것에는 나름의 자신이 있었겠지만 천하의 혈수마대에게는 통하지 않을 것이라는 자신감이 황립행에게는 있었다.

"고작 태극검진으로 나와 혈수마대를 상대하는 것이 가능하다고 믿는 것인가? 나진청!"

"……."

나진청은 황립행의 말에 아무런 대꾸도 하지 않았다. 그저 무겁게 가라앉은 눈으로 황립행을 응시할 뿐이었다. 그러나 나진청은 어둡던 마음속에 한줄기 빛을 발견했다. 황립행이 태을문의 검진을 계속 무당의 태극검진이라고 생각해 준다면 예상외로 손실이 적을 수도 있다는 생각이 든 것이다.

태을문의 제자들이 지금 펼치고 있는 검진의 겉모습은 무당의 태극검진과 달라 보이지 않는다. 하지만 태을문의 검진은 태극검진이 아닌 태을검진이었다. 겉으로 드러난 검진의 모습은 태극검진을 닮았을지 몰라도 태을검진에는 오행과 칠성의 정화가 녹아 있었고, 태을문 대대로 내려오는 검진의 총화가 녹아 있었다. 겉으로 보이는 것이 전부가 아닌 것이다.

"모두 쳐라! 염열대 따위와 나눌 공은 없다!"

"존명!"

황립행의 말에 일백이 넘는 혈수마대가 복창했다. 진득한 살기가 묻어나는 목소리에 태을문의 제자들이 잠시 주춤했지만, 그렇다고 적을 두고 물러나거나 두려운 얼굴을 하지는 않았다. 저자들의 그런 모습에 나진청은 밝은 미소를 지었다. 마교와 불리한 싸움에도 물러서지 않는 제자들이 자랑스러웠던 것이다.

"침입자들을 단 한 명도 살려 보내지 마라!"

"합!"

나진청의 자신감 넘치는 말에 태을문 제자들의 검진이 빨라졌다. 검진에 갇힌 혈수마대를 향해 공격이 시작된 것이다.

"음······."

주걸륜은 침음을 삼켰다. 전혀 예상하지 못한 자들이 염열대의 앞을 막아서고 있었기 때문이다. 눈앞의 적들로 인해 주걸륜은 기분 나쁘게 조용하던 태을문의 침묵이 이해가 되었고, 염열대를 태을문의 안으로 끌어들인 의도를 알 수 있었다.

주걸륜은 염열대를 포위하고 있는 승려들을 노려보았다. 대략 살펴도 일백은 되어 보이는 소림의 무승들이었다. 하나같이 눈에 정기가 가득했고 그동안 쌓은 수양이 낮아 보이지 않았다. 어쩌면 이들 소림파 무승들에 의해 '회'의 일이 틀어질지도 모른다는 생각이… 아니, 확신이 들었다. 주걸륜의 안색이 어두워졌다.

"아미타불, 시주 혹 화정(火淨)이 아니오?"

주걸륜은 뜻밖의 물음에 자신을 응시하고 있는 노승을 놀란 눈으로 바라보았다.

'소림 계율원주 요심 대사…….'

주걸륜은 노승의 신분을 대번에 알아보았다. '회'가 본격적인 강호행을 택하면서 가장 걸림이 될 곳이 천년무림의 상징 소림파였기에 소림파에 대한 일은 결코 소홀할 수 없었다. 그리고 소림파에서도 '회'에 위협이 될 여지가 있는 고수들은 '회'가 직접 나서 그 수를 파악하고 명단을 작성했다. 그랬기에 주걸륜은 요심 대사가 소림파에서 차지하는 비중이나 그 무공 수위를 어렵지 않게 알 수 있었다.

하지만 주걸륜은 요심 대사의 신분보다 요심 대사가 말한 화정이라는 말에 더욱 얼굴을 굳혔다. 화정은 주걸륜의 과거 별호였다. 아니, 아주 짧은 기간 동안 화정이라 불리었기에 이제는 화정 주걸륜을 기억하는 무림인은 없을 것이라 여겼다. 이제는 염화귀마(炎火鬼魔)가 되어 버린 주걸륜에게 요심 대사의 말은 잠시나마 과거의 향수를 느끼게 했다.

주걸륜은 원래 장인이었다. 그것도 불을 다루는 기술이 매우 뛰어난 대장장이였다. 주걸륜이 만드는 농기구는 쉽게 상하는 법이 없었고, 주걸륜이 만든 병장기들은 하나같이 뛰어났다. 비록 기물(奇物)이라고까지는 할 수 없었지만 그렇다고 평범하다고도 할 수 없었다. 주걸륜이 만든 검과 도를 얻은 무림인은 그들의 자질에 따라 전보다 더한 능력을 보였다. 주걸륜의 검과 도는 기이하게도 무림인들의 실력을 이전보다 한 단계 높여주었던 것이다.

그런 주걸륜의 재능을 무림의 많은 단체에서 탐내기 시작했다. 그것이 비극이었다. 주걸륜이 그들의 청을 계속 거부하자 그들은 결국 주걸륜의 목숨을 빼앗으려 들었다. 자신들이 가질 수 없는 것은 다른 사람이 가져서는 안 된다는 편협한 그들 생각의 발로였던 것이다. 결국 주걸륜은 무림인들의 습격으로 자신을 제외한 모든 일가족을 잃었다. 그리고 이십 년이 흐른 후 주걸륜이 모습을 보였다. 화정이 아닌 염화귀마가 되어서…….

그 이후 수순은 당연한 일이었다. 당시 주걸륜의 일가를 죽음에 이르게 한 수많은 무림인들이 주걸륜의 손에 목숨을 잃었다. 불을 다루는 장인답게 주걸륜의 독문무공인 염화귀영장(炎火鬼影掌)은 대단했다. 주걸륜의 장법과 스치기만 해도 모든 것을 태워 버리는 지독한 화기에 원수들은 제대로 된 대항조차 하지 못하고 목숨을 잃었다. 복수를 마친 주걸륜은 다시 모습을 감추었고, 이십 년이 지난 지금 다시 그 모습을 보이고 있었다.

"화정이란 말은 사십 년 전에 잊었습니다, 대사."

"아미타불……."

요심 대사는 주걸륜의 말에 나직이 불호를 외었다. 주걸륜의 그 한 마디에 수많은 의미가 복잡하게 얽혀 있음을 어렵지 않게 짐작한 것이다.

"사십 년이 지난 일임에도 아직 원한이 남아 있는 것이오?"

"원한이라……."

주걸륜의 눈이 잠시 아련해졌다. 그리고 자신을 제외한 일가족이 목숨을 잃는 광경이라도 떠올리는지 주걸륜의 얼굴이 잠시 찌푸려졌다.

"내가 부처가 아닌데 그 일을 어찌 잊을 수 있겠습니까. 하나, 그때 품었던 살심은 잊은 지 오래입니다."

주걸륜이 처음으로 미소를 보였다. 쓸쓸함이 가득한 주걸륜의 미소가 요심 대사의 마음을 시리게 만들었다.

"하면……."

태을문에 대한 일과 주걸륜이 마교에 몸을 담고 있는 이유를 묻는 것이라는 것을 주걸륜은 모르지 않았다.

"과거의 은혜를 갚기 위함입니다, 대사."

"아미타불… 선재, 선재로다……."

요심 대사가 탄식했다. 그런 요심 대사를 바라보는 주걸륜의 눈이 무심했다.

"꼭, 피를 보아야겠소?"

"그럴 수밖에 없다는 것을 대사께서 더 잘 알지 않습니까? 대사와 제가 속한 곳이 빛과 어둠과 같이 다르니 앞을 막아선 이가 대사가 아닌 부처라 해도 어쩔 수 없습니다."

"흠……."

주걸륜의 확고한 의지에 요심 대사는 침음을 삼켰다. 결국 살계는 피할 수 없음을 확인한 것이다.

"염열대는 들어라!"

"존명!"

주걸륜의 일갈에 일백이십의 염열대가 복명했다.

"'회'의 명을 완수한다."

"창세천하(創世天下)! 군림천하(君臨天下)!"

"쳐라!"

"존명!"

염열대가 소림의 무승을 향해 공격을 시작했다. 지독한 살기와 화기를 뿜는 염열대의 모습에 요심 대사의 안색이 무거웠다.

"제자들은 오늘 살계를 열어 부처님의 불법을 수호하라!"

“멍!”

“진법을 발동하라!”

소림의 무승들이 염열대의 공격에 잠시 물러나는 것처럼 보이더니 이내 다시 염열대를 포위하기 시작했다. 소림의 무승들이 요심 대사를 제외한 여섯 무리로 나뉘어 있었지만, 염열대와 주걸륜은 그 변화를 아직 알아차리지 못하고 있었다. 소림공부의 정화 백팔나한진이 소림의 산문을 벗어나 펼쳐진 것이다.

치이익—

요심 대사의 가사가 주걸륜의 염화귀영장에 스치자 비명을 질렀다. 염화귀영장의 가공할 열기에 요심 대사는 낭패한 모습이 역력했다. 주걸륜의 장에 스친 요심 대사의 가사 곳곳은 불에 탄 것처럼 그을려 있었다. 요심 대사는 주걸륜에 쉽게 접근하지 못하고 있었다.

염화귀영장의 지독한 화기는 내가고수인 요심 대사라도 가볍게 여길 수 있는 것이 아니었기 때문이다. 그리고 주걸륜의 장을 여유있게 흘렸다고 여긴 순간에도 밀려드는 화끈한 열기는 요심 대사를 당혹스럽게 만들었다. 주걸륜의 염화귀영장이 대단하다는 것은 알고 있었지만, 직접 겪은 화기는 상상 이상이었다. 마치 주걸륜 그 자체가 하나의 불덩이, 화정과 같았던 것이다.

요심 대사가 화기를 못 이겨 주걸륜과 무려 삼 장의 거리를 벌렸다. 주걸륜에게 접근하는 것이 쉽지 않은 이상 다른 방법이 필요했던 것이다.

“과연 염화귀마라는 별호가 어울릴 만큼 대단한 무공이오, 주 시주.”

요심 대사의 말에 주걸륜이 작게 머리를 끄덕였다. 그리고 다음 공격에 대비했다. 주걸륜은 요심 대사가 결코 이대로 물러날 것이라고는 생각하지 않았다. 아직 요심 대사는 자신의 실력의 반도 펼쳐 보이지 않았기 때문이다.

"이제 나의 공격을 한번 받아보시오."

말을 마치기 무섭게 요심 대사가 가사 자락을 휘날리며 주걸륜을 향해 쇄도해 갔다. 주걸륜과의 거리가 일 장 남짓 좁혀지자 요심 대사는 우수 검지를 튕겼다. 소림파의 절에 일선지(一線指)가 펼쳐진 것이다.

주걸륜은 자신의 장을 뚫고 날아오는 한줄기 강맹한 기운에 황급히 뒤로 물러났다. 그러나 요심 대사의 일선지의 위력은 전혀 줄어들지 않았고, 이에 대경한 주걸륜이 다급히 장을 마주쳐 갔다.

"큭!"

주걸륜이 전력을 다해 펼친 장법을 뚫고 요심 대사의 지력이 주걸륜의 왼쪽 어깨에 적중했다. 순간 주걸륜은 뼈가 부러지는 듯한 고통에 신음을 흘리며 소리쳤다.

"일선지!"

주걸륜은 방금 요심 대사가 펼친 무공을 대번에 알아보았다. 소림에서 격공지력이 가능한 무공은 일선지와 일양지, 회선지(回線指)가 있었다. 그중에서도 주걸륜이 전력을 다해 펼친 장벽을 뚫으며 공격할 수 있는 무공은 일선지가 유일했다. 일선지 앞에서는 어떤 장애물도 방해가 되지 않았다. 소림파의 일흔두 가지 절기 중에서도 상위에 속하는 무공이 일선지인 것이다. 주걸륜의 안색이 고통으로 인해서인지 일선지라는 소림의 신공절예의 출연에 의한 것인지 창백하게 물들기 시작했다.

하지만 무적으로 여겨지는 일선지에도 약점은 있었다. 일선지는 회선지처럼 중도에 변화를 일으키지 못한다. 그리고 일선지를 펼치기 위해서는 적지 않은 내공의 소모가 뒤따랐다. 짧은 시간 내에 승부를 가리지 못한다면 오히려 위험해질 수도 있는 무공이 일선지이기도 했다.

그러나 주걸륜은 일선지의 그런 약점을 알면서도 요심 대사와의 대결에 시간을 마냥 소진할 수 없었다. 수하들이 소림 무승들에게 목숨을 잃는 횟수가 눈에 띄게 늘기 시작했기 때문이다. 뒤늦게 무승들이 펼치는 진법이 나한진이라는 사실을 깨달은 것이다. 주걸륜이 입술을 깨물며 공력을 끌어올리기 시작했다.

"귀화마령(鬼火魔靈)!"

파핫—

주걸륜의 염화귀영장이 서서히 실체화하기 시작했다. 조금 전까지 느꼈던 화기와는 비교가 되지 않았다. 요심 대사는 다급히 뒤로 물러났다. 하지만 주걸륜의 화기는 요심 대사를 끈질기게 쫓았다.

타핫—

요심 대사가 다시 지력을 튕겼다. 직선으로 나아가던 지력이 주걸륜의 장을 피해 왼쪽으로 휘어졌다. 주걸륜이 좌장을 펼쳐 요심 대사의 지력과 마주쳤다.

펑!

요심 대사의 회선지와 장력이 부딪치며 큰 폭음을 만들었다. 이 틈을 타 요심 대사는 다시 주걸륜과의 거리를 벌렸고, 주걸륜은 겨우 좁힌 거리가 다시 벌어지자 얼굴을 찌푸렸다.

팟—

요심 대사의 지력이 주걸륜을 향해 다시 쇄도해 왔다. 이번에는 어느 방향으로도 휘지 않았다. 조금 전 요심 대사의 일선지의 위력을 절감하고 있었기에 주걸륜은 감히 요심 대사의 지력을 마주쳐 갈 생각은 하지 못하고 다급히 왼쪽으로 피했다. 그리고 그 순간 요심 대사의 우수 검지가 주걸륜을 향해 튕겨졌다.

딱—

연이은 일선지에 주걸륜은 대경했다. 분명 소림파의 일선지는 내력의 소모가 크다고 했다. 아무리 요심 대사가 내력이 정심하다고는 하지만 전력을 다한 일선지를 일각이 채 지나지 않는 짧은 시간에 펼칠 수는 없었다. 그러나 지금 요심 대사는 세 번의 일선지를 펼쳤다. 그것도 큰 내력의 소비가 없는 얼굴을 하고서……. 무언가 잘못되고 있다는 생각을 지울 수가 없었다. 그러나 코앞으로 다가온 요심 대사의 지력을 두고만 볼 수는 없었다.

주걸륜이 다급히 전력을 다해 장력을 발했다. 이미 요심 대사의 일선지를 피하는 것은 늦었다고 판단했기 때문이다. 순간 요심 대사의 얼굴에 희미한 미소가 떠오른 것을 발견했다.

'속았다!'

순간 떠오른 생각에 주걸륜은 낭패감으로 당황했다. 요심 대사의 일선지에만 주의를 기울이다 소림의 다른 격공지력인 일양지를 잠시 잊고 있었던 것이다.

따닥—

요심 대사가 양손의 검지를 튕겼다. 두 개의 지력이 주걸륜을 향해 매섭게 날아들었다.

펑!

요심 대사의 일선지 이전에 펼친 일양지와 주걸륜이 전력을 다한 염화귀영장이 부딪치며 거대한 폭음을 만들어냈다. 일양지의 위력을 집어삼킨 주걸륜의 장력이 그 기세로 곧장 요심 대사를 향해 날아들었다.

그러나 이미 대비를 하고 있던 요심 대사는 내력을 운용해 주걸륜의 화기에 대비하는 한편 황급히 뒤로 물러났다. 하지만 주걸륜의 화기를 완전히 피할 수는 없었다. 요심 대사의 앞섶이 주걸륜의 장법에 닿아 불타 버린 것이다.

치이―

생살이 타 들어가는 고통에 요심 대사는 입술을 깨물었다. 주걸륜의 화기는 요심 대사의 생살을 태워 버린 것도 모자라 뼛속까지 스며들었던 것이다. 지독한 고통에 요심 대사의 신음이 입술을 비집고 새어 나왔다.

"큭―"

"크악!"

하지만 주걸륜은 요심 대사보다 상세가 더욱 중했다. 요심 대사의 일선지에 오른쪽 어깨를 관통당했고, 또 가슴이 관통당했다. 주걸륜의 상의가 혈의로 변했다. 그러나 요심 대사에 의한 부상보다 더 이상 주걸륜의 제어가 통하지 않는 화기가 주걸륜을 위협하고 있었다. 주걸륜이 실체화한 귀령마영장이 주걸륜의 전신을 집어삼키고 있었다.

"크아아악!"

주걸륜의 두 눈에 혈광이 맺히기 시작했다.

염화소혼(炎火消魂)!

스스로를 불태우며 주걸륜은 서서히 죽어가고 있었다. 요심 대사는 그런 주걸륜의 모습을 바라보며 나직이 불호를 외웠다. 조금 전 주걸륜의 화기에 살짝 닿은 것만으로도 지독한 고통이었기에 지금 주걸륜이 겪고 있을 고통은 상상할 수 없었기 때문이다. 하지만 요심 대사는 언제까지 불호를 욀 수만 없었다. 스스로를 불태우는 와중에도 주걸륜의 발걸음은 요심 대사를 향하고 있었기 때문이다.

치이익— 치익—

주걸륜의 살이 불에 타며 역한 냄새를 만들었다. 그러나 요심 대사는 지금 그런 역한 냄새가 전혀 느껴지지 않았다. 스스로를 불태우며 공격해 오는 주걸륜의 모습에서 눈을 뗄 수가 없었던 것이다.

분명 스스로 만들어낸 귀화에 죽어가고 있었지간 요심 대사는 주걸륜의 모습이 아름답게 보였다. 그리고 처음 고통스럽던 주걸륜의 표정이 점점 웃고 있는 것처럼 보이기 시작했다.

분명 착각이었지만 요심 대사는 스스로 산화되어 가는 주걸륜의 모습에서 과거 장인일 때의 모습과 그동안 원한과 복수로 인해 지쳐 있었던 주걸륜의 모습을 볼 수 있었다. 그리고 지금 주걸륜은 세상에 마지막을 고하려 하고 있다. 스스로를 불태움으로써 세상에 대한 미련과 원한을 더 이상 남겨두지 않으려는 것처럼…….

"우파……."

"예! 대주!"

염열대의 부대주 우파가 주걸륜의 앞에 부복했다. 주걸륜이 만들어낸 살인적인 화기에도 우파의 모습은 전혀 흔들림이 없었다. 주걸륜의 지독한 화기가 우파의 전신을 집어삼키고 있었음에도 우파의 모습은 흔들리지 않았다.

"살… 아… 남아……."

"……."

우파는 대답하지 않았다. 그리고 주걸륜 역시 대답을 기다리지 않았

다. 더 이상 앞을 볼 수도 없었고, 또 들을 수도 없었기 때문이다. 주걸
류의 신형이 요심 대사를 향해 마지막 공격을 하기 시작했다.

요심 대사는 주걸류의 공격을 피하지 않았다. 지금 주걸류을 피한다
고 해도 그 스스로 사라져 갈 것이 분명했지만, 요심 대사는 주걸류에
게 조금 더 편안한 죽음을 안겨주고 싶었다. 그리고 주걸류 역시 그것
을 원할 것이라 생각했다.

요심 대사는 독문 내공심법인 무상대능력(無上大能力)을 끌어올렸
다. 일선지를 펼치느라 소진한 내력이 조금씩 회복되기 시작했다. 요
심 대사의 신형이 주걸류을 향해 한 걸음 내디뎠다. 주걸류을 향해 내
디디는 요심 대사의 걸음마다 그 모습이 달랐다. 하나, 둘, 셋… 모두
아홉 가지의 모양이었다. 그리고 한 걸음 한 걸음 뗄 때마다 요심 대사
는 열두 가지 자세를 취했다. 그렇게 아홉 걸음, 모두 일백여덟 번의
변화를 보였다. 소림파 최고의 경신법 연대구품(蓮臺九品)이 무림에 그
첫선을 보인 것이다. 그리고 주걸류의 주위를 에워싸듯 일백여덟 번의
장력이 펼쳐졌다.

퍼퍼퍼… 펑!

요심 대사의 신형은 끊임없이 움직였고, 장력 또한 쉴 새 없이 주걸
류을 향해 쏟아졌다. 그렇게 일각여의 시간이 흘렀다. 언제까지 이어
질 것 같았던 요심 대사의 장력이 조금씩 그 끝을 보이기 시작했다.

퍼퍼펑!

마침내 주걸류의 신형이 폭발했다. 내부의 들끓는 화기와 외부의 강
력한 장력을 주걸류의 육신이 더 이상 이겨내지 못한 것이다.

투두둑!

산산조각이 난 주걸류의 육체가 바닥 여기저기 떨어졌다. 그러나 주

걸륜의 화기는 여전히 사라지지 않고 조각난 주걸륜의 육체를 불태우고 있었다. 그렇게 주걸륜은 자신이 원했던 것처럼 이승에 한 점 미련도 두지 않고 사라져 갔다.

“…….”

소림의 무승들과 염열대 모두 주걸륜과 요심 대사의 모습을 하나도 놓치지 않고 모두 지켜보았다. 누구 하나 먼저 말을 여는 사람이 없었다. 요심 대사의 가공할 무위에 대한 감탄도 두려움도… 그리고 주걸륜의 참혹한 죽음에 대한 슬픔과 원망, 그리고 분노도…….

“염열대는 들어라!”

무거운 침묵을 깬 염열대의 부대주 우파의 말에 모두의 이목이 집중되었다.

“나는 대주님과 마지막을 함께할 것이다. 그러나 너희들은 이곳 태을문을 떠나 ‘회’ 로 돌아가라!”

우파가 요심 대사를 바라보았다. 수하들의 목숨을 살려달라는 우파의 부탁임을 요심 대사는 모르지 않았다. 요심 대사의 머리가 끄덕여졌다.

“대주! 곧 뒤를 따르겠습니다!”

요심 대사의 승낙이 떨어지자 우파는 요심 대사를 향해 신형을 날렸다. 그리고 이어진 수하들의 외침에 우파의 얼굴에 한줄기 미소가 어렸다.

“창세천하! 군림천하!”

염열대는 ‘회’ 의 여러 무력단과는 조금 특이하게 출발한 단체였다. 염열대의 역사는 수백 년 마교의 역사에 비할 수 없는 고작 이십 년. 주걸륜이 ‘회’ 에 투신함과 동시에 만들어졌다. 그리고 주걸륜은 자신의 무공을 염열대에 아낌없이 베풀었다.

하지만 평범한 무인이 주걸륜의 무공을 대성할 수는 없는 일이었다. 염화귀영장의 지독한 화기는 주걸륜과 같은 특별한 신체를 지닌 사람에게만 가능한 것이었던 것이다. 하지만 고작 육성에 이른 염화귀영장으로도 염열대는 '회'의 상위에 속하는 무력단이 되었다.

어떤 문파이든 심지어 염열대가 속한 '회'든 자신의 모든 무공을 수하들에게 내보이는 경우는 없었다. 그랬기에 주걸륜은 염열대에게는 부모보다 더한 존재였다. 그런 존재가 한 줌 흔적도 없이 사라져 갔다. 염열대로서는 주걸륜의 뜻을 따를 수가 없었다. 비록 수적인 열세에 처해 있더라도, 소림의 무승들이 그들보다 뛰어난 능력을 지니고 있더라도……. 죽기를 각오하고 목숨을 잃는다면 그것만으로 그들의 대주에게 부끄러울 것이 없었기 때문이다.

살아남은 염열대 모두 소림 무승들을 향해 공격을 시작했다. 처음과는 달리 그들은 목숨을 돌보지 않았다. 모두 죽기를 각오한 모습에 소림 무승들의 얼굴에 처음으로 두려움이 어리기 시작했다.

황립행은 시간이 지날수록 초조해졌다. 일이 점점 잘못되어 가고 있다는 생각을 지울 수가 없었다. 처음 태극검진이라고 생각했던 태을문의 검진이 황립행이 알고 있는 태극검진과 미세한 차이를 보이고 있었기 때문이다. 그리고 수하들의 사이에서 종횡무진하는 구양의 모습에 절로 인상이 찌푸려졌다.

풍월패검 구양. 섬서 대양표국의 총표두. 그가 왜 태을문을 돕고 있는지는 알 수 없었지만, 구양으로 인해 벌써 적지 않은 수하들의 희생이 있었기에 황립행은 구양을 향해 살기가 치솟는 것을 참을 수가 없었다. 당장이라도 달려가 때려죽이고 싶었지만 황립행은 그럴 수가 없었다. 자신의 앞을 막아서고 있는 태을문의 문주 나진청 때문에 신형을 빼는 것조차 여의치 않았기 때문이다.

나진청의 무위는 무림에 알려진 소문 그대로였다. 황립행과의 실력 차는 거의 나지 않았던 것이다. 과거 남북쌍마와 함께 오마의 일원이었던 벽력비마(霹靂庇魔) 황립행은 점점 자존심이 상했고, 짜증과 살기를 점점 제어하기 어려웠다.

"소살지검(笑殺之劍)!"

황립행의 검이 이전과는 달리 극도의 쾌검으로 일변했다. 지금까지 수많은 변식으로 나진청의 눈을 어지럽히던 검이 일순 극쾌로 돌아선 것이다. 하지만 검초의 명과는 달리 황립행의 얼굴은 잔뜩 찌푸려져 있었다.

쐐애액―

챙―

환검의 고수인 나진청은 황립행의 환검에는 어렵지 않게 대처할 수 있었다. 그러나 갑작스런 쾌검으로의 변화는 나진청을 일순간 당황하게 만들었다. 나진청은 대경해 급히 뒤로 물러섰다.

겨우 황립행의 공격을 막아낸 나진청은 손아귀가 저려움을 느꼈다. 비록 기습적인 검식의 변화에 능동적으로 대처하지 못했다고는 하지만 나진청은 하마터면 검을 놓치는 수모를 겪을 뻔했다. 그만큼 황립행의 내력은 나진청보다 윗줄이었던 것이다.

나진청은 이어질 황립행의 공격에 대비했다. 그러나 나진청의 생각과는 달리 황립행은 나진청을 향해 공격하지 않았다. 애초 황립행의 목적은 나진청을 물러나게 함에 있던 것이다.

　황립행은 잔뜩 찌푸린 얼굴로 주위를 돌아보았다. 종횡무진하고 있는 구양을 제외하면 전체적인 면에서는 혈수마대가 우위에 있었다. 하지만 우위를 잡고 있는 것과 승기를 잡은 것과는 달랐다. 더욱이 염열대가 어찌 되었는지 모르는 상황에 마냥 시간을 끌 수도 없었다. 그리고 답답한 지금의 상황을 돌파하기 위해서는 무언가 새로운 전기가 필요했다. 황립행은 안색을 굳히며 수하들을 향해 외쳤다.

　"물러나라!"

　황립행의 일갈에 혈수마대 전원이 뒤로 물러났다. 목숨을 잃은 수하들의 숫자는 대략 열 명 남짓. 그리고 중상자도 제법 보였다. 태을문의 피해는 혈수마대에 비하면 거의 곱절이었지만, 황립행의 눈에는 태을문의 피해 따위는 전혀 눈에 들어오지 않았다. 황립행이 신경질적으로 외쳤다.

　"차륜진(車輪陣)을 펼친다!"

　황립행의 결정에 혈수마대의 움직임이 변하기 시작했다. 황립행을 가운데 두고 세 부분으로 나뉘기 시작한 것이다. 황립행은 개개인의 실력은 혈수마대가 훨씬 뛰어나지만 정체를 알 수 없는 태을문의 검진을 깨뜨리는 것에는 시간이 걸린다는 것을 판단하고는 다소 희생은 있더라도 태을문의 검진을 깨뜨려 확실한 승기를 잡는 것이 중요하다고 판단한 것이다.

　"쳐라!"

　황립행이 나진청을 향해 쇄도했다. 그리고 혈수마대 역시 포위하고 있는 태극검진 중 단 세 곳으로 공격을 집중했다. 혈수마대의 차륜진은 별다른 진법이 아니었다. 최일선의 공격이 실패해 목숨을 잃는다면 바로 이진이 일진을 받치는 것이다. 소모적인 진법이라 피해는 크지만 그 효과는 확실했다. 그리고 지금과 같이 검진의 포위망이 얇은 태을 문의 검진을 상대하기에는 가장 적절한 방법이기도 했다.

황립행으로서는 진작 이러한 방법을 선택했어야 했지만, 태을문을 너무 가볍게 보았고 또 태을문의 검진을 태극검진이라 오판했기에 뒤늦게 차륜진을 선택한 것이었다. 그리고 그 결과는 금방 드러나고 있었다.

"크악!"

"으악!"

곳곳에서 비명이 들려오기 시작했다. 침착하거 유지되던 태을문의 검진에 구멍이 나기 시작했다. 생사를 도외시한 혈수마대의 공격에 태을문의 제자들이 당황하기 시작했다. 그것은 어쩌면 당연한 결과이기도 했다. 지금까지 딱히 실전이랄 수 있는 경험이 전무한 태을문의 제자들이 여태 버틴 것도 대단한 것이었다. 나진청의 얼굴이 당혹감으로 물들기 시작했다.

"당황하지 마라! 검진을 유지하라!"

나진청의 외침에도 태을문의 검진은 처음의 안정을 되찾지 못했다. 애초 개개인의 무공에서 태을문의 제자들은 혈수가대에 비해 그 차이가 분명했다. 혈수마대에게 생소한 태을문의 검진이라는 이점이 있었기에 지금까지 불안하지만 호각을 이룰 수 있었다.

하지만 생사를 도외시한 혈수마대의 공격은 실전 경험이 없는 태을문 제자들을 두려움에 떨게 만들었다. 결국 태을문의 제자들은 혈수마대의 파상적인 공격에 연신 허둥대며 뒷걸음질칠 뿐 적절한 대응을 하지 못하고 있었다. 이미 사기는 급격히 떨어졌고, 태을문의 검진 또한 허무하리 만치 빠르게 무너지고 있었다.

"으악!"

"사, 살려⋯⋯."

태을문의 제자들이 곳곳에서 피를 뿜으며 쓰러졌다. 이에 대노한 나 진청이 다급히 신형을 날렸다. 그러나 나진청은 황립행에 의해 행동을 제지당하고 말았다. 분노한 나진청의 검이 황립행의 사혈을 노리고 날 아들었다. 나진청의 절초가 펼쳐진 것이다.

"무영성성(無影星星)!"

나진청의 검이 만든 하얀 빛들이 황립행의 전신을 뒤덮었다. 수많은 변초와 허초가 가득한 칼무리에 황립행은 안색을 굳혔다. 분명 황립행 의 눈에 보이는 것이 실제 살초를 숨긴 검의 환영이라는 것을 알았지 만, 어느 것이 실초인지 허초인지는 구분이 가지 않았다. 나진청은 환 검이 극에 이르면 모두가 실초가 되는 경지에 이미 도달해 있었던 것 이다.

"벽력일일(霹靂逸日)!"

황립행의 별호인 벽력비마라는 별호를 있게 만든 황립행 최후의 초 식 중 하나가 펼쳐졌다.

쾌쾅!

벽력이 일갈을 토하며 나진청이 만든 빛을 삼키고 있었다. 황립행의 벽력에 위축된 나진청의 검이 다섯으로 줄어들었다. 황립행은 여전히 자신을 향해 날아드는 다섯 개의 검을 무거운 안색으로 노려보았다. 다섯 모두 살기를 담은 실초였기 때문이다. 그리고 서로의 검을 피하 기에는 모두 늦은 상황이었다. 두 사람의 전력이 담긴 검이 허공에서 교차했다.

"찻!"

"합!"

파파팟!

나진청의 검이 마지막 순간에 빛을 발했다.

콰쾅!

황립행의 검이 또 한 번 벽력성을 토했다.

혼전을 거듭하던 혈수마대와 태을문이 수장들의 대결에 손을 놓고 바라보았다. 두 사람의 대결 결과에 따라 그들의 삶이 결정될 중요한 순간이었기 때문이다.

"……."

잠시간 침묵이 흘렀다. 황립행의 가슴에는 다섯 개의 검상이 나 있었다. 하나하나가 가볍지 않은 것이 없었다. 붉은 피가 황립행의 상의를 적시고 바닥으로 흘러내렸다. 황립행의 얼굴이 창백했다. 그러나 두 눈은 여전히 생기가 가득했다. 반면 나진청은 황립행에 비해 그 상세가 더욱 중했다.

검을 쥔 나진청의 오른팔은 어깨 부위가 반이나 찢어져 덜렁거리고 있었다. 그러나 그 와중에도 검을 놓치지는 않았다. 오른팔에서 왼쪽으로 비스듬하게 난 한줄기 상처에서는 황립행과 같이 붉은 피를 연신 뿜어내고 있었다. 수장의 대결에서 나진청의 완벽한 패배가 확인되는 순간이었다.

"과연… 대단… 황 선배……."

"나 문주 역시……."

황립행은 천천히 신형이 무너지는 나진청의 모습을 말없이 응시했다. 적지 않은 피해는 있었지만 어쨌든 '회'의 명을 완수했기 때문이다.

“서둘러 태을문을…….”

“아미타불…….”

황립행이 수하들에게 태을문에 대한 공격을 재차 명령하려 할 때였다. 태을문 전체를 뒤덮는 불호에 황립행은 당황했다.

“소림?”

황립행은 이제야 납득할 수 있었다. 나진청의 자신감은 소림파의 지원에 기인했던 것이다.

“태을문도들은 물러나라!”

요심 대사의 외침에 태을문의 제자들은 다급히 뒤로 물러났다. 어차피 그들의 역할은 소림의 무승들이 당도할 때까지 버티는 것이었다.

“진법을 발동하라!”

소림의 무승들이 빠르게 혈수마대의 틈으로 파고들었다. 그 모습을 지켜보던 황립행의 얼굴이 창백해졌다.

“나, 나한진?”

소림의 무승들이 펼치는 진법은 나한진이 분명했다.

“도대체…….”

경악한 황립행은 눈앞에 펼쳐진 나한진의 모습을 확인하고도 믿을 수가 없었다. 소림의 나한진이 숭산의 소림사를 벗어난 적은 소림파 창건 이래 단 한 번도 없었다. 아니, 무림에 출현한 희대의 마두를 제압하기 위해 십팔나한이 모습을 보인 적은 있었다. 그러나 소림의 모든 나한이 무림에 출현한 적은 단연코 없었다.

황립행은 갑자기 눈앞이 아득해졌다. 단 한 번도 패하지 않은 천년 소림 무공의 정화 나한진. 아마도 염열대는 괴멸했으리라. 그리고 혈수마대 역시 염열대와 사정이 별반 다르지 않을 것이다. 황립행은 얼굴을 굳히며 결심했다.

"대원들은 포위를 뚫고 '회' 로 회군하라!"

황립행의 신형이 진법을 지휘하고 있는 요심 다사를 향해 쇄도했다. 하지만 나한진을 뚫기란 요원하다는 것을 모르지 않았다. 황립행은 수하들의 모습을 살폈다. 그리고는 인상을 찌푸리고 말았다. 혈수마대 역시 염열대처럼 어느 누구도 도망하려 하지 않았던 것이다. 황립행의 두 눈이 붉게 물들었다.

하남 태을문의 일이 전 무림을 흔들었다. 마교의 발호! 이제는 그 뿌리가 뽑혔다고 생각했던 마교의 후예들이 군림회라는 단체로 이름을 바꾸어 그 실체를 드러낸 것이다.

더욱 놀라운 일은 태을문을 공격한 군림회의 무력단을 상대하기 위해 소림파의 백팔나한이 태을문에 모습을 보인 것이다. 군림회의 태을문에 대한 공격은 실패로 끝이 났지만, 소림의 피해 또한 가볍지 않다고 전해졌다.

하지만 소림파가 군림회의 공격을 저지했다는 사실보다 어떻게 전 무림이 군림회에 대해 아무것도 모르고 있을 때 세상의 소식이 가장 느린 소림파가 태을문에 모습을 보였냐는 것이었다. 이는 명백히 소림파가 군림회의 존재와 움직임을 미리 알고 있지 않고서는 불가능한 움직임이었다.

더욱이 이번 태을문에서 보인 소림파의 기민한 행보는 지금까지 무림인들이 알던 소림파와는 너무도 많이 달랐다. 세상의 일에 한발 물러나 있었고, 또 세상의 일에 관여하는 것을 거려하는 소림의 그동안의 모습에 비추어볼 때 이번 태을문의 일은 분명 사람들을 어리둥절하게 만들기에 충분했다. 그리고 마교의 후신인 군림회가 본격적인 행보를 보일 때도 소림이 과연 태을문에서와 같이 적극적일 것인지도 궁금했다.

소림의 적극적인 행보 때문인지 군림회의 움직임은 그동안 마교의 발호 때와는 달리 아주 조용했다. 그런 군림회의 움직임 또한 무림인들을 의아하게 만들었다. 지금까지 마교가 발호한 전례를 볼 때 이번과 같이 시작이 조용했던 적은 한 번도 없었기 때문이었다.

태을문에서 소림파와의 격돌로 인한 피해가 컸던 것일까? 천년 소림무공의 정수인 백팔나한과 군림회의 세력이 격돌했다는 소문이 점점 구체적으로 나돌고 있었기에 한편으로 군림회의 침묵이 납득되면서도 다른 한편으로는 백팔나한의 출현만으로 군림회의 지금 침묵이 모두 이해가 되는 것은 아니었다. 천년 소림파의 역사상 백팔나한이 모두 무림에 모습을 보인 것은 분명 놀라운 일이긴 하지만 마교란 이름 뒤에 따르는 두려움과 혈향은 그런 놀라움보다 우선했던 것이다.

중원의 이목이 군림회와 소림파, 그리고 태을문에 집중되어 있을 때 다른 소문 하나가 섬서성을 중심으로 나돌기 시작했다. 그 소문의 진원지에는 섬서성의 패자 화산파가 있었다.

지난 사천혈사 이후 굳게 문을 닫아걸었던 화산파가 산문을 열고 세상으로 모습을 보이기 시작했다. 공교롭게도 군림회의 발호와 화산파의 산문이 열린 시기가 서로 비슷했기에 이번 화산파의 하산이 군림회와 관련이 있을 것이라는 추측이 지배적이었다. 그러나 화산파는 세간의 의혹에는 대답하지 않고 거듭 남하하고 있었다. 이제는 화산파의 목적지가 어디인지 세간의 이목이 집중되기 시작했다.

소림파의 이례적인 행보. 그리고 줄곧 침묵을 유지하고 있던 화산파의 재출도. 이제는 세인들의 시선이 나머지 오파일방과 사대세가에 시선이 쏠리기 시작했다.

중원이 온통 마교의 후신인 군림회의 출현으로 어수선해 있을 때 남창으로 향하고 있던 일단의 화산파 무리는 현재 무림의 걱정과는 전혀 다른 문제로 다투고 있었다. 그것은 화산파의 검교 무진 도장과 사질 문예설 두 숙질 간의 다툼이었다.

"뭣이! 그놈에게 아이가 둘씩이나 딸려 있단 말이냐!"

무진 도장의 수염이 부들부들 떨리고 있었다. 문예설이 좋아하는 승후가 아이가 둘씩이나 딸린 유부남이라는 사실에 무진 도장은 노기를 참을 수가 없었다. 이 순간 무진 도장의 머리 속에는 화산파가 승후에게 입은 은혜는 한 줌도 남아 있지 않았다.

"한데 그놈이 얼마 전에 또다시 혼인까지 했다?"

신녀문에서 승후와 사운화의 혼인을 이르는 말이었다. 그러나 문예설은 무진 도장의 말에 자꾸만 반복되는 그놈이라는 말이 거슬렀다. 무진 도장을 바라보는 문예설의 눈이 샐쭉해졌다. 승후의 바람기가 마음에 들지 않아 무진 도장에게 앞으로 승후가 자신을 마지막으로 더 이상 여인들과 얽히는 것을 막아달라는 부탁을 하기 위해 시작한 이야기가 점점 문예설의 의도를 벗어나고 있었기 때문이다.

"그런 놈이 그래도 너는 좋다는 말이지?"

"예!"

더 생각할 것도 없다는 듯 단호한 문예설의 대답에 무진 도장은 그
만 어이가 없었다. 무진 도장의 입에서는 그저 헛웃음만 흘러나올 뿐
이었다.

"허허……."

사람이 좋은 데는 이유가 없다. 무진 도장 역시 그런 말을 모르지는
않았지만, 이미 부인이 있는 데다가 아이까지 딸려 있는 승후가 왜 좋
은지 도무지 이해할 수가 없었다.

문일상에게 듣기로 승후가 빼어나게 잘생긴 것도 아니라고 했다. 그
렇다고 집안이 좋은 것도 아니었다. 무진 도장은 내심 문예설은 무림
의 명문세가나 조정의 고관대작의 자제에게 출가시키고 싶었다. 화산
파라는 배경과 무진 도장 자신의 인맥을 동원하면 그런 일이 전혀 불
가능하지도 않았다. 하지만 문예설이 선택한 이는 고작 일개 표국의
국주였고, 또 정실부인 자리도 아니었다. 문예설의 이야기로 두 번째
도 아닌 세 번째 부인 자리였기에 금이야 옥이야 키웠던 무진 도장의
실망은 어쩌면 당연한 일이었다.

"도대체 그놈의 어디가 좋은 게냐?"

급기야 무진 도장의 얼굴은 울상으로 변했다. 자신이 이토록 화를
내고 있음에도 문예설의 얼굴에 드러난 결심은 요지부동이었기 때문이
다. 그토록 자신의 말이라면 잘 듣던 아이가 한순간 남처럼 변한 모습
에 무진 도장의 가슴은 찢어질 듯 아팠다.

문예설은 태어나 첫 걸음을 뗐을 때부터 무진 도장의 거처를 문턱이
닳도록 드나들었다. 처음 말도 제대로 하지 못하는 여자 아이가 성가
시기도 했지만 아빠와 엄마 다음으로 무진 도장이 좋다는 아이의 말에

당시 무진 도장은 작은 감동을 느꼈다.

　그리고 문예설이 다섯 살이 되던 해 지독한 고뿔에 걸려 사경을 헤맬 때 무진 도장은 문예설이 화산의 많은 사질들과 결코 같을 수 없음을 뼈저리게 느꼈다. 고열에 시달리는 문예설을 위해 무진 도장은 섬서 일대 명의라는 명의는 모두 화산을 찾게 만들었고, 무진 도장의 말을 따르지 않는 의원은 협박하기도 했다. 그리고 그것조차 여의치 않으면 납치라도 해서 화산으로 데려왔었다. 그런 무진 도장의 정성이 통했는지 문예설은 무사할 수 있었고, 그날 이후 문예설은 더 이상 문일상의 자식이 아니었다. 화산파 모두가 인정하는 무진 도장의 딸이 되어버린 것이었다. 무진 도장의 머리 속으로 과거의 일이 주마등처럼 지나갔다.

　"그냥, 처음 오라버니를 만났을 때부터 좋았어요. 그리고 사숙도 오라버니를 만나게 되면 생각이 달라지실 거예요."

　도리어 자신을 설득해 오는 문예설의 모습에 무진 도장은 할 말을 잃고 말았다.

　'내 이놈을 만나기만 해봐라…….'

　남창으로부터 겨우 반나절 거리에 있는 객잔에서 무진 도장이 자신에게서 문예설을 빼앗아간 승후를 향해 이를 갈고 있었다.

　"누가 내 욕을 하나……."

　승후가 귓속을 긁으며 혼잣말을 했다. 승후의 갑작스런 행동에 관사성이 의아한 얼굴로 바라보았다.

　"아, 아무것도 아닙니다. 한데… 결심은 하셨습니까?"

　승후의 물음에 관사성은 머리를 끄덕였다.

　며칠 전 승후는 관사성에게 제안을 하나 했었다. 혈랑채의 잔존 인원을 승후의 대륙표국에서 고용하고, 훗날 관사성이 독립해 단독의 세력을 키우기를 원할 때 승후가 지원을 한다는 것이었다.

　승후의 제안은 관사성으로선 쉽게 거절할 수 없는 매력적인 것이었다. 아니, 이제 새로운 세력을 키운다는 것에 회의적이었던 관사성에게 승후의 제안은 불투명하던 앞날에 한줄기 빛과도 같았다. 더욱이 그들의 원수가 당문이나 아미파가 아닌 마교의 후신인 군림회라는 것을 알고 난 후 적의 거대한 세력에 복수마저 쉬운 일이 아니라는 생각에 허탈해하고 있던 중이었다.

　사실, 너무도 거대한 적의 세력에 반쯤 복수에 대한 의지가 사라진 것도 사실이었다. 그러나 승후의 인품과 인맥을 알아가게 되면서 승후와 함께 있다 보면 수하들의 원한을 조금쯤은 갚을 수도 있을 것이라는 생각이 들었다. 승후 본인은 부정하고 있었지만, 관사성의 눈에는 앞으로 군림회와 정파의 일전에 그가 그 중심에 설 것이 확실해 보였기 때문이다. 여러모로 관사성에게 승후의 제안은 쉽게 거절할 수 없는 것이었다.

　그럼에도 관사성은 승후의 제안에 며칠 동안 숙고하고 있었다. 수하들이 모두 관사성 자신의 결정을 기다리고 있다는 사실도 잘 알고 있었지만, 관사성은 쉽게 결정을 내리지 못하고 있었다. 그는 지금 너무도 지쳐 있었던 것이다.

　"상공, 승 국주의 제안을 받아들이세요. 모두가 그것을 원하고 있어요."

　철계옥의 말에 관사성이 머리를 끄덕였다. 이미 혈랑채의 인원 대부분이 대륙표국의 활기에 동화되어 가고 있었고, 또 몇 명은 관사성 모르게 표행에 따라나서고 있다는 사실을 모르지 않았다.

"채의 식구들을 잘 부탁합니다."

한참을 주저하던 관사성이 무겁게 말문을 열었다. 관사성의 결정에 철계옥이 반색했다.

"잘 생각하셨어요."

"앞으로 혈랑채와 본 표국은 한 가족입니다. 그리고 기존 표국의 가족들과 차별 또한 없을 겁니다."

듣기 좋은 말보다 승후의 이 한마디에 관사성은 믿음이 갔다. 그리고 자신들에게 배려를 아끼지 않는 승후가 고마웠다.

"그리고 채주께서는 본 표국의 호법이 되어주셨으면 합니다."

승후의 말에 관사성은 승후를 한동안 말없이 응시했다. 철계옥 역시 승후의 말이 의외였던지 놀란 표정으로 승후를 바라보았다.

원래 혈랑채는 정사 중간의 단체였다. 그러던 것이 사천당문과 아미파와의 잦은 충돌로 인해 사파로 굳어지게 되었다. 그런 사파의 거물인 혈랑채의 수장을 표국의 호법으로 영입하겠다는 말은 쉽게 할 수 있는 것이 아니었다. 관사성과 같은 사파의 거두를 식객으로 두고 있는 것과 표국의 인물로 받아들이는 것과는 그 의미가 사뭇 달랐다. 정파무림과 상당한 친분과 인맥이 있는 승후에게 관사성의 영입은 자칫 분란의 여지가 충분히 있었던 것이다.

'허허. 배포가 큰 것인지 아무런 생각이 없는 것인지……'

승후의 제안에 대한 관사성의 솔직한 마음이었다. 하지만 이제는 쌍괴라 불리는 남북쌍마의 존재를 떠올리는 순간 납득이 가기도 했다. 관사성은 남북쌍마가 소문과는 달리 그 모습이 많이 다른 것을 대륙표국에 머무르면서 알게 되었다. 지금도 석초혜와 이영의 뒤를 쫓아다니고 있을 모습이 눈에 선하게 그려졌다. 쌍괴 자신들은 알지 못하고 있었지만, 석가장의 식솔의 눈에 쌍괴는 아이들의 보모 그 이상도 이하도 아니었기 때문이다.

"저야 국주의 제안이 고맙기는 합니다만, 저로 인해 훗날 국주에게 폐가 될 수도 있는 일입니다."

승후는 관사성의 말에 미소를 지었다.

"그 말씀은 승낙으로 알겠습니다. 그리고 주위의 이목이 무서웠다면 애초 채주님을 남창에 들이지도 않았을 겁니다."

"하긴 그렇군요."

관사성은 자신의 걱정이 애꿎은 기우라는 것을 또 한 번 승후의 말에서 느꼈다. 이제는 편안하게 노후를 보낼 수 있을 것 같았다. 죽어간 수하들에겐 미안했지만, 당분간은 정말 쉬고 싶었다. 하지만 관사성의 그런 바람은 곧 깨어지고 말았다.

"당분간은 조금 바쁠 겁니다. 지금 표국에 일이 넘쳐나고 있으니 호법께서도 도와주셔야겠습니다."

관사성은 승후의 말에 순간 당황했다. 자신의 생각과 다르게 일이 전개되어 가는 것 같았기 때문이다.

"호호호……!"

이십 년을 넘게 관사성과 살을 맞대고 살아온 철계옥은 지금 관사성이 당혹스러워하는 모습이 참으로 오랜만이라는 생각을 했다. 옛날 자신이 관사성과의 비무에 패한 직후 졸졸 따라다니기 시작할 때 보였던 모습을 지금 관사성의 당혹스런 얼굴에서 엿볼 수 있었던 것이다.

"호법께서 맡아주실 표행은……."

"……."

승후의 설명이 계속되었지만 관사성은 승후의 말이 전혀 귀에 들어오지 않았다. 왠지 속았다는 생각이 떠나지 않았다. 하지만 철계옥은 승후를 향해 고마움의 눈빛을 건넸다. 수하들의 죽음에 대한 죄책감으로 매사에 의욕을 잃은 관사성에게 지금 당장 쉬는 것보다는 무언가 매진할 수 있는 일이 그를 위한 것이라 생각했기 때문이다. 승후와 철계옥은 의미심장한 눈빛을 주고받았다. 하지만 철계옥은 승후의 숨은 속마음을 짐작하지 못했다.

'당분간 표행은 신경 쓰지 않아도 되겠군…….'

"언니, 무거워."

이영이 귀여운 아미를 찌푸리며 석초혜를 향해 말했다. 이영과 석초혜는 지금 왕삼의 가게에서 만두를 사 들고 집으로 돌아가고 있는 중이었다. 하지만 이영이 너무 욕심을 부려 아이들이 모두 들고 가기에는 아무래도 만두의 수가 너무 많았다. 아이들의 얼굴만큼이나 큰 만두가 무려 열 개였다. 석초혜가 이영의 만두 두 개를 덜어주었기에 이영은 여덟 개의 만두를 안고 있었지만, 여전히 무겁기는 매한가지였다. 이영은 괜히 욕심을 부린 것에 투정을 하고 있는 것이다.

"내가 두 개만 더 들어줄까?"

석초혜의 말에 이영이 반색했다. 하지만 이내 머리를 가로저었다. 석초혜의 이마에 맺힌 땀방울을 발견했기 때문이다.

"언니, 미안해……."

"괜찮아."

이영의 말에 석초혜가 환하게 웃으며 말했다. 석초혜의 밝은 미소에 이영 또한 환하게 웃었다.

“빨리 가자.”

“응!”

석초혜의 재촉에 이영이 대답하며 발걸음을 내디뎠다. 그러나 뒤뚱뒤뚱 몇 걸음 내디디기도 전에 이영이 돌부리에 발이 걸리고 말았다.

“어, 어… 언니!”

이영이 급히 석초혜를 찾았지만, 이미 가슴에 이영보다 많은 수의 만두를 안고 있던 석초혜가 이영을 도울 수는 없는 일이었다. 석초혜가 발을 구르며 안타까운 얼굴로 이영을 바라보았다.

“어떡해……”

석초혜의 안타까운 마음이 통했는지 다행히 이영은 바닥에 넘어지지는 않았다. 이영이 막 바닥으로 넘어지려는 순간 이영을 안아 든 사람이 있었기 때문이다. 문예설과 남창에 도착하는 내내 찬바람을 만들어내고 있던 무진 도장이 그 주인공이었다.

“조심하지 않고서.”

울상을 지으며 어쩔 줄 몰라 하던 이영은 갑자기 자신을 안아 드는 사람의 손길에 놀란 듯 두 눈을 동그랗게 떴다. 그 모습이 너무도 귀여워 무진 도장이 슬며시 미소를 지었다.

“고맙습니다, 할아버지.”

석초혜가 무진 도장을 향해 어느새 다가왔는지 거리를 숙이며 말했다.

“고맙습니다, 할아버지.”

이영 역시 무진 도장을 향해 고마움을 전했다.

“그래, 무겁지 않으냐?”

무진 도장은 예의 바른 자매의 모습에 미소를 지었다. 동그랗게 놀란 눈을 한 이영도 귀여웠고, 이영과 나이 차가 크게 나지 않는 석초혜의 어른스러운 모습도 보기 좋았다.

"무거워요. 헤헤헤."

아이답게 솔직한 이영의 행동에 무진 도장의 미소는 더욱 짙어졌다.

"이 할아버지가 도와주련?"

무진 도장의 말에 이영의 얼굴이 환해졌다. 그리고 무진 도장에게 도와달라고 이야기하려던 이영은 석초혜의 눈치를 살폈다. 머리를 가로젓고 있는 석초혜의 모습에 이영은 울상을 지었다.

"괜찮아요. 이제 집까지 다 왔는걸요."

이영의 행동을 지켜보던 무진 도장이 의아한 표정을 지었다. 당장이라도 승낙할 것 같은 이영의 거절이 이해되지 않았기 때문이다. 그러나 이영의 그런 결정 뒤에 석초혜가 있다는 사실을 알아차리는 데에는 그리 많은 시간이 걸리지 않았다. 처음의 고마워하던 모습은 사라지고 잔뜩 경계를 하고 있는 석초혜의 모습이 눈에 들어왔기 때문이다.

"할아버지는 나쁜 사람이 아니란다."

"할아버지가 도와주지 않으셔도 우리는 집까지 갈 수 있어요. 그렇지, 영아?"

똑 소리 나게 말 잘하는 석초혜의 모습에 무진 도장은 내심 감탄했다.

"응, 언니. 할아버지 내려주세요."

아이들이 그렇게까지 말을 하자 무진 도장은 더 이상 이영을 안고 있을 수 없었다. 석초혜의 얼굴에 떠올라 있는 고집을 쉽게 꺾을 수 없을 것 같다는 생각이 들었던 것이다. 그러나 적지 않은 만두를 안고 있는 아이들이 여전히 신경이 쓰였다.

"할아버지, 고맙습니다."

이영이 품 안에 안고 있던 만두를 무진 도장을 향해 내밀었다. 이영의 갑작스런 행동에 의아했던 무진 도장은 곧 이영의 의도를 짐작할 수 있었다. 딴에는 사례를 하고 싶은 마음이었지만, 무진 도장은 이영이 내미는 만두를 선뜻 받아 들 수가 없었다. 무진 도장은 곡기를 끊은 지 오래였다.

"할아버지."

"그, 그래."

이영의 재촉에 무진 도장은 만두 하나를 받아 들었다. 아직 온기가 식지 않은 만두에서 아이의 따뜻한 마음도 함께 느껴졌다.

"너희들 집이 어디니?"

일행보다 훨씬 앞서 있던 무진 도장이 아이들과 이야기하고 있는 모습에 문예설이 호기심을 가지며 다가왔다.

"석가장이요."

"음?"

무진 도장은 이영의 말에 뜻밖이라는 표정을 지었다. 그들의 목적지 역시 이제는 대륙표국으로 더욱 알려진 석가장이었기 때문이다.

"우리도 대륙표국으로 가는 중이란다."

문예설의 말에 이영이 반색했다. 어른들과 집까지 같이 갈 수 있다면 무거운 만두는 들지 않아도 된다는 생각을 한 것이다. 그러나 석초혜는 이영의 앞을 막아서며 잔뜩 경계했다.

"아이야, 정말이란다. 우리는 표국의 국주님을 뵈러 온 거란다."

석초혜의 경계에 당황한 문예설을 대신해 고거원이 나서며 말했다.

"그래, 그리고 국주님의 부인과도 친하단다."

“엄마랑 친해요?”

이영의 반문에 순간 문예설이 당황했다.

“어, 엄마? 그럼, 네가 영아구나. 그리고 넌 초혜고.”

“예.”

문예설의 말에 이영과 석초혜가 머리를 끄덕였다.

“그럼 운화 언니도 알겠네?”

“예, 우리 고모예요.”

“소경 언니와 소미도?”

“예. 꼬마 고모도 알아요?”

이영의 물음에 문예설은 고소를 지었다. 이영이 말한 꼬마 고모가 누구인지 어렵지 않게 떠올릴 수 있었기 때문이다.

“우리는 화산에서 왔단다.”

“나 알아요. 화산에도 고모가 산다고 했는데… 그치, 언니?”

이영의 말에 석초혜가 호기심이 가득한 얼굴로 머리를 끄덕였다.

“화산에 사는 고모예요?”

석초혜의 말에 문예설은 잠시 당황했다. 하지만 아이들에게 고모라 불린 사람은 화산의 인물들 중에 자신 외에는 없었다.

“그, 그럴걸…….”

자신은 어디까지나 승후의 부인이 될 예정(?)이었다. 그랬기에 아이들의 고모란 말에 선뜻 그렇노라고 확답할 수가 없었다. 그러나 아이들은 문예설의 대답 한마디에 경계를 풀어버리고 말았다.

“너희들이 국주의 아이들이라고?”

무진 도장이 조금 굳은 얼굴로 말했다. 이미 알고는 있었지만, 직접 그 사실을 확인하고 나니 그동안 잊고 있던 노기가 슬금슬금 되살아났던 것이다. 하지만 그렇다고 아이들에게 화를 낼 만큼 무진 도장은 수양이 낮지 않았다. 그리고 조금 전 보았던 아이들의 우애와 행동거지 하나하나가 무진 도장의 마음에 꼭 들었기에 쉽게 화를 낼 수가 없었던 것이다. 그러나 남창 성내에 들어설 때까지 승후로 인해 문예설과 말다툼을 벌여야 했기에 일부러 화난 척한 것이었다.

"예! 저는 석초혜라고 해요, 할아버지!"

"저는 이영이에요!"

무진 도장은 아이들의 말에 잠시 의아했다. 아이들의 성이 각기 달랐기 때문이다.

"석초혜? 이영?"

"예!"

무진 도장은 승후의 아이들이 모두 성이 다른 것에 의아한 얼굴로 문예설을 바라보았다. 하지만 아이들 앞에서 자세한 사정을 설명할 수는 없는 일이었다.

"사정이 있어요. 표국에 도착하면 자세하게 설명해 드릴게요."

문예설의 말에 무진 도장은 고개를 끄덕였다. 문예설의 설명이 아니더라도 아이들의 성이 다른 것만으로도 무언가 사정이 있을 것이라는 생각을 어렵지 않게 할 수 있었기 때문이다. 그리고 성이 다른 두 아이가 친자매보다 더 잘 지내는 모습이 궁금하기도 했다.

"자, 그럼 같이 가도록 할까요, 귀여운 아가씨들."

조금 전부터 아이들의 귀여운 모습에 미소를 짓고 있던 고거원이 석초혜를 안아 들며 말했다. 그리고 문예설이 이영을 안아 들려고 하자 무진 도장이 앞서 이영을 안아 들었다.

"자, 서둘러 가자꾸나."

선수를 빼앗긴 문예설이 새침한 표정으로 무진 도장을 바라보자 무진 도장은 문예설의 시선을 피해 앞서 걷기 시작했다. 문예설 이후 처음으로 자신에게 경계를 하지 않는 이영에게 마음이 갔던 것이다. 그러나 무진 도장을 비롯한 화산파의 인물들은 몇 걸음 내딛기도 전에 앞을 막아서는 인영에 걸음을 멈추어야 했다.

"쌍마?"

무진 도장은 앞을 막아서는 두 사람을 대번에 알아보았다. 갑작스런 남북쌍마의 출현에 무진 도장은 내심 당황했다. 그러나 자신의 그런 감정을 겉으로 드러낼 정도로 무진 도장은 수양이 낮지 않았다. 한편으로 경계를 하며 무진 도장은 내력을 일으켰다.

"할아버지!"

이영의 외침에 무진 도장은 흠칫 놀랐다. 무림의 노마두를 향해 반가워하는 이영의 행동에 순간 떠오른 생각이 있었다.

'설마, 쌍마의 손녀였던가……'

그러나 이내 머리를 저었다. 남북쌍마 누구에게도 손녀가 있다는 이야기를 들어보지 못했고, 또 방금 전 아이들의 이야기가 떠올랐기 때문이다.

"할아버지, 내려주세요."

이영의 말에 무진 도장은 잠시 주저했다. 그런 무진 도장을 향해 남마 풍치가 조금 불쾌한 얼굴을 했다.

"그만 아이를 놓아주지 그러나."

무진 도장이 마지못해 이영을 내려놓자 이영은 예의 뒤뚱뒤뚱 걸음으로 남마를 향해 걸어갔다.

"영아야, 그게 다 뭐냐?"

남마의 따뜻한 미소에 무진 도장은 잠시 할 말을 잃었다. 지금 남마의 모습은 과거 명성(?)이 자자하던 그의 모습과는 너무도 차이가 있었기 때문이다.

"만두예요. 언니랑 모은 돈으로 샀어요!"

"오! 그러냐?"

남마는 이영이 대견하다는 듯이 머리를 쓰다듬으며 이영이 안고 있는 만두를 들어주었다.

"초혜야."

"예."

북마의 말에 석초혜 역시 북마를 향해 다가왔다. 이영처럼 애교가 많은 석초혜가 아니었기에 석초혜는 그저 북마 유향의 옷깃을 잡을 뿐이었다. 하지만 북마 유향은 속 깊은 석초혜의 마음을 모르지 않았다. 석초혜를 바라보는 북마 유향의 두 눈 역시 남마와 다르지 않게 따뜻했다.

'허……'

무진 도장은 지금 눈앞의 광경에 할 말을 잃었다. 그리고 그것은 남북쌍마의 출현과 더불어 잔뜩 긴장하고 있던 화산파의 제자들 역시 다르지 않았다.

"국주를 만나러 온 건가 보군."

"……"

무진 도장은 북마의 말에 잠시 어리둥절했다. 북마가 말하는 국주란 인물이 선뜻 떠오르지 않았기 때문이다.

"대륙표국을 찾아온 것이 아닌가?"

남마 풍치가 이영을 안은 채 등을 보이자 그때서야 말뜻을 알아차린 무진 도장이 급히 말했다.

"뇌룡신검과는 어떤 사이요?"

"우리?"

무진 도장의 말에 북마 유향이 반문했다.

"그렇소."

"우리는 대륙표국의 호법이네만."

"호법?"

무진 도장은 얼굴을 굳혔다. 전대의 노마두들이 호법으로 있는 것으로 보아 승후 역시 흑도의 인물들과 가까울 것이라 생각한 것이다. 그리고 화산과 같은 명문정파와 어울릴 수 없는 승후에게 문예설을 줄 수 없다는 결심을 했다.

"일단 따라오게. 국주의 손님인 것 같으니."

무진 도장은 문예설을 바라보았다. 그러나 문예설 역시 승후의 표국에 관해서는 알지 못했기에 무진 도장의 의문을 해소시켜 줄 수 없었다. 결국 무진 도장은 남북쌍마의 뒤를 따를 수밖에 없었다. 어쨌든 그들의 목적은 화산의 위난을 도와준 승후에게 고마움을 전할 사절단이었고, 또 군림회와의 일전에 대비한 선발대였기 때문이다.

한때 남창 제일의 장원이었던 석가장의 후원에는 중원의 양식과는 많이 다른 건물이 하나 있었다. 세심정(洗心亭). 마음을 씻는 곳이라는 깊은 의미와는 달리 정자의 규모는 아담했다. 종종 아이들의 놀이터로 바뀌기도 했지만, 복잡한 머리를 식히기 위해 승후가 주로 찾는 곳이었다. 그리고 오늘 세심정에는 승후와 공공신승이 태을문의 일과 군림회에 관한 이야기를 하고 있었다.

“소림의 나한진으로 겨우 군림회의 공격을 저지했다고 한다.”

공공신승의 안색은 시종 무거웠다. 군림회의 독적을 저지했다고는 하지만 소림파의 피해가 너무 컸기 때문이다.

나한진은 소림파 내에서도 무공이 출중한 제자들 중에서 추리고 추린 빼어난 실력을 지닌 제자들로 이루어진다. 소림의 자존심이라 할 수 있는 나한진이 아무리 마교의 후예들과 격돌했다지만 제자의 절반이 죽거나 중상을 입었다는 사실은 분명히 충격적인 일이었다.

“군림회의 예기를 꺾는다는 것이 도리어 사기를 올려준 꼴이 되었다.”

공공신승은 줄곧 말이 없는 승후를 바라보며 말했다. 군림회가 휘하의 두 무력단을 잃었다고는 하지만 소림의 자존심이라 할 수 있는 나한진을 붕괴 직전까지 몰고 갔다는 것은 그만큼 앞으로의 행보에 자신감을 가질 것이 분명했다.

“꼭 그렇게 볼 수만은 없습니다.”

“무슨 말이냐?”

“군림회의 무력단은 대략 일곱 개 정도로 알고 있습니다. 한데 그중 두 개의 무력단이 나한진에 전멸당했습니다. 그리고 지금 표국에서 요양하고 있는 생사판관 좌승염 휘하의 추살대 역시 전멸은 아니더라도 괴멸에 가까운 피해를 입었습니다.”

사실, 나한진이 붕괴 직전에까지 몰리게 된 것은 나한진을 펼쳤던 소림파의 무승들의 무위가 염열대나 혈수마대보다 약해서가 아니었다. 생사를 도외시한 염열대와 혈수마대의 집요함이 소림파의 무승들을 위축되게 만든 데 더 큰 이유가 있었다.

“그들이 나머지 무력단을 모두 동원한다 하더라도 무림 전체와 전쟁을 할 수는 없습니다. 그리고 세 개의 무력단을 다시 재정비하기 위해서는 상당한 시간과 인력이 필요합니다. 아마도 당분간은 무림의 움직임을 주시하면서 휘하에 세를 결집하려고 들 것이 분명합니다.”

공공신승은 승후의 말에 머리를 끄덕였다. 분명 일리가 있는 말이었다.

“네 말이 사실이라면 그것은 정파의 세력이 연합해서 일거에 마교를 몰아낼 수도 있는 절호의 기회가 아니냐?”

승후는 공공신승의 말에 쓴 미소를 지었다. 무림의 신승이라 불리는 공공신승 역시 마교의 후예인 군림회에 관해서는 용서가 없었다. 아니, 공공신승 자신의 가문에 대한 은원을 아직 잊지 않아서인지도 모르는 일이었다.

“그렇게 되기는 힘들 겁니다.”

“그건 또 왜 그러느냐?”

“오파일방과 일부 세가는 칠정산에서 회복된 지 얼마 되지 않았습니다. 그들이 전력을 모아 군림회를 치고 싶어도 당장은 그럴 여력이 없습니다. 칠정산의 마수에서 벗어난 그들은 이제 겨우 한숨을 돌리고 있습니다. 그런 그들이 전력을 모아 군림회를 공격할까요? 양패구상이라는 최악의 결과가 일어날지도 모르는 상황에서 말입니다.”

“……”

승후의 말에 공공신승은 아무런 대답을 하지 못했다. 현재 오파일방과 무림세가들이 처해 있는 상황이 어떠한지 공공신승 또한 모르지 않았기 때문이다.

“더 중요한 것은 아직 군림회의 근거지를 알 수 없다는 겁니다.”

공공신승은 승후의 말에 무겁게 머리를 끄덕였다.

"정파 역시 당분간은 흐트러진 정신과 힘을 한곳으로 모아야 할 겁니다. 당분간은 서로가 원하든 원하지 않든 힘의 균형이 이어질 겁니다. 하지만 그 균형이 깨어지는 순간은 무림에 또 한 번 피바람이 불게 될 겁니다."

"음……."

어차피 마교의 후예인 군림회와 한 번의 일전은 피할 수 없는 일이었다. 서로의 성향이 빛과 어둠과 같이 다르니 상생의 묘를 찾기란 애초에 불가능했다. 하지만 승후는 군림회와 정파의 공존을 원했다. 무림이 군림회나 정파의 일방적인 색깔을 가지는 것은 결코 좋은 일이 아니었다.

무공 역시 다른 분야와 같이 강력한 경쟁자가 있어야 발전하는 것이었다. 꼭 무공의 발전이 아니더라도 군림회와 정파의 충돌은 수많은 인명의 손실을 낳을 것이 분명했다. 하지만 현재로서는 승후의 뜻처럼 군림회와 정파가 공존하는 길을 모색하기란 쉽지 않았다. 칠정산으로 인해 군림회는 정파무림의 잊지 못할 원한을 사고 있었기 때문이다.

"그건 그렇고. 너는 앞으로 어떡할 테냐?"

"예? 무엇을 말입니까?"

"군림회 문제 말이다. 현재 무림의 누구보다도 군림회에 대해 잘 알고 있는 사람은 너밖에 없지 않느냐? 그리고 정파무림의 회합을 남창에서 가지기로 하지 않았느냐?"

공공신승은 지난 승후의 일련의 행동들이 무림에 명성을 쌓기 위한 것이라고 여겼었다. 그리고 이번 정파의 회합 중심에 승후가 설 것이라고 생각했다.

"글쎄요. 전 군림회의 문제에 적극적으로 나서고 싶은 생각이 없습니다. 저는 이번 남창의 회합에 군림회에 대한 정보만 넘기고 뒤로 빠질 생각입니다. 그리고 정파연합이 군림회와 일전을 벌이게 된다면 뒤에서만 도울 것입니다. 그러니 제가 적극적으로 앞에 나서는 일은 없을 겁니다."

"음?"

공공신승은 승후의 말에 뜻밖이라는 표정을 지었다. 공공신승이 생각한 것과는 전혀 다른 승후의 대답이었기 때문이다.

"이번 남창의 회합은 분명 너에게 명성을 떨칠 수 있는 기회일 텐데도 말이냐?"

"전 타인의 피로 제 명성을 쌓고 싶지는 않습니다."

승후의 명쾌한 대답에 공공신승은 환한 미소를 지었다. 공공신승은 아직 젊은 나이에 승후처럼 명예에 담백한 사람을 보지 못했던 것이다.

'그리고 재물에 욕심을 부리지 않으면 더없이 좋을 것인데……'

승후는 명예욕에 담백한 대신 재물에는 욕심이 많았다. 그것이 가족들과 수하들을 위해서라고는 하지만 때때로 공공신승의 눈살이 찌푸려질 만큼 집착을 보이는 승후를 볼 때면 공공신승은 승후가 재물에 대한 마음가짐도 명예욕만큼이나 담백했으면 하는 생각을 하곤 했다.

다만, 공공신승이 조금 마음을 놓을 수 있는 것은 승후가 재물을 마냥 쌓아두기만 하는 것은 아니라는 것이었다. 남창의 어려운 사람들을 위해 베풀 줄도 알았고, 스스로를 위한 사치는 일절 하지 않았다. 승후가 재물을 모으는 것은 스스로를 위해서가 아니라 가족들과 어려운 사람들을 위해 베풀기 위함이라는 것이다.

공공신승은 석가장에 머무르게 되면서 승후의 성격이 명분보다는 단 서 푼짜리라도 그 실리를 추구하는 성향임을 확신하게 되었다. 그런 승후의 성격을 짐작해 보면 군림회와의 일전에서 승후가 취할 행동도 어렵지 않게 예상되었다.

"하지만 너의 뜻이 어떠하든 넌 이미 군림회와 척을 지고 있다. 그들은 너를 쉽게 놓아주지 않을 것이다. 무엇보다 너는 군림회에 관해 너무 많이 알고 있단 말이다."

공공신승의 말에 승후는 가만히 고개를 끄덕였다. 목적을 위해서는 수단을 가리지 않는 군림회를 잊을 수 없었다. 아직도 석초혜가 납치당했던 일을 생각하면 심장이 두근거렸다. 가슴과 단전의 상처를 볼 때면 그날의 상황이 되살아났다. 그러나 한편으로는 가슴이 뿌듯하기도 했다. 스스로의 힘으로 석초혜를 지켰다는 사실이 승후에게 매사에 자신감을 갖게 만들었다.

공공신승은 가슴의 상처를 쓰다듬으며 미소 짓는 승후를 보며 묘한 표정을 지었다. 분명 죽음의 목전에 이르게 만든 상처였고, 또 단전을 상실하게 만든 치명적인 상처였지만, 승후는 미소 짓고 있었다. 승후의 미소가 어디에서 기인하는지 공공신승은 모르지 않았다. 아마 승후는 자신이 지킨 아이들의 얼굴을 떠올리고 있을 것이다. 공공신승 역시 아이들을 떠올릴 때면 승후와 같은 미소가 떠올랐다. 공공신승이 승후의 표국에 기한없이 머무르고 있는 까닭도 따지고 보면 아이들 때문이었다.

"아빠!"

매일 들어도 반가운 목소리에 승후와 공공신승은 서로의 상념에서 벗어났다. 아이들이 세심정을 향해 달려오고 있었다. 불영선하보(佛影仙霞步)라는 소림의 절기 중 하나인 경공을 펼치며 뒤뚱뒤뚱 달려오는 모습이 승후와 공공신승으로 하여금 웃음을 터뜨리게 만들었다.

"하하하!"

신선이 노니는 보법이라는 이름이 무색하게 아이들의 경공은 그 형이 엉터리였다. 하지만 이 순간 아이들의 모습은 승후나 공공신승에게 귀여운 동선(童仙)임에 틀림없었다.

반 시진이 지나는 동안 벌써 찻잔을 세 번이나 갈아야 했다. 서로가 할 말은 있지만, 먼저 말문을 여는 사람이 없었다.

무진 도장은 자신의 따가운 시선을 받으면서도 동요없는 승후의 모습에 괜히 심술이 났다. 다시 반 각이 흘러서야 무진 도장이 처음으로 말문을 열었다.

"일단, 화산의 일은 고마웠네."

"그저 운이 좋았을 뿐입니다."

"화산은 은원이 명확한 문파이네. 자네가 원하는 바가 무엇인지 말해 보게."

무진 도장의 말은 상당히 무례한 것이었다. 하지만 문예설에 관한 일로 이미 심사가 꼬여 버린 무진 도장에게서 듣기 좋은 말이 나오기란 애초부터 불가능한 일이었다. 그런 무진 도장의 마음을 모르지 않았기에 승후는 무진 도장의 말에 담담히 대꾸할 뿐이었다.

그러나 지금 무진 도장의 마음은 불편하기 그지없었다. 대륙표국에 도착해 소난영과 사운화를 만나고서부터는 문예설과 비교되는 그녀들의 모습에 마음이 무거웠다. 뛰어난 미모는 물론 행동 하나하나가 명가의 여식들에 전혀 손색이 없었다. 그에 비하면 천방지축인 문예설은 그녀들에 비해 많이 모자라 보였다. 그동안 너무 곱게 키운 것은 아닌지 무진 도장은 자꾸만 걱정이 들었던 것이다.

“제게 설아만 주십시오.”

승후의 말에 무진 도장은 두 눈을 부릅떴다. 승후의 말은 화산파가 승후에게 입은 은혜는 문예설로 상쇄하겠다는 말과 다르지 않았기 때문이다. 무진 도장의 얼굴이 분노로 인해 시뻘겋게 달아올랐다.

“네놈이……!”

무진 도장은 분노로 말을 잇지 못했다. 치미는 살기를 무진 도장은 간신히 억누르고 있었다. 그리고 승후의 말이 이어졌다.

“제가 살던 곳에 이런 속담이 있습니다. 마누라가 예쁘면 처갓집 말뚝을 보며 절한다는.”

승후의 말에 무진 도장은 잠시 어리둥절한 표정이었다. 처음 듣는 말이었기 때문이다.

“사랑스런 설매의 사문입니다. 사랑하는 사람의 사문이 어려움에 처했을 때 돕는 것은 당연한 일입니다. 당연한 일을 했음에도 대가를 받을 수는 없는 일이지요. 만약 사문이 어려운 상황에 처해 있다면 무진 도장께서는 그 문제를 해결하고 나서 대가를 원하시겠습니까?”

“…….”

“도장께서 설매를 아끼는 만큼 저 역시 설매를 아낍니다. 아니, 도장께서 설매를 생각하는 것에 비할 수는 없겠지요. 착한 설매가 부족한 저를 택한 것이 도장께서는 못마땅하시겠지만, 설매의 의견을 존중해 주시고, 또 저를 한번 믿어봐 주십시오. 행복하게 살겠습니다. 그리고 화산이 제게 은혜를 입었다고 생각하는지 모르겠지만, 전 제가 사랑하는 설매를 위해 한 일이기에 단 한 번도 제가 화산에 은혜를 베풀었다고 생각해 본 적이 없습니다.”

무진 도장은 침묵했다. 승후의 말은 단호했고, 또 작은 흔들림조차도 없었다. 사랑하는 이를 위해 당연한 일을 했다는 승후의 말에 무슨 말을 할 것인가. 무진 도장은 자신의 행동에 그만 무안해졌다.

"흠, 흠."

머쓱해진 무진 도장이 헛기침을 하며 슬그머니 승후의 시선을 피했다.

"자네 아이들이 귀엽더군. 이영이라 했던가? 작은 아이가……."

말을 돌리는 무진 도장의 모습에 승후는 살며시 미소를 지었다. 다행히 문예설의 문제는 큰 고개를 하나 무사히 넘었다는 안도의 생각이 들었던 것이다.

"예."

"한데 아이들의 성이 다르더군. 자네의 성과도 다르고 말이네."

무진 도장은 줄곧 궁금하게 여기고 있던 것을 승후에게 물었다.

"사정이 있습니다. 조금 긴 이야기입니다만……."

무진 도장은 고개를 끄덕이는 것으로 대답을 대신했다. 그리고 승후의 이야기가 시작되었다.

"정파무림의 회합이라……."

외당으로부터 전해온 서신을 읽은 노인의 입에서 낮은 음성이 흘러나왔다. 태을문에서부터 꼬이기 시작한 일들이 더욱 얽혀가고 있었다. 비록 최적의 상황에서 휘하의 염열대를 움직인 것은 아니지만, 설마 염열대 모두 전멸할 것이라고는 상상도 하지 못했다.

더욱이 소림의 나한진이 모습을 보일 것이라고는 노인은 물론 회의 누구도 예상하지 못한 결과였다. 그리고 지금 회는 소림의 피해가 어느 정도인지조차 짐작하지 못하고 있었다. 회의 정보력이 회주 직속의 등천비마대와 태상 직속의 외당에 분산되어 있어 각기 엇갈리는 내용이 많았기에 사실을 확인하는 데에도 상당한 시간이 필요했다.

그리고 현재 회 내의 분위기가 좋지 못했다. 회가 회주와 태상의지지 세력으로 나뉘어 제대로 된 힘을 낼 수가 없었기 때문이다. 그리고 회의 장로들과 호법들이 회주와 태상을 비난하는 수위가 점점 높아지고 있었다. 잘못하다가는 회가 세 조각으로 날 수도 있는 것이 작금의 상황이었다.

그렇게 회는 분열을 거듭하고 있을 때 정파무림은 힘을 하나로 모으기 위한 움직임을 보이고 있었다. 지금까지 전례를 따져 볼 때 결과는 분명 느슨한 문파 간의 연합이 될 테였지만, 그 결과야 어떻든 현재의 상황은 분명 분열을 거듭하고 있는 회의 입장에서는 부러운 일임에는 틀림없었다.

"한데 회합의 장소가 남창이라?"

외당에서 올린 서신을 내려놓은 범위건(梵衛揵)이 모용하영을 바라보았다. 모용하영의 뺨에 이전까지 볼 수 없었던 깊은 검상이 흉측하게 나 있었다. 모용하영의 뺨에 검상이 난 후 모용하영에게 한 가지 변화가 있었다. 그동안 얼굴을 가리던 면사를 벗어버린 것이다.

"남창이면, 경 대주와 외당이 일을 벌인 곳인데. 모용 당주의 그 상처와 관계가 있는 것인가?"

"……."

범위건의 말에 모용하영의 뺨이 미세하게 떨렸다. 그리고 모용하영의 뺨에 마치 뱀의 형상처럼 나 있던 흉터가 사이한 움직임을 보였다. 모용하영의 눈이 차갑게 빛나기 시작했다.

"그래, 앞으로 어찌할 텐가?"

모용하영은 태상의 얼굴을 응시했다. 남창에서의 일이 있기 전 모용하영이었다면 결코 있을 수 없는 일이었지만, 그때 이후 모용하영은 변한 얼굴만큼이나 성격 또한 변해 있었다. 모용하영은 태상이 지금 자신을 시험하고 있다는 것을 모르지 않았다. 모용하영의 입꼬리가 살짝 치솟았다. 그러나 모용하영은 자신의 그런 표정의 변화를 느끼지 못했다.

"힘을 모아야 합니다. 그리고 당분간은 회주와 손을 잡으셔야 합니다."

"음."

얼음장 같은 모용하영의 대답에 범위건은 불쾌한 음성을 흘렸다. 회주와 손을 잡아야 한다는 말이 범위건의 심기를 건드린 것이다.

"회주와 손을 잡는 것이야 어렵지 않지. 하지만 과연 회주를 믿을 수 있을까?"

범위건의 말은 사실 불필요한 것이었다. 비록 회가 양분되어 있기는 하지만 공통의 적이나 목적 앞에서는 서로가 힘을 합하기도 했기 때문이다. 그 예로 하남 태을문의 일을 들 수 있었다. 비록 목적은 이루지 못하고 실패를 했지만.

모용하영은 범위건이 회주에게 머리를 숙이는 것이 못마땅해하는 것임을 모르지 않았다. 하지만 현 상황에서 회주와의 연수는 꼭 필요한 일이었다. 그리고 모용하영은 범위건이 무슨 말을 할지 어렵지 않게 예상할 수 있었다.

"좋아. 모용 당주의 말을 따르도록 하지."

"감사합니다."

모용하영은 범위건의 대답에 허리를 숙이며 말했다.

"하면, 언제쯤 본 회의 본격적인 행보가 가능하겠는가?"

"대략 석 달 후부터 가능하리라 생각합니다."

"음? 너무 빠른 것이 아닌가?"

"예. 하지만 그동안 정파에 억눌려 있던 흑도의 고수들이 본 회의 휘하로 몰려들고 있습니다. 그들에게 적당히 대우를 해준다면 어렵지 않게 염열대의 빈자리를 메울 수 있을 겁니다."

군림회가 무림에 그 존재를 알렸을 때 그동안 정파무림에 의해 숨을 죽이고 있던 사파와 흑도의 거두들이 속속 군림회로 투신해 왔다. 그리고 그 숫자는 전멸한 염열대의 삼분의 일에 이르고 있었다.

"그것참 반가운 소리군 그래. 하면 두 달 후 그들을 시험할 곳을 이미 생각해 두었겠군. 그렇지 않은가?"

"예. 표가장을 생각해 두고 있습니다."

"표가장? 본 회가 장악하고 있는 곳이 아닌가?"

표가장은 이미 회가 장악한 곳이었기에 범위건은 의아한 얼굴로 반문했다.

"그러합니다만, 표가장의 소장주 표충영이 부쩍 본 회의 일을 방해하는 일이 늘고 있다 합니다. 이 기회에 아직 포섭되지 않은 표가장의 인물들을 제거할 필요가 있습니다."

"좋아, 그 일은 알아서 하게."

"예."

"그만 나가보게."

모용하영이 길게 읍을 하며 범위건의 처소를 나섰다. 모용하영의 귀로 태상의 낮은 음성이 들려왔다.

"남창이라……."

　　모용하영은 손을 들어 자신의 뺨에 난 상처를 쓰다듬었다. 순간 밀려드는 화끈한 통증에 모용하영은 얼굴을 일그러뜨렸다. 결코 잊을 수 없는 남창에서의 일이 눈앞에 그려졌다. 가슴과 단전에 검을 꽂고도 어검술을 펼치던 승후의 모습을 어찌 잊을 수 있겠는가. 가공할 무공도 무공이지만, 마지막까지 자신에 대한 살의를 보이던 승후의 두 눈을 결코 잊을 수 없었다.

　　"내 너의 심장을 씹어 먹을 것이다. 호호호……."

　　모용하영의 원한이 담긴 웃음소리가 긴 회랑을 따라 멀리 퍼져 나갔다.

달그락.

화산파의 장문인 매화검 위진악은 대화가 겉돌고 있다 생각했다. 그리고 시간이 흐를수록 사람들이 찻잔을 만지는 횟수가 늘고 있다는 사실을 깨달았다. 지금 회의장에 모인 사람들은 어느 누구 하나 가벼운 신분의 사람이 없었다. 무당파의 장문인 청허자(淸盧子)를 위시해 개방 방주 주귀(酒鬼) 무일진, 남궁세가의 당대 가주 검왕 남궁도, 팽가의 가주 대력패도(大力覇刀) 팽문강(彭門講), 황보세가의 가주 신산(神算) 황보의청(皇甫意靑). 그리고 진주언가와 악양제일장으로 대변되는 신흥 무가의 가주들 또한 오파일방과 사대세가의 가주들 못지않은 명성을 쌓고 있었다. 그런 이들이 승후를 의식하고 있었다. 승후에게 빚을 진 사람들과 또 승후와 친분이 있는 사람들. 크게 두 부류의 사람들이 승후를 의식하고 있는 것이었다. 앞으로 창설될 무림맹에 과연 승후를 어느 정도의 지위를 주어야 하는지 벌써부터 복잡한 계산을 머리 속에서 굴리고 있는 중인 것이다.

"이보시오, 승 국주."

신산이라는 별호만큼이나 뛰어난 머리를 자랑하는 황보의청이 승후를 향해 말문을 열었다. 회의가 시작되고 황보의청은 줄곧 승후를 주시하고 있었다. 처음 승후의 방문을 받고 두 번째 만남이었지만, 그때보다 더욱 담담한 승후의 눈빛이 마음에 들었다. 그사이 더욱 깊은 성취를 이룬 것이 분명해 보였다.

그럼에도 승후는 결코 자만하지 않았다. 아니, 처음 오파일방과 사대세가, 그리고 신흥무가의 가주들의 방문을 받을 때 승후는 하나같이 정중했고, 세력의 크고 낮음에 상관없이 한결같이 대했다. 그 점이 황보의청으로 하여금 승후를 새롭게 보게 만들었다.

담담한 신색으로 있는 승후의 모습은 마치 이 자리에서 오고 가는 내용이 전혀 관심이 없는 듯 보였다. 각파와 세가의 장문인과 가주들이 지금 이 자리에 모일 수 있었던 것은 승후의 도움 덕분이었다. 비록 문성왕의 도움을 받았다고는 하지만 황실의 인맥을 동원할 수 있는 능력조차도 승후의 능력인 것이다.

"승 국주는 앞으로 창설될 무림맹에서 어떤 자리를 원하시오?"

좌중의 이목이 승후와 황보의청에게 집중되었다. 평소 황보의청이 보일 모습이 아니었기 때문이다. 이에 황보의청과 친분이 있는 세가의 가주들은 의아한 표정이었다. 그러나 한편으로는 승후의 대답이 어떠할지 궁금증을 가지고 승후를 바라보았다.

지금의 회합이 있기까지 승후의 공이 지대하였기에 승후의 공을 결코 무시할 수 없었다. 단지 자파의 감추고 싶은 비밀을 승후가 너무도 속속들이 알고 있기에 꺼려하는 마음을 가지고 있을 뿐이었다. 그런 승후에게 황보의청의 노골적인 물음은 상당한 결례였다. 하지만, 신산이라는 별호를 가진 황보의청의 행동에는 그 나름의 의도가 있을 것이라고 좌중은 생각했다. 그리고 그 생각이 결코 틀린 것은 아니었다. 황보의청은 모두가 승후에게 크든 작든 빚이 있다면 이 자리에서 그 은원을 확실히 하고 솔직히 이야기하는 것이 앞으로의 빠른 일 처리를 위해서 낫다고 생각한 것이다.

"맹주 자리라도 주시렵니까?"

승후의 말에 황보의청을 제외한 모두가 어이없는 얼굴을 했다. 승후의 요구는 너무도 과했기 때문이다. 그리고 듣기에 따라서는 앞으로 창설될 무림맹을 무시하는 것으로 오해를 받을 소지가 있었다. 그러나 승후의 대답이 나오기 무섭게 눈살을 찌푸리던 좌중과는 달리 황보의청의 두 눈이 이채를 띠며 빛나기 시작했다.

"자네가 원한다면 내 자네가 맹주가 될 수 있도록 적극 돕도록 하겠네."

황보의청의 말이 뜻밖이었던지 승후는 조금은 놀란 표정이 되었다. 하지만 이내 피식 웃음을 짓고 말았다. 좌중의 따가운 시선이 느껴졌기 때문이다.

"하하하! 농이었습니다. 원, 황보 가주께는 농도 할 수 없겠습니다."

승후의 말에 황보의청 역시 미소를 지으며 말했다.

"뭐, 나 역시 농이었다고 해두지."

황보의청의 의미심장한 말에 승후의 안색이 처음으로 흠칫했다. 황보의청의 말은 진심이었던 것이다. 승후의 안색은 금세 평소의 모습으로 돌아왔다. 좌중을 다시 한 번 둘러본 승후가 자신의 뜻을 이야기하기 시작했다.

"앞으로 창설될 무림맹의 일은 무림의 문파인 여러분이 결정하셔야 될 일입니다. 저는 일개 표국의 국주일 뿐입니다. 그런 제가 무림맹에서 할 수 있는 일이란 극히 작은 일뿐일 것입니다. 여기 모이신 오파일방과 사대세가, 그리고 신흥세가의 대표들만으로 이미 무림맹은 창설된 것이나 마찬가지 아닙니까? 저는 제 분수를 잘 압니다. 제 역할은 여기까지이고, 혹 제 도움이 필요하다면 전 뒤에서 무림맹을 돕겠습니다. 그렇게 하게 해주실 것이라 믿습니다. 그리고 하루라도 빨리 무림맹이 창설되어 이번 마교의 일이 빨리 해결되기를 기원하겠습니다."

승후가 포권을 하며 일어섰다. 승후의 말에 좌중이 술렁이기 시작했다. 그들의 예상과는 다른 승후의 반응이었기 때문이다. 지금 승후의 말은 애초 무림맹의 창설에는 관심이 없다는 것과 다르지 않았다. 그런 사람을 두고 자신들만 복잡한 생각을 했다는 사실이 조금은 무안하기도 했다.

"저는 이만 물러나겠습니다. 무림을 위해 맹의 창설이 하루라도 빨리 결정되었으면 합니다. 그럼 이만."

승후가 회의장을 나서고도 한동안 말문을 여는 사람은 없었다.

"승 국주의 말처럼 우리에게는 그다지 시간이 없소이다. 하루라도 빨리 통일된 의사 결정이 가능한 수뇌부가 선출되어야 하고, 또 군림회를 상대하기 위한 무력단의 창설도 서둘러야 하오이다."

승후의 퇴장으로 침묵에 빠진 사람들을 향해 화산파의 장문인 매화검 위진악이 좌중을 돌아보며 말했다. 위진악의 말에 그제야 좌중은 머리를 끄덕이며 의견을 개진하기 시작했다. 하지만 오십여 년 만에 이루어지는 정파무림 연합의 우두머리 자리가 쉽게 정해질 리가 없었다. 승후의 퇴장으로 속도를 낼 것 같던 무림맹 창설이 시작부터 삐걱거리기 시작했다.

마교의 후예인 군림회에 맞서 무림맹을 창설할 것이라는 소문은 더이상 소문이 아니었다. 그리고 지난 사천혈사 이후 종적이 묘연했던 당문과 아미파의 잔존 인물들이 남창에 모습을 보였다.

그들의 처참한 모습에 일순 남창의 공기가 무거워졌다. 이제 무림맹과 마교의 후예인 군림회와의 전쟁이 시작되면 자신들의 모습이 지금 당문과 아미파의 모습처럼 될 수도 있는 일이었기 때문이다. 무림맹의 창설에 대한 기대감으로 잔뜩 끓어올랐던 사기가 당문과 아미파의 출현으로 급격히 가라앉고 있었다.

"맹주를 선출하는 데 벌써 사흘이 흘렀소이다. 자꾸 시간을 지체하는 것은 군림회에 시간을 주는 것밖에 되지 않는다는 것을 여러분도 잘 알고 계시리라 믿소. 해서 본인은 오늘 이 자리에서 반드시 맹주를 선출해야 한다고 생각하오."

개방 방주 무일진의 단호한 말에 좌중은 머리를 끄덕였다. 좌중의 암묵적인 동의를 얻었다고 판단한 무일진은 자신이 생각하고 있던 요공 대사를 맹주로 추대했다.

"본인은 이번 맹의 맹주로 소림파의 방장이신 요공 대사를 추천할까 하오이다."

개방 방주 무일진의 말에 좌중의 시선이 무일진과 요공 대사를 향했다. 그리고 요공 대사의 신분을 모를 리 없는 그들은 무일진의 말에 내심 고개를 끄덕였다. 소림파의 장문인이 맹의 맹주를 맡는 것이 가장 무난했기 때문이다.

소림파의 장문인 요공 대사의 배분이 다른 문파나 세가들의 수뇌보다 반 배분 정도 높았고, 그가 무림에서 갖는 위치나 명성이 다른 문파의 장문인들에 비해서는 그 비중이 사뭇 달랐기 때문이다. 그러나 요공 대사의 명성이나 배분보다는 소림이 실질적으로 무림에서 차지하는 비중이 무일진의 말에 동조하게끔 만드는데 보다 큰 작용을 했다.

소림은 오파일방에서 그 수위를 차지한다. 그러나 소림은 무림에서 차지하는 명성에 걸맞지 않게 무림에서의 활동은 극히 미미했다. 맹의 맹주로서 요공 대사를 선택하는 것이 다른 문파의 장문인이나 세가의 가주가 맹주가 되는 것보다는 맹의 해산 후 있을 세력의 판도 변화에 영향이 적다는 계산이 저변에 깔린 선택의 결과였다.

사실 이러한 결과는 처음부터 어느 정도 예상된 일이었다. 하지만 순순히 이런 결정을 따르기에는 각파와 세가들의 자존심이 문제였고, 그들이 맹주의 자리를 양보했다는 인상을 무림에 보여야 했다. 모두들 맹주 자리를 포기하기 위한 명분이 필요했고, 또 맹주 위를 포기함으로 해서 무림맹 직속의 무력단 단주들을 자파의 인물로 앉힐 수 있는 명분을 얻을 수 있었기 때문이다.

맹주를 뽑지 못해 지루하게 흘러가던 지난 사흘과는 달리 이후 회의는 그야말로 일사천리였다. 맹의 휘하에 청룡, 백호, 주작, 현무, 신룡단의 다섯 무력단과 정보를 담당하는 비각을 두기로 결정했다. 그 밖에 맹의 유지에 필요한 조직들이 생겨났다. 그리고 다섯 무력단을 누가 이끄느냐는 것은 상당한 논란이 있었지만, 오파일방에서 두 개의 무력단과 비각을, 그리고 사대세가 역시 두 개의 무력단을, 나머지 하나의 무력단을 신흥무가와 중소문파 간의 연합에서 나누어 갖는 선에서 합의점을 찾았다. 그리고 맹의 근거지를 남창에 두는 것에 다들 이견이 없었다. 그렇게 정파무림의 연합체인 정천맹이 창설되었다.

정천맹의 창설과 함께 가장 바빠진 곳은 모두의 예상을 깨고 남창표국이었다. 애초 정파무림의 회합에 중요한 역할을 한 것으로 알려진 뇌룡신검 승후의 대륙표국이 상당한 이득을 가져갈 것이라는 세간의 생각과는 여러모로 거리가 있는 결과였다. 그러나 그 속내를 따져 보면 남창표국이 그렇게 이득만 보는 것도 아니었다.

정천맹은 정파에 속하는 대부분의 문파를 아우르고 있었다. 그랬기에 앞으로 정천맹의 본단에 상주할 인원의 수만 하더라도 일천이 넘었다. 그리고 본격적으로 무력단이 창설되면 그 수는 더욱 늘 것이었다. 그런 대인원을 수용할 수 있는 건물이 남창에 많지 않았다. 다행히 남창표국이 소유하고 있던 빈 장원을 빌려 정천맹의 본단을 세울 수 있었다.

비록 정천맹이 장원의 사용 대가로 적지 않은 돈을 남창표국 측에 납부하였지만, 남창표국은 그 돈을 고스란히 돌려줄 수밖에 없었다. 마교의 후예인 군림회의 발호는 정천맹만의 일이 아니었기 때문이다. 무림에 적지 않게 관여를 하고 있는 남창표국의 입장에서도 군림회는 공통의 적이었던 것이다. 다른 무림의 문파들과 같이 무사들을 정천맹에 차출해 보낼 수 없는 상황에서 남창표국이 할 수 있는 일은 경제적인 지원이었던 것이다.

"국주님, 식량이 절대적으로 부족합니다. 뿐만 아니라 옷감의 재고는 이미 바닥이 났고, 병장기를 구하는 데는 이제 한계를 보이고 있습니다. 또……."

남창표국의 국주 송청은 대표두 칠패가 쏟아내고 있는 보고에 머리가 지끈 아파왔다. 대륙표국으로부터 받은 한 장의 서신이 자신을 이토록 괴롭히게 될 것이라고는 애초에 생각하지 못했다. 먹음직스런 큰 먹이를 앞뒤 따지지 않고 삼킨 데에 대한 소화 불량이 지금 일어나고 있었다.

"대륙표국에 도움을 요청하게."

송청은 번번이 대륙표국에게 손을 내밀어야 하는 자신이 한심하게 느껴졌다. 하지만 자존심을 세우자고 도움을 청하지 않을 수도 없었다. 자칫 정천맹의 설립에 지장이 생길 수도 있었기 때문이다.

송청이 대륙표국의 도움을 청할수록 대륙표국에게만 좋은 일이란 것을 모르지 않았기에 송청은 표국 설립 이후 처음으로 좌절감을 맛보아야 했다. 거대한 괴물 같은 조직인 정천맹을 떠맡은 것이 지금 이 순간 너무도 후회가 되었다.

현재 남창에 머무르고 있는 정파무림의 무인 수는 대략 칠백 남짓. 그리고 그 수는 정천맹이 제 모습을 갖추어가면서 급격히 늘고 있었다. 곧 일천 명의 무림인들이 남창을 찾을 것이었고, 또 본격적인 무력단의 창설에 들어가면 그 수는 지금의 배는 족히 넘을 것이었다.

사람이 일천 명이 넘게 몰려 있게 되면 먹고 입고 마시는 데에만도 적지 않은 물류가 소비된다. 그러나 남창표국은 정천맹이 필요로 하는 식량이나 옷감, 그리고 병장기 등을 제때에 모두 납품할 수가 없었다. 남창표국은 어디까지나 표물의 운송을 담당하거나 상단의 호위가 주 업무였기에 처음부터 정천맹이 필요로 하는 물품들을 제 날짜에 구입하는 것은 불가능했다. 더욱이 남창표국은 자신들이 정천맹의 창설에 이렇게 주도적으로 관여를 하게 될지 전혀 예상하지 못했다. 결국 남창표국은 대륙표국을 비롯한 남창 일대의 상단들에 도움을 청할 수밖에 없었다.

정천맹이 필요로 하는 대부분을 대륙표국은 이미 충분히 확보하고 있었다는 듯 대륙표국은 남창표국의 도움 요청에 바로 그들의 고충을 해소해 주었다. 결국 고생은 남창표국이 하고 이득은 대륙표국이 가져가는 상황이 양 표국에서 벌어지고 있었다.

남창표국은 이번 정천맹의 일에 전 표국의 역량을 집중하고 있었기에 기존의 표국의 업무조차도 대륙표국에게 넘겨야 했다. 남창표국주 송청은 점점 늘어나는 일거리에 비해 쥐꼬리만한 이득만을 가져가야 하는 현 상황을 타개하기 위해 분주히 움직이고 있었다.

그런 송청의 노력이 통했는지 상황이 조금 나아지고는 있었지만, 당분간은 대륙표국의 도움을 받지 않을 수 없었다. 정천맹의 본단이 남창에 세워질 것이라는 사실을 미리 예측하고 못하고가 양 표국 간의 명암을 명확히 가르게 된 것이다.

"승 국주, 미안하네."

요공 대사는 요 며칠 맹주로 선출되면서 정천맹의 일로 바쁜 나날을 보냈다. 근 보름 만에 다시 대면한 요공 대사는 승후에게 사과했다. 이번 정천맹의 설립에서 승후는 철저히 배제되었다. 물론 승후가 정천맹의 일에 관여하지 않겠다는 선언을 했지만, 정천맹이 승후에게 준 것은 하나도 없었다.

"별말씀을 다 하십니다. 어차피 저는 일개 표국의 국주일 뿐입니다. 애초 정천맹에 관여하는 것은 주제넘은 일이었습니다."

누가 뭐라 해도 정천맹의 결성에는 승후의 힘이 가장 컸다. 그것은 오파일방과 사대세가도 부인하지 못하는 사실이었다. 비록 문성왕이

전면에 나섰지만, 그 문성왕을 움직인 사람이 승후라는 사실을 모르는
이는 없었다. 그리고 하남 태을문의 일 또한 승후의 전언이 있었기에
대비를 할 수 있었다.

그런 승후에게 고마움을 표하지는 못할망정 맹의 요직에서 승후를
철저히 배제하는 것에 요공 대사는 회의 내내 불만이었다. 그리고 모
두가 꺼려하는 승후를 자신만 감싸려 들면 그들의 반발이 더욱 거세질
것이었기에 적극적으로 나서지 못했다.

이에 요공 대사는 자신이 맹주로 선출되자 맹주 직권으로 맹의 설립
에 관한 전권을 대륙표국에게 넘겼다. 당연히 반발이 따랐지만, 요공
대사는 그 결정을 결코 물리지 않았다. 그리고 화산파와 남궁세가, 그
리고 개방이 지지했기에 요공 대사의 뜻대로 결정될 수 있었다.

하지만 요공 대사의 그런 배려도 채 하루가 가지 않았다. 승후가 자
신의 역량으로는 불가능하다며 사양했기 때문이다. 그렇게 맹의 설립
에 관한 주도적 역할은 남창표국으로 넘어가게 된 것이다.

"하지만 이번 맹의 결성으로 아무런 이득도 얻지 못했지 않은가?"

"아닙니다. 저는 이미 충분한 보상을 받고 있으니 대사님께서는 마
음에 담아두지 마십시오."

승후의 말에 이번에는 요공 대사가 의아한 표정을 지었다.

"장문 사질은 그렇게 미안해하지 않아도 되네. 속이 음흉한 놈이라
절대 손해 보는 짓은 하지 않을 테니."

공공신승의 말에 승후는 얼굴을 찌푸렸다.

"아니, 제 어디가 음흉하다는 겁니까!"

"그럼, 아니냐? 고생은 남창표국이 실컷 하고 네 녀석은 지금 앉아
서 돈을 벌고 있지 않느냐?"

"그게 뭐 잘못된 겁니까? 저는 앞으로 있을 일에 대해 예측하고 대비를 잘했을 뿐입니다."

"그래. 네놈의 말이 틀리지는 않다만, 네 녀석이 정천맹의 설립에 관한 전권을 남창표국으로 넘어가게 한 그 속을 내 모를 줄 아느냐?"

"……."

승후는 공공신승의 말에 대꾸하지 못했다. 공공신승의 말처럼 선뜻 정천맹의 설립에 관한 전권을 남창표국에 넘긴 데에는 승후의 음모(?)가 담겨 있었기 때문이다.

"아마도 이 기회에 남창표국이 맡고 있는 표국의 업무를 가로채려는 속셈이겠지. 그렇지 않느냐?"

"가로채다니요! 제가 뭐 도둑입니까? 그리고 남창표국에서 스스로 도움을 청해왔습니다. 자신들의 표물을 대신 맡아달라고 말입니다."

"그것이 네 녀석이 노리는 바가 아니냔 말이다. 분명 정천맹의 설립이 끝나면 남창표국의 국주는 껍데기만 남은 표국의 모습에 당황할 테지."

"너무 생각이 앞서 가십니다. 다소 남창표국의 기세가 꺾이기는 하겠지만, 중원십대표국이라는 것이 하루아침에 무너질 만큼 가벼운 이름은 아닙니다."

"이미 반쯤 꺾인 기세에서 더 꺾이면 결국 문을 닫아야 하는 것 아니냐?"

승후는 공공신승의 마지막 말에 조금은 놀란 얼굴로 바라보았다. 갈수록 공공신승이 승후의 마음을 정확히 읽어내고 있었기 때문이다.

"아무튼 신승 어른의 생각처럼 되는 일은 없을 겁니다!"

"장문 사질도 보았겠지. 이렇게 뻔하게 드러난 사실을 손바닥으로 가리려는 이놈이 얼마나 음흉한 놈인지를 말이네.”

“아니! 왜 자꾸……!”

공공신승의 말에 승후가 버럭 화를 냈다. 그런 둘을 바라보는 요공 대사의 표정이 묘하게 변했다. 공공신승의 말처럼 승후의 의뭉스런 의도보다 오늘처럼 말을 많이 하는 사백 공공신승이 낯설었던 것이다. 그리고 마치 친 조손지간 같은 공공신승과 승후의 모습에 잠시 의혹이 일기도 했다.

드르륵.

평소의 사백 같지 않은 모습에 조금은 놀라고 있던 요공 대사의 귀로 조심스레 문이 열리는 소리가 들렸다. 문틈으로 빼꼼히 고개를 내미는 두 인영의 모습에 요공 대사는 자신도 모르게 미소를 지었다.

“그리 있지 말고 들어오너라.”

요공 대사의 말이 떨어지기 무섭게 석초혜와 이영이 방 안으로 들어섰다. 순간 공공신승과 승후의 말다툼이 거짓말처럼 멈췄다.

“초혜와 영아구나?”

공공신승을 대할 때와는 전혀 다른 부드러운 목소리가 흘러나왔다.

“왕할아버지랑 싸워요?”

석초혜와 이영은 공공신승을 왕할아버지라 불렀다. 의외로 이유는 단순했다. 공공신승의 수염이 남마와 북마의 수염보다 더욱 희기 때문이었다. 그리고 할아버지들에게 공손하라는 소난영의 당부가 있었기에 조금 전 승후의 고성이 이영은 이해되지 않았다.

이영이 걱정이 가득한 얼굴로 승후와 공공신승을 살폈다. 그리고 석초혜 역시 이영과 같은 표정이었다. 아이들은 승후가 화를 내는 모습이 처음이었던 것이다.

"하하하! 아빠가 할아버지랑 왜 싸워. 그렇지 않습니까, 신승어른?"

"그래, 영아야. 할아버지는 아빠랑 싸우지 않아. 네 아비가 버릇없이 굴긴 했지만 말이다."

공공신승이 이영을 향해 손짓하자 이영이 공공신승을 향해 쪼르르 달려왔다.

"아빠가 버릇이 없어요?"

"아, 아니……."

이영의 말에 승후는 당황하며 양손을 내저었다. 그러나 이어지는 공공신승의 말은 승후를 더욱 당황스럽게 만들었다.

"그럼! 매번 할아버지에게 소리치고 대든단다."

"웅. 그러면 엄마가 나쁜 사람이라고 했는데……."

이영의 얼굴에 실망이라는 표정이 역력했다. 순간 승후는 당황해 어쩔 줄 몰랐다.

"하하하! 할아버지가 농담하시는 거야, 영아."

"농담?"

석초혜가 작은 고개를 갸웃하며 승후를 바라보았다.

"그래, 장난하시는 거란다."

승후의 말에 석초혜는 머리를 끄덕였다. 그런 석초혜가 귀여워 승후는 품에 안았다. 하지만 이영은 여전히 승후의 말이 믿어지지 않는 모양이었다. 그때 그동안 공공신승과 승후의 모습을 지켜보고 있던 요공대사가 이영을 향해 말했다. 승후가 다급히 눈빛으로 도움을 요청했기 때문이다.

"아이야, 아빠의 말처럼 할아버지가 농을 하시는 거란다."

"거봐, 아빠는 절대 할아버지에게 무례하지 않아."

승후는 요공 대사에게 고마움의 눈빛을 보냈다. 순간 요공 대사는 무림맹의 일로 아무런 배려를 해주지 못한 마음이 조금은 덜어지는 착각이 들었다. 이 순간 승후의 표정은 진심이었기 때문이다.

"응, 장난이었구나."

승후의 변명과는 달리 요공 대사의 한마디에 쉽게 납득해 버리는 이영의 모습에 승후는 그만 어이가 없었다. 그런 승후를 바라보는 요공 대사의 마음이 오랫동안 느껴보지 못한 훈훈함으로 따뜻해졌다.

정천맹의 결성은 중원 전역으로 퍼져 나갔다. 그리고 정천맹에 들기 위해 중원의 수많은 군소문파들과 낭인들이 개인의 명예와 문파의 명예를 높이기 위해 남창을 찾았다.

흑우선 겸우는 대륙표국의 정문 앞에 섰다. 무산 신녀문에서의 비무로 인해 이제는 그가 이류무인이라 생각하는 사람들은 아무도 없었다. 대륙표국의 정문 앞에 선 겸우를 힐끔거리고 있는 주변의 시선들이 이제는 달라진 겸우의 위상을 말해 주었다. 그리고 사람들은 흑우선 겸우가 정천맹이 아닌 대륙표국을 찾은 이유를 궁금해하기 시작했다. 사람들의 궁금증이 커갈 즈음 어느새 흑우선 겸우는 대륙표국의 정문을 넘고 있었다.

"표사로 일하고 싶단 말이지요?"

천태명은 요즘 곤혹스런 일을 자주 겪고 있었다. 대륙표국의 표사가 되기 위해 찾아오는 인물들의 면면이 시간이 갈수록 높아지고 있었기 때문이다.

'어제는 흑랑(黑狼) 오늘은 흑우선 겸우인가?'

흑랑 목불인(木不人)은 낭인 무리에서 열 손가락 안에 꼽히는 고수였다. 그런 목불인이 어제 일개 표사가 되기 위해 대륙표국을 찾았었다. 그리고 지금 목불인은 사흘 뒤 있을 표행을 위해 변형 삼재진을 익히고 있었다. 그런 목불인에 비하면 겸우의 명성이 분명 낮았지만, 그렇다고 흑우선 겸우가 일개 표사를 자청할 만큼 이제는 그 명성이 낮지 않았다.

"나로는 부족하오?"

"그렇지는 않소. 이유를 물어봐도 되겠소?"

"……."

천태명의 말에 겸우는 대답하지 않았다. 어제 찾아온 흑랑 또한 지금의 겸우와 다르지 않았다. 아마도 은자가 필요했으리라. 천태명은 흑랑이나 겸우가 정천맹에 들기 위해 남창을 찾았다고 생각했다. 하지만 무림맹에 든다고 해서 정천맹에서 봉급을 지급하는 것은 아니었다. 정천맹에 속한다 하더라도 경비는 스스로 부담해야 했다. 정천맹 소속의 무사가 된다 하더라도 은자는 필요했던 것이다.

"뭐, 아무래도 좋소. 여기 계약서를 읽고 수결을 하시오."

겸우는 천태명이 건네는 계약서를 읽어보지도 않고 수결을 했다. 그것은 어제 대륙표국을 찾아온 흑랑 목불인과 같았다.

밖으로 나서는 겸우의 등을 바라보며 천태명은 미소를 지었다. 쟁쟁한 인물들을 대륙표국의 일개 표사로 거느리고 있다는 사실에 자부심이 느껴졌기 때문이다. 비록 임시 표사이기는 하지만 흑랑 목불인이나 흑우선 겸우와 같은 무인들이 유입되는 한 당분간 일손 걱정은 하지 않아도 된다는 사실이 내심 흡족했다. 정천맹의 창설과 더불어 바쁘기만 하던 천태명에게 며칠 여유를 가질 수 있는 날이었다.

중원의 십대표국 중 하나인 은하표국의 국주 부안은 좌중을 한번 훑어보고는 묘한 표정을 지었다. 중원의 상권 삼 할을 쥐고 있는 자신의 이름으로도 쉽게 모을 수 없는 중원 상계와 표국업계의 거물들이 한자리에 모여 있었기 때문이다. 작게는 한 성의 상권을 좌지우지하는 이들에서부터 크게는 부안과 같이 전 중원은 물론 인접 국가들과의 교역으로 중원의 거부로 이름난 이들의 모습이 부안의 눈에 들어왔다.

부안은 자존심이 하늘을 찌르는 이들을 그들의 본거지에서 끌어낸 이번 회합의 주재자를 바라보았다. 중원의 십대표국에서도 상위에 속하는 남창표국과 치열히 경쟁하며 중원의 상계는 물론 표국업계에 새로운 바람을 불러일으키고 있는 주인공이자 무림에는 뇌룡신검이라는 별호로 떠오르는 신성인 승후가 담담한 표정으로 좌중을 훑어보고 있었다.

부안은 이 젊은 청년의 성장이 앞으로 어디까지 이어질지 무척이나
궁금했다. 들리는 소문으로는 정천맹 결성을 승후가 주도했다고 했다.
물론, 대부분의 무림인들은 그런 소문을 믿지 않았다. 정천맹 결성 후
승후는 정천맹의 어떤 요직도 차지하지 못했기 때문이다. 더욱이 정천
맹 설립에 필요한 모든 물자들조차 남창표국에서 조달하고 있었기에
그런 소문은 잠시 떠돌다 이내 사그라졌다.

하지만 부안의 생각은 달랐다. 모두들 정천맹에 모든 물자를 공급하
고 있는 남창표국이 이번 정파 회합의 최대 수혜자라고 생각할지 모르
지만, 실상은 그렇지 못하다는 것을 부안은 대번에 꿰뚫어 보았다. 남
창표국으로 끊임없이 유입되고 있는 대륙표국의 물자들의 움직임을 알
아차렸던 것이다. 이는 승후의 대륙표국은 이번 정천맹의 결성을 미리
예측하고 있었다는 것을 의미했다. 어쩌면 소문처럼 승후가 정천맹의
결성에 깊숙이 관여했는지도 모르는 일이었다.

"다들 먼 길을 오시느라 고생이 많으셨습니다. 그리고 제 부탁을 따
라주신 것에 다시 한 번 감사의 인사를 드립니다."

승후가 정중하게 포권을 하며 말했다. 그리고 부안은 승후의 말에
깊어가던 생각에서 빠져나올 수 있었다. 좌중의 시선이 모두 승후에게
몰리기 시작했다.

"장사꾼들이야 이문이 보이는 곳을 쫓는 것이 당연한 것 아니겠소."

중원십대표국 중 제일의 규모를 지닌 천왕표국(天王鏢局)의 국주 천
왕검협(天王劍俠) 황엽산(黃燁山)이 승후의 말에 퉁명스럽게 대꾸했다.
황엽산의 말에 승후는 슬쩍 미소를 지었다. 중원의 십대표국에 들기
는커녕 이제 막 중원 상계에 이름을 올린 승후가 중원 상계의 거물들
인 그들을 오라 가라 하는 것이 불쾌하다는 불간을 모르지 않았기 때

문이다.

또한 승후를 바라보는 좌중의 시선은 한결같이 못마땅한 빛이 역력했다. 승후의 배후에 문성왕과 화산파, 그리고 소림파가 있다는 소문과 심중이 아니었다면 이들 중 지금 이 자리에 있을 사람은 몇 되지 않을 것이었다.

"중원에서 그 누가 황 국주님을 단순히 장사꾼이라고 생각하겠습니까? 천왕검협 대협을 오래지 않아 다시 뵐 수 있어 이 후배 영광입니다."

"흠, 흠."

승후가 정색을 하며 말하자 황엽산은 어색한 헛기침을 하며 승후에게로 향했던 시선을 슬그머니 돌렸다. 무림에서 떠오르는 신성인 승후의 칭찬이 가히 싫지 않았던 것이다.

'거참, 나도 많이 변했구나. 낯빛 하나 변하지 않고 입에 발린 소리나 하고. 나도 세상의 때를 많이 탄 건가…….'

승후는 변한 자신의 모습에 속으로 안타까워(?)했다. 그러나 승후의 이 한마디로 분명 무겁던 분위기를 조금은 떨쳐 낼 수가 있었다. 한결 밝아진 분위기에 승후는 슬쩍 미소를 지었다.

"한데 중원표국의 국주가 보이지 않는구려."

섬서 제일의 거부이자 여러모로 금적산 부안과 경쟁 관계에 있는 최충(崔忠)이 조금 전부터 궁금하던 것을 물었다. 최충의 상단과 중원표국은 지리적으로 가까웠기에 서로의 거래량이 적지 않았다. 그리고 오랜 세월 동안 이어진 최충의 상단과 중원표국의 관계는 그 신뢰가 돈독하기로 유명했다. 더욱이 얼마 전부터는 그간의 친분으로 자식들 간 혼담이 오가고 있었기에 최충은 중원표국의 국주 모용경의 모습이 보이지 않는 것이 의아했고 한편으로 또 불쾌하던 참이었다.

"그 문제는 제가 나중에 말씀을 드리려고 했습니다만, 최 대인께서 먼저 말씀을 꺼내셨으니 할 수 없이 중원표국에 대한 일을 설명드리고 그간의 사정에 대해 양해를 구하겠습니다."

승후의 말에 최충의 의혹은 더욱 컸다. 중원의 십대표국이 모두 모인 이 자리에 중원표국만 빠진 것이 이해가 되지 않았는데, 지금 승후의 모습에 분명 이번 회합에 중원표국을 제외한 나름의 이유가 있을 것이라는 의심이 든 것이다.

"혹, 중원표국이 낙양표국을 강제로 합병했기 때문이오?"

최충은 처음 중원표국이 낙양표국을 합병했다는 소문을 듣고 상당히 놀랐었다. 비록 낙양표국이 중원십대표국에 들지는 못했지만, 꾸준히 성장하고 있었기에 낙양표국이 중원의 십대표국에 속하게 되는 것은 시간문제라고 생각을 했었다. 그런 표국을 중원표국이 합병했다는 소문은 상단을 운영하는 최충으로서도 놀라지 않을 수 없었다. 중원표국의 낙양표국 합병은 중원의 표국업계는 물론 상계의 판도마저 뒤흔들 수도 있는 일이었기 때문이다.

그러나 낙양표국이 중원표국에 흡수되고 난 후 우려했던 중원표국의 급격한 성장은 없었다. 오히려 낙양표국을 합병하는 동안 있었던 좋지 못한 소문만이 나돌 뿐이었다. 그리고 그 소문들이 중원표국의 발목을 잡아 낙양표국을 합병하기 전보다 못한 상황이었다.

최충은 승후가 중원표국이 낙양표국을 흡수할 때 있었던 일을 문제 삼으려 드는 것이라고 단정했다. 그리고 그런 이유라면 중원표국을 적극 옹호할 생각이었다. 기업을 운영하다 보면 때로는 근거없는 소문이나 비방에 곤욕을 치를 때도 있었다. 비록 최충이 생각해도 석연치 않

은 점이 있었지만, 최충과 모용경의 친분은 고작 소문만으로 그 신뢰가
흔들릴 정도가 아니었다.

"최 대인의 말씀처럼 낙양표국에 관한 일 때문이기도 합니다만, 그
보다 중원표국은 군림회와 연관되어 있는 정황이 있어 이번 회합에 제
외한 것입니다."

"마, 마교!"

"말도 안 되오!"

승후의 말에 나타난 반응은 예상한 바와 하나도 다르지 않았다. 중
원표국과 상당한 친분이 있는 최충은 승후의 말을 믿을 수 없다는 반
응이었고, 다른 사람들은 크게 놀랐던 것이다.

"말도 안 되오! 승 국주! 어떻게 사람을 그렇게 매도한단 말이오! 내
가 아는 모용 국주는 결코 마교 따위와 결탁할 사람이 아니오! 승 국주
가 잘못 알아도 크게 잘못 안 것이오!"

최충은 승후의 말에 대노했다. 이제 겨우 두 번째 만남을 갖는 승후
보다는 그동안 신뢰를 쌓아온 모용경에 대한 믿음이 깊었기에 지금 최
충이 보이는 반응은 어쩌면 당연한 일인지도 몰랐다. 예기치 못한 승
후의 말에 좌중은 벌집을 건드린 것처럼 소란스러워졌다.

"허허, 지금 최 대인의 모습을 보면 나는 모용 국주가 매우 부럽소이
다. 그리고 최 국주의 지금 반응을 볼 때 모용 국주의 평소 행실이 어
떠했는지도 눈에 선하게 그려지는 듯하오이다."

부안의 말에 소란스럽던 좌중의 분위기가 조금씩 잦아들었다. 그리
고 몇 명은 부안의 말에 머리를 끄덕이기도 했다. 사람이 누군가를 깊
게 신뢰한다는 것은 평생에도 그렇게 많지 않았다. 그리고 상인의 신
뢰는 더욱 얻기 어려웠다. 상인 상호 간의 신뢰는 곧 목숨보다도 중했

기 때문이다. 좌중의 눈이 최충과 승후를 번갈아 향했다.

"믿기 어려우시겠지만, 사실입니다."

승후의 단호한 말에 또다시 좌중이 술렁거렸다.

"증거는 있소, 승 국주?"

귀주성(貴州省)의 상계를 지배하고 있는 사공명(司空名)이 승후에게 말했다.

"그렇습니다."

"도대체! 그 증거란 것이 무엇인지 말해 보시오!"

"칠정산이라는 것이 있습니다."

"칠정산?"

승후의 말에 지금까지 화를 내던 최충은 생전 처음 들어보는 말에 의아했다.

"그 칠정산이라는 게 뭡니까, 승 국주?"

절강성의 동쪽 끝 주산군도에 뿌리를 둔 주산상단의 주인 강유청(姜惟淸)이 처음으로 말문을 열었다. 강유청은 만사랑군(萬思郎君)이라는 별호처럼 생각이 깊었다. 그리고 생각뿐만 아니라 행실 또한 진중했기에 강유청은 마흔이라는 나이에도 불구하고 중원의 십대표국인 주산표국과 또 절강 제일의 강씨 가문의 상단을 별 무리 없이 이끌어오고 있었다.

"칠정산은 사람의 감정에 영향을 미치는 일종의 독이라 할 수 있습니다. 사실 독이라고 하기에 부족한 점이 있긴 합니다만, 딱히 칠정산을 분류할 말이 없기에 일단 독이라고 해두겠습니다. 그리고 이 칠정산은……."

승후의 설명이 이어졌다. 칠정산이 사람의 감정에 어떤 영향을 미치는지, 그리고 칠정산에 중독된 이가 어떤 행동을 보이는지도. 승후의 설명이 이어질수록 좌중은 놀라 벌어진 입을 다물지 못했다.

"…그리고 이미 칠정산은 낙양표국에만 사용된 것이 아닙니다. 자세히 설명드릴 수는 없지만, 이미 칠정산은 정파무림에 뿌려져 적지 않은 피해를 입게 만들었습니다. 생각을 해보세요. 감정을 주체 못해 스승이 제자에게 검을 겨누고, 또 제자가 스승을 향해 살심을 일으키는 그런 상황을 말입니다. 낙양표국의 국주께서도 오래전 칠정산에 중독되었었다고 낙양표국의 생존 표사들이 증언했습니다."

승후의 설명이 끝나자 좌중은 침묵했다. 생전 처음 듣는 칠정산이었지만, 정말로 승후의 말과 같은 칠정산이 존재한다면, 아니, 군림회에서 칠정산으로 각 상단과 표국을 노린다면 마땅히 대응할 방법이 없었던 것이다.

"그럼 해약은 없는 거요, 승 국주?"

이번 회합에 참가해 줄곧 불편한 얼굴을 하고 있던 남창표국주 송청이 입을 열었다. 대륙표국과의 경쟁에서 남창표국이 밀리고 있고, 또 정천맹의 일로 승후에 대한 감정이 좋지 못했지만, 칠정산의 존재는 분명 위협적이었다. 언제 군림회가 상계로 눈을 돌릴지도 모르는 일이었기 때문이다.

"다행히 오래된 의서에서 칠정산의 존재와 그 해독법을 찾았습니다."

"그나마 다행이군요."

강유청이 낮은 한숨을 쉬며 안도했다. 일반적인 독이라면 어떻게든 대처할 수 있었다. 하지만 칠정산의 존재 여부를 알 수 없는 노릇이었기에 그 해독법만이 칠정산의 암수에서 벗어날 수 있는 유일한 방법이었던 것이다.

"하지만 그 칠정산이라는 것이 마교에서 만들었다는 보장이 없지 않소?"

"칠정산은 마교에서 만들어진 것이 틀림없습니다. 이미 낙양표국의 공격에 참가했던 전 군림회 소속의 인물에게 확인한 사실입니다. 그리고 그 자리에 공공신승께서 함께 배석해 계셨습니다."

승후의 설명에 다시 반론을 이야기하려던 최충은 승후의 입에서 공공신승이라는 이름이 흘러나오자 입을 다물고 말았다. 승후의 말을 믿지 못하겠다고 고집하는 것은 곧 공공신승 또한 믿지 못하겠다는 것과 다르지 않았던 것이다.

승후의 말에 최충의 안색이 무겁게 가라앉았다. 만약 중원표국이 마교와 관련되어 있다면, 중원표국과 상당한 거래를 하고 있는 최충의 상단 역시 오해를 살 수 있었기 때문이다. 그리고 좌중은 승후의 지금 한마디에 승후와 소림파의 관계가 소문처럼 사실이라는 것을 알 수 있었다. 소림파의 다른 인물도 아니고 소림파의 최고 배분의 공공신승과의 친분이라면 이들 중 누구 하나 승후를 가볍게 여길 수 없었던 것이다.

"그런……."

승후의 거듭된 설명에도 반신반의하던 사람들이 공공신승의 이름 앞에 모두 납득하기 시작했다. 명확한 증거가 있음에도 승후의 말을 믿지 못하던 사람들이 고작 공공신승이라는 이름 앞에 무너지는 모습에 승후는 내심 혀를 찼다. 하지만 공공신승이라는 이름을 잘만 이용하면 일이 쉽게 풀릴 것 같은 생각이 들기도 했다.

"해서 대책을 세울 필요가 있습니다."

"대책? 무슨 대책 말이오?"

강소성의 남경에 기반을 둔 단주표국(丹朱鏢局)의 국주 송모벽(宋瑁璧)이 반문했다.

"혹 있을지 모르는 군림회의 암수에 대비해야 하지 않겠습니까?"

승후의 말에 좌중은 고개를 끄덕였다.

"하지만 어떻게?"

황엽산의 말이 떨어지기 무섭게 좌중의 시선이 승후에게 향했다. 이번 회합의 주선자가 승후이고 보면 나름의 방안을 생각해 두었을 것이라고 생각한 것이다.

"우리도 정천맹과 같이 하나가 되는 것입니다."

승후의 돌발적인 말에 모두들 크게 놀란 얼굴을 했다. 승후의 말은 한번도 생각하지 못한 일이었기 때문이다. 아니, 모두들 한번쯤 생각해 보기는 했었다. 하지만 서로의 이익이 첨예하게 얽혀 있다 보니 불가능한 일이라 생각했었다. 그리고 그것은 지금도 마찬가지였다. 승후의 말에 놀랐던 사람들의 안색이 빠르게 평소의 신색을 회복했다.

"불가능한 일입니다, 승 국주."

송청이 단호하게 말했다.

"왜 그렇게 생각하십니까?"

"간단하지 않소. 승 국주의 대륙표국과 나의 남창표국을 한번 떠올려 보시오. 우리가 한 지붕 아래 사이좋게 지낼 수 있겠소? 그리고 목전의 이윤을 나누는 것은 그리 쉬운 일이 아니란 말이오."

송청의 말에 승후는 좌중을 살펴보았다. 모두들 송청의 말에 고개를 끄덕이고 있는 모습이었다.

"제 말을 오해하신 듯합니다. 제 말은 군림회의 일이 끝날 때까지 임시적인 조직을 만들자는 겁니다. 그리고 조직의 목적은 서로의 일에 관여하는 것이 아니라 군림회와의 일에만 국한합니다."

"그러니까 승 국주의 말은 군림회에 대한 정보 수집에 한정된 조직을 만들자는 말이오?"

중원의 거상답게 금적산 부안은 승후의 의도를 가장 빨리 알아차렸다.

"하지만 정보라면 개방이 있지 않소?"

여전히 승후의 제안이 마음에 들지 않는지 남창표국주 송청이 승후의 제안에 제동을 걸었다. 정천맹의 일로 적지 않은 손해를 입고 있는 송청으로서는 승후의 어떤 제안도 의심을 떨칠 수 없었던 것이다.

"물론 무림의 소식은 개방이 가장 빠르고 정확합니다. 하지만 개방이 전 무림의 모든 소식을 놓치지 않는다는 보장은 없습니다. 그리고 이번 군림회에 관한 정보는 천하의 개방도 소림보다 늦었습니다."

"음……."

승후의 설명에 좌중은 낮은 신음을 흘렸다. 무림의 눈과 귀라 할 수 있는 천하의 개방을 속일 만큼 군림회의 은밀한 움직임이 생각난 것이다.

"천하의 개방마저도 군림회의 일에는 소림에 뒤졌소이다. 하물며 무림과는 한발 건너 서 있는 우리가 군림회에 관한 정보를 캐낼 수 있단 말이오?"

최충이 송청과 함께 승후의 제안에 부정적인 의견을 피력했다.

"여러분, 전쟁을 하기 위해서는 무엇이 필요합니까?"

"그야 일단 사람과 무기, 그리고 정보… 아! 자금!!"

줄곧 침묵을 유지하고 있던 무이표국(無二鏢局)의 국주 허남형(許濫瀁)이 승후가 말하고자 하는 바를 알아차리고는 탁자를 내려치며 소리쳤다.

"그렇습니다. 전쟁을 치르기 위해서는 무엇보다도 자금의 동원이 안정적이어야 합니다. 그리고 개방은 상계의 소식에 어둡고, 더욱이 자금의 흐름에는 여기 계신 여러분보다 잘 알지 못합니다."

승후의 말에 모두들 고개를 끄덕였다. 그리고 줄곧 승후의 의견에 반대를 하던 송청과 최충 역시 고개를 끄덕일 수밖에 없었다.

"군림회와 정천맹과의 전쟁이 시작되면 반드시 자금의 흐름에 이상이 있기 마련입니다. 필히 군림회와 정천맹 쪽으로 자금이 집중되겠지요. 그러면 아직 정천맹조차 모르는 군림회의 본거지를 알아낼 수도 있을 겁니다. 그리고 자금의 흐름 방향으로 군림회의 행보를 대략이나마 예측할 수도 있습니다. 우리는 그런 정보를 모아 정천맹 측에 전하는 것입니다. 그리고……."

승후는 미소를 지으며 말끝을 흐렸다. 그러나 승후가 하고자 하는 말이 무엇인지 좌중은 모르지 않았다. 군림회에 관한 중요한 정보를 제공함에 정천맹이 빈손으로 나오지는 않을 것이었기 때문이다.

"어떻습니까? 전혀 불가능하지도 않지 않습니까?"

"그렇군요. 그리고 그동안 무림의 일에 소극적이라는 평을 이번 기회를 빌어 날려 버릴 수도 있겠습니다."

그동안 무림인들에게 휘하의 표사들이 무시를 당해오던 것에 마음이 무거웠던지 강유청은 승후의 제안에 적극적이었다. 그것은 비단 강유청 혼자만은 아니었다. 표국을 운영하고 있는 모두가 강유청의 말에 연신 고개를 끄덕이고 있었다.

"세세한 내용은 차후에 논의해야겠지만, 일단 이 자리에서 이번 연합의 대표자를 뽑는 것이 어떻겠습니까? 오늘과 같이 모두가 한자리에 모이기란 쉬운 일이 아니지 않습니까?"

승후의 말에 좌중은 서로 눈치를 살피기 시작했다. 이번 연합의 대표자가 된다면 상계는 물론 중원 전역에 이름을 알릴 수 있는 절호의 기회였기 때문이다. 그리고 중원무림과 한층 가까워질 수도 있는 기회였다.

"승 국주가 대표를 맡는 것이 어떻겠소?"

부안의 말에 좌중의 시선이 일제히 승후를 향했다.

"황실과 소림파, 그리고 화산파와 인연이 있는 승 국주를 대표로 선출하는 것이 향후 연합의 목적이나 방향에 도움이 될 것이라 나는 생각하오만."

부안의 말에 강유청과 허남형 등 승후의 제안에 적극적이었던 이들이 고개를 끄덕인 반면 대부분 부안의 말에 얼굴을 찌푸렸다.

"금적산 부안 어른의 말씀은 감사합니다만, 저는 나이가 너무 어립니다. 그리고 이번 회합도 제 명성이 높아서가 아니라 중원의 상계를 생각하시는 여러분의 고심이 크게 작용한 것이라 저는 생각합니다. 더욱이 저는 이제 상계와 표국업에 이름을 올린 상태입니다. 쥐꼬리만한 명성을 얻었다고 여기 삶의 연륜으로 보나 명성으로 보나 저와는 비교도 할 수 없는 분들이 계신데 제가 스스로의 분수를 모를 만큼 어리석지는 않습니다. 은하상단의 단주님께서는 말씀을 거두어주시기를 부탁드립니다."

"하하하! 이거 승 국주의 혀는 기름칠이라도 한 것 같소이다."

"기름칠이라니요. 저는 사실을 말한 것뿐입니다."

승후와 부안의 말에 조금 전 인상을 썼던 사람들의 얼굴이 밝아졌다. 자신을 낮추며 상대를 높여주는 승후의 언변이 좌중의 마음을 움직인 것이다.

"저는 천왕표국의 국주님이나 은하상단의 부안 단주님 두 분 중에 이번 연합의 대표가 나오는 것이 대외적으로도 보기가 좋다고 생각합니다. 더하여 공평을 기하기 위해 대표의 임기를 정하는 것도 좋다고 생각합니다."

"임기를 정한다?"

"예. 가령 초대 연합의 대표가 천왕표국의 국주님이시라면 이 년 후에는 다른 분을 대표로 선출하는 것입니다."

"그럼 이 년마다 연합의 대표를 뽑자는 말이오?"

송청이 반문했다.

"꼭 이 년일 필요는 없다고 생각합니다. 기한은 협의를 통해 충분히 결정할 수 있다고 생각합니다."

승후의 말에 모두들 고심하기 시작했다. 승후의 말처럼 되었을 때 이해득실을 따지고 있는 것이다.

"저는 승 국주의 말에 동의합니다."

강유청과 허남형이 이번에도 승후의 말에 제일 먼저 찬성했다.

"나도 찬성합니다."

부안의 찬성은 결정적이었다. 중원 상권의 삼 할을 움켜쥔 부안의 참여는 주저하고 있던 다른 이들의 결정을 찬성으로 기울게 만들기에 충분했다.

정천맹의 바로 옆에 중원상인조합이 들어섰다. 처음 정천맹의 결성과 마교의 후예인 군림회의 출현에 우려하고 있던 사람들은 중원상인조합의 결성에 놀라고 있었다.

특히 정천맹의 일이 무림인들에 국한된 일이었다면 중원상인조합은 무림인들은 물론 일반 백성들의 삶에 영향을 미칠 수 있는 일이었기에 오히려 그 파장은 중원상인조합이 더 크다 할 수 있었다. 특히나 중원상인조합에 참여하는 표국들과 상인들의 면면을 알고 나서는 점점 우려하는 목소리가 커지고 있었다. 만일 중원상인조합에서 시장을 독점하려 든다면 막을 수 있는 존재가 없었기 때문이다.

그 때문에 황실을 대표해 문성왕이 승후에게 그런 우려를 전했다. 하지만 승후를 비롯한 중원상인조합의 대표로 선출된 천왕표국주 황엽산과 조합의 결성에 참여한 대표들은 황실과 백성들에게 피해를 입히지 않는다는 약조를 함으로써 황실의 개입을 막을 수 있었다.

"아니, 소 장로님!"

승후는 소진걸의 방문이 무척이나 반가웠다. 용문방과의 일 이후 근이 년 만의 만남이었기에 승후나 소진걸이나 그 반가움은 이루 말할수가 없었다.

"허허허! 이렇게 반기면서 그동안 어떻게 단 한 번도 연락을 주지 않았는가?"

소진걸은 승후의 환대에 환한 미소를 지으면서도 그동안 소식이 없었던 승후에 대한 섭섭함을 드러냈다. 그런 소진걸을 향해 승후는 괜히 머리만 긁적였다. 승후 역시 자신의 무심함을 이번 소진걸의 방문으로 깨달았던 것이다.

"그게 먹고살다 보니 그렇게 됐습니다."

"중원십대표국의 일원인 남창표국과의 경쟁에서 전혀 밀리지 않고 있는 대륙표국의 국주가 할 말은 아닌 거 같네만."

"소문은 언제나 과장되기 마련 아닙니까. 한데 밤늦게 웬일이십니까?"

"자네에게 술 한잔 얻어 마실 수 있을까 해서 찾아왔다네. 왜, 박대할 텐가?"

"그럴 리가요? 저 역시 술 생각이 간절하던 참이었습니다."

"그거, 듣던 소리 중 가장 반가운 말일세."

"하하하! 이거 어째 저보다 술이 더 그리웠던 것 같습니다, 소 장로님?"

"뭐, 전혀 틀린 말은 아니지. 하하하!"

소진걸의 농에 두 사람은 웃음을 터뜨렸다. 그리고 한 잔 한 잔 술을 들이키며 그동안 자신들이 어떻게 지냈는지 이야기하기 시작했다.

"한데 말이네……."

술이 몇 순배 돌자 소진걸이 정색을 하고는 승후를 바라보았다. 순간 승후 역시 긴장했다. 현 무림이 정과 마의 일전을 앞두고 있는 상황이었기에 내심 소진걸의 방문이 결코 가벼운 방문일 리 없다고 짐작했었다. 그리고 승후는 소진걸이 지금 그 이야기를 꺼내려 한다고 생각했다.

"자네, 우리 경아를 어찌할 텐가?"

"예?"

자신의 예상과는 전혀 다른 말에 순간 승후는 어리둥절한 표정을 지으며 반문했다. 소진걸이 무슨 말을 하고 있는지 승후는 미처 깨닫지 못하고 있었다.

“하남제일미!”

“예? 유 소저에게 무슨 일이 생겼습니까?”

승후 역시 안색을 굳히며 소진걸을 바라보았다. 승후가 처음 풍림장을 방문했을 때가 떠올랐다. 승후는 누군가 또 유소경을 납치하려 든다고 지레짐작한 것이다.

“허… 사람이 둔한 건지, 모르는 척하는 건지.”

소진걸은 승후의 태도에 혀를 찼다. 그러나 소진걸의 행동에 승후는 여전히 영문을 모르겠다는 얼굴이었다. 그런 승후를 바라보는 소진걸은 낮은 한숨을 내쉬고 말았다.

“에휴… 경아가 아무래도 자네를 좋아하는 것 같네.”

“예?”

소진걸의 생뚱맞은 말에 승후는 그만 어이가 없었다. 갑자기 한밤중에 찾아와 한다는 말이 유소경이 자신을 좋아한다니…….

“거참, 농담…….”

승후가 농담이 지나치다는 말을 채 꺼내기도 전에 소진걸이 노한 눈으로 승후를 노려보기 시작했다.

“무, 무슨, 정말이란 말입니까?”

“그렇다 하지 않았나?”

“하지만 전 혼인을 올렸습니다.”

“알고 있네. 대충 알아보니 아이들도 있더군 그래.”

소진걸은 그 아이들이 승후의 친 아이들이 아니라는 사실을 알고 있었다. 하지만 그 이야기를 꺼내지는 않았다. 승후가 두 아이를 어떻게 생각하는지 여러 방면으로 들어 잘 알고 있었기 때문이다. 아이를 위해 자신의 목숨을 내던질 수 있는 아버지는 진짜 아버지라고 소진걸은 생각하고 있었기 때문이다.

"신녀문의 소문주와 소 부인을 두고 하는 말이라면 내 모르지 않네. 아니, 환상검 문 대협의 딸인 문 소저를 더하면 셋인가?"

"무, 무슨……."

소진걸의 말에 승후는 당황했다. 아직까지 승후의 여인 문제에 관해 소진걸처럼 자세히 알고 있는 사람은 없었기 때문이다. 그리고 소진걸의 말에 순간 자신이 희대의 바람둥이가 된 기분이었기에 승후는 얼굴이 화끈거리는 것을 느꼈다.

"아닌가?"

소진걸의 반문에 승후는 아무런 대꾸를 하지 못했다.

"셋에서 하나를 더 더할 뿐이네. 그리고 영웅에게 삼처사첩은 그리 흠이 되지 않고."

"하지만 저는 영웅이 아닙니다."

소진걸의 말에 승후가 황급히 부정했다.

"그럼 앞으로 영웅이 되면 되지 않는가? 자네에겐 화려한 배경도 있고, 또 뛰어난 무공도 있지 않나? 더욱이 영웅이 되기 위한 기회 역시 눈앞에 있고 말이네."

소진걸의 말에 승후는 와락 인상을 찌푸렸다. 지금 소진걸의 말은 자신더러 마교의 후예인 군림회와의 대결에 검을 들라는 말과 다르지 않았기 때문이다.

"저는 피로 쌓은 명성은 그다지 원하지 않습니다."

소진걸은 승후의 단호한 대답에 일순 멈칫했다. 소진걸 역시 아직 젊은 승후가 공명에 별 관심이 없다는 사실이 놀라웠던 것이다. 그러나 그런 승후의 태도가 오히려 소진걸의 결심을 굳히게 만들었다.

“그러나 그들은 마교의 후예들이네.”

무림인에게 마교는 두려움의 대상이었고, 반드시 삭초제근해야 하는 적이었다. 특히 정파에 속하는 무인이라면 소진걸의 단 한 마디에 수긍을 하고 말았을 것이다. 하지만 승후는 소진걸이 판단하는 그런 일반적인 무림인들과는 많이 달랐다.

“그렇다고 그들의 피가 붉지 않은 것은 아닙니다.”

승후는 이 한마디를 끝으로 굳게 입술을 다물었다. 소진걸은 승후의 결심을 재차 확인하고는 한발 물러났다. 스스로의 주관이 뚜렷하고 고집이 센 사람은 강요를 하면 그 반발심이 더욱 커지는 법이라는 것을 소진걸은 그동안 경험으로 체득하고 있었기 때문이다.

“뭐, 그 일이야 자네가 알아서 잘 처신하겠지.”

소진걸의 말에 승후는 머리를 끄덕였다. 승후 역시 언제까지고 군림회와의 충돌을 피할 수 있다고는 생각하지 않았다. 승후와 군림회는 적지 않은 은원이 있었던 것이다.

승후와 군림회는 이상하리만치 충돌이 잦았다. 승후가 중원에 떨어진 이후 다툼 모두가 군림회와 직간접적으로 연관이 있었다. 마치 잘 짜여진 이야기처럼 거듭되는 충돌에 승후는 내심 꺼려하는 마음이 들곤 했었다. 군림회가 준비한 음모를 승후가 풀고, 또 군림회의 마수를 적당한 시점에서 승후가 저지했기 때문이다.

그것은 군림회로 하여금 승후가 그들의 존재를 이전부터 알고 있었다는 의심을 들게 하기에 충분했다. 승후로서는 다소 억울한 일이었지만, 그만큼 군림회와 승후의 충돌은 피할 수 없다는 사실의 반증이기도 했다.

소진걸은 고심하는 승후의 모습을 바라보며 미소를 지었다. 군림회에 대한 정보를 캐내기 위해 그동안 중원을 누비며 얼마나 고생을 했는지 모른다. 하지만 뛰어다닌 만큼 소득은 있었다. 정천맹의 창설과 동시에 승후가 맹에 전해준 군림회에 대한 정보를 취합해 현재 군림회의 대략적인 세력과 그들이 펼쳐 놓은 마수를 어느 정도 알 수 있었다. 그리고 그 와중에 개방에 숨어든 간자들을 색출하는 뜻하지 않은 소득을 얻기도 했다.

개방의 제자들이 취합한 정보로 소진걸은 승후가 군림회와 줄곧 충돌해 왔었다는 사실을 어느 정도 짐작했다. 그리고 군림회가 승후로 인해 적지 않은 피해를 입었다는 사실도. 이러한 추론으로 소진걸은 군림회가 결코 승후를 내버려 두지 않을 것이라고 확신했다. 비록 그들이 이름을 바꾸었다고는 하지만 결국 마교의 무리였다. 그들이 피의 복수를 포기할 것이라고는 생각되지 않았다. 예전에 그랬고, 또 이번에도 그럴 것이라고 소진걸은 확신했다.

어차피 있을 충돌이라면 승후 측에서의 선제공격이 여러모로 승후에게 유리하다 판단되었다. 그리고 승후가 그렇게 움직이게 만들 하나의 정보를 가지고 있기도 했다. 하지만 그전에 마듭지어야 할 일이 있었다. 처음 승후를 만났을 때부터 승후가 탐이 났었지만, 오늘의 승후는 더욱 놓치고 싶지 않았다. 자신이 아끼는 유소경이 첫 부인이 아니라는 사실에 승후가 괘씸하게 여겨지기도 했지만, 유소경의 선택이 그러하니 그 뜻을 존중하기로 결정한 것이다.

"그 일이야 자네가 알아서 할 일이고, 군림회의 일만 해결되면 내가 중신이 되어 자네와 경아의 혼담을 성사시키겠네."

진지하게 군림회에 대한 이야기를 하던 소진걸이 갑자기 말을 돌리자 또다시 당황하기 시작했다. 여자 문제에서만은 이상하리만치 우유

부단한 승후가 소진걸은 잠시 어이가 없기도 했다. 그러나 오히려 승후의 그런 면 때문에 유소경의 일이 소진걸의 뜻대로 진행될 수 있었기에 참으로 역설적인 일이기도 했다.

"아, 아니, 당사자의 의사는 확인하지 않으시는 겁니까?"

"자네, 싫은가?"

소진걸의 낮은 음성에 승후는 침묵했다. 소진걸의 모습은 여기서 싫다는 말을 했다가는 당장 칼부림이 날 기세였다.

솔직히 승후는 소진걸의 말이 그렇게 싫지는 않았다. 열 여자 마다 하는 사내를 승후는 아직 보지 못했다. 그리고 승후 역시 사내였다. 하물며 하남제일미라 불리는 빼어난 미인임에야.

만약 승후가 여전히 현대에 살고 있었다면 결코 소진걸의 말을 받아들이지 않았을 터였다. 그러나 승후는 어느새 중원의 문화와 생활에 익숙해져 있었던 것이다.

비록 소진걸의 말에 완곡한(?) 거절을 하고 있지만 속마음은 조금쯤 기뻐하고 있을 때 공공신승이 했던 말이 불현듯 떠올라 얼굴을 와락 구기게 만들었다.

'색마!'

승후는 지금의 일이 공공신승의 귀에 들어가게 된 후의 상황이 벌써부터 걱정되기 시작했다. 그리고 아이들이 초롱초롱한 눈으로 자신을 향해 물을 말을 생각하면 절로 안색이 창백해졌다.

'아빠, 색마가 뭐야?'

"큭, 색마……."

"음? 무슨 말인가?"

갑작스런 승후의 억눌린 신음에 소진걸이 의아한 표정이었다. 그러나 승후는 자신의 그런 사정을 말할 수 없었다. 소진걸이라고 해서 좋은 말이 나올 것 같지 않았기 때문이다.

"하아… 그럼, 유 소저의 일로만 저를 찾아오신 겁니까?"

거의 자포자기한 승후의 한숨 섞인 반문에 소진걸은 침중한 음성으로 말했다.

"아무래도 군림회가 하남의 표가장을 노리는 것 같네."

"표가장? 정협공자 표충영의 표가장을 말씀하시는 겁니까?"

"무림에 표가장이 둘이었던가?"

"……."

소진걸의 말에 승후는 대답하지 않았다. 자신의 물음이 얼마나 어리석은지 스스로 너무도 잘 알고 있었기 때문이다.

"그럴 리가요? 잘못된 정보 아닙니까?"

"아니, 나 역시 군림회의 목적을 알 수 없어 의아해했지만, 분명 군림회의 인물로 여겨지는 일단의 무리들이 표가장으로 향하고 있었네."

승후는 소진걸의 단정적인 말에 적잖이 혼란스러웠다. 애초 승후는 표가장이 군림회와 밀접한 연을 맺고 있을 것이라 생각하고 있었다. 처음 사운화를 만나게 되었을 때 표충영이 요상약이라고 건넨 것은 분명 칠정산이었기 때문이다.

'그런데 같은 편을 공격한다?'

승후는 군림회가 표가장을 공격해야 하는 이유를 떠올려 보았다. 하지만 아무리 머리를 굴려도 선뜻 떠오르는 답이 없었다.

'내분인가?'

군림회 내부의 반목으로 인한 내분이라고도 생각해 보았지만, 승후는 이내 머리를 가로저었다. 만약 내분이라면 이는 곧 있을 정천맹과의 결전을 앞두고 스스로 사기를 꺾는 일과 다르지 않았다. 그랬기에 내분이라 생각하기에도 무언가 미진했다.

"한데 언제부터 군림회의 움직임을 알게 된 것입니까?"

승후는 불현듯 의문이 들었다. 그동안 군림회에 대한 어떤 정보도 가지고 있지 못하던 개방이 갑자기 군림회의 무리를 발견하고 또, 그들의 목적이 표가장이라는 사실까지 알게 되었는지 궁금해졌다.

"음? 전대의 노마 충독혈신(蟲毒血神) 흑사양(黑斜魎)이 동정호에 모습을 보였네. 태을문에서의 일 이후 군림회는 지금까지 꾸준히 흑도에 속하는 고수들을 영입하고 있다는 사실을 자네도 알 테지."

승후는 소진걸의 말에 머리를 끄덕였다. 만약 승후가 군림회의 회주 입장이어도 태을문에서 상실한 전력을 메우기 위해 외부 고수를 영입하는 방법을 택할 것이었다.

"흑사양 역시 그와 같은 경우지. 무리를 이루지 않는 흑사양의 성격상 이번의 일을 결코 가볍게 여길 수 없네."

소진걸의 말에 승후의 머리가 무섭게 회전하기 시작했다. 은거했던 전대 노마 흑사양의 등장. 그리고 정체를 알 수 없는 무리. 아직은 무어라고 판단을 내리기에는 명확하지 않았다.

"그런 소 장로님께서는 그들이 충돌할 것이라고 생각하십니까?"

"그러지 않겠나? 지난 태을문의 일도 있고."

소진걸은 흑사양과 표가장의 충돌을 거의 사실로 받아들이고 있는 듯했다. 그리고 개방이 얻은 정보대로라면 분명 소진걸의 말에 설득력이 있었다. 하지만 승후는 군림회가 표가장을 노린다는 것에는 회의적이었다. 표충영이 가지고 있던 칠정산뿐만 아니라 신녀문에서의 행동들이 군림회와 직, 간접적으로 연관이 있을 것이라는 생각 때문이었다.

“표충영에 대한 평가는 어떻습니까?”

소진걸은 승후의 물음에 의아했다. 군림회의 표가장에 대한 공격이 임박했다는 말에도 승후는 엉뚱하게도 표충영에 다한 평가를 물었기 때문이다. 소진걸은 이마를 찌푸리며 승후를 바라보았다. 하지만 승후의 표정은 더없이 진지했다.

“정협공자라는 말이 잘 설명해 주지 않는가. 그리고 표충영의 아버지인 인의검 표문위 대협의 인망은 결코 작은 것이 아니지.”

“음…….”

승후는 소진걸의 말에 나직한 신음을 흘렸다. 처음 불길하던 기운이 머리 속에 하나의 선명한 그림이 그려졌던 것이다.

‘함정!’

“왜 그러나?”

이해할 수 없는 승후의 행동이 거듭되자 소진걸은 승후를 다그쳤다. 승후의 표정으로 볼 때 자신이 모르는 무언가가 있다는 생각이 든 것이다.

“제가 예전에 표충영을 만난 적이 있습니다.”

“그래서?”

“지금은 제 처인 운화가 표충영과 시비가 붙은 적이 있습니다. 결국 표충영의 패배로 끝이 났습니다만, 그때 표충영이 요상약이라며 칠정산을 꺼낸 적이 있습니다.”

“칠정산!”

승후의 말에 소진걸의 안색이 놀람으로 가득했다. 현 오파일방이 혼란스러웠던 것이 모두 칠정산이 원인이었기 때문이다.

“아니, 그 사실을 왜 이제야 말하는 건가!”

소진걸이 자리에서 벌떡 일어나며 소리쳤다. 승후는 소진걸의 당황
해하는 모습에 의아했다. 이제 조치를 취하면 될 일이라고 생각한 것
이다.

"왜 그러십니까? 지금이라도 대비를 하면 되지 않습니까?"

승후의 말에 소진걸의 얼굴이 잔뜩 일그러졌다.

"이미 늦었네. 벌써 사흘 전에 정천맹의 고수들이 등주로 떠났네."

"그런!"

승후 역시 자리에서 벌떡 일어나며 소리쳤다. 사흘이면 강서성을 넘
어 지금쯤 안휘성의 경계에 도달해 있을 시간이었기 때문이다.

"전서구를 보내서라도 일단 막아야 합니다."

승후의 말에 소진걸이 굳은 얼굴로 머리를 끄덕였다. 그러나 당장이
라도 신형을 날릴 것 같던 소진걸이 주춤했다. 갑작스런 소진걸의 변
화에 승후는 의아했다.

"왜 그러십니까? 한시가 급합니다."

"그렇긴 하네만……."

승후의 재촉에 소진걸은 여전히 주저했다. 무언가 고민하고 있는 것
이 역력했다.

"비록 표충영이 칠정산을 가지고 있었다고는 하지만, 그렇다고 표가
장 전체가 군림회와 연관이 있다고 생각할 수는 없지 않겠나? 더욱이
표문위는 인의검으로 검술만큼이나 인품이 높은 사람일세. 과연 그가
군림회와 연관이 있을까?"

소진걸은 도리어 승후에게 반문했다. 그 모습은 마치 승후가 자신의
의견에 동조해 주기를 바라는 듯했다. 그런 소진걸의 모습에 승후는
눈살을 찌푸렸다. 지금 소진걸의 모습은 승후가 아는 소진걸이 아니었

던 것이다.

"연관이 없다는 증거도 없지 않습니까? 그리고 표 가주는 몇 년째 폐관 수련 중인 것으로 알고 있습니다."

"그렇다 해도 아직 확실한 것은 아무것도 없네."

"혹시 개방의 위신 때문입니까?"

승후의 차가운 말에 소진걸의 어깨가 움찔했다.

"휴… 솔직히 아니라고는 할 수 없네. 이미 개방의 명예는 적잖이 상처를 입었으니까. 하지만 나는 인의검이 마교와 손을 잡았다고는 결코 생각하지 않네."

"하지만……."

"만약! 인의검 표문위가 마교와 손을 잡았다 하더라도 크게 문제될 것이 없다고 생각하네. 표가장의 무력으로는 맹에서 파견한 고수들을 절대 이길 수 없네."

자신의 주장을 거듭 강조하면서 소진걸은 점점 자신감을 회복하고 있었다. 하지만 승후의 다음 말에 얼굴이 창백해졌다.

"함정이라도 말입니까? 표가장이 같은 편이라고 믿고 있는 상황에서 암습을 당하고, 흑사양의 공격을 받는다 해도 그렇게 생각하시는 겁니까? 또 표가장을 노리는 적이 어찌 흑사양 하나뿐이라고 단언하십니까?"

소진걸의 노안이 부들부들 떨렸다. 분노였다. 누구에게도 아닌 스스로를 향한. 개방의 위신을 위해 정천맹의 고수들을 사지로 내몰고 있는 자신이 부끄러웠던 것이다.

"서두르셔야 합니다."

"알겠네."

승후의 말에 소진걸이 힘없이 대답하며 등을 돌렸다. 그런 소진걸을 향해 승후가 나직이 말했다.

"저도 돕겠습니다."

우뚝.

소진걸이 멈춰 섰다. 그리고 승후를 향해 미소 지어 보였다. 승후는 소진걸의 미소에 담긴 의미를 모르지 않았다. 소진걸은 고맙다는 말을 하고 있었던 것이다.

"휴……."

소진걸이 떠나간 후 승후는 깊은 한숨을 쉬었다. 정천맹이 소진걸의 말을 듣는다면 구원을 하기 위해 나설 것이 분명했다. 하지만 아직 정천맹은 완벽히 체계를 갖춘 것이 아니었기에 무인들의 수가 턱없이 부족했다. 이런 사정을 익히 알고 있는 승후는 그들을 돕지 않을 수가 없었다. 일단은 위급에 처한 사람부터 구하고 볼 일이었던 것이다.

급작스럽게 소집된 표사들이 잔뜩 긴장한 얼굴을 하고 있었다. 지금까지 단 한 번도 오늘과 같은 소집이 없었기 때문이다. 그러나 누구 하나 불만을 가진 사람은 찾아볼 수 없었다. 국주의 호출은 분명 이유가 있을 것이라고 생각했기 때문이다.

"여러분은 지금 나와 함께 등주로 간다."

승후의 말에 표사들이 웅성거렸다. 갑자기 결정된 등주행에 대한 놀람보다는 아무런 준비도 없다는 것이 의문스러웠던 것이다. 아무리 짧은 표행을 떠나더라도 그 준비를 갖추는 데 있어서 적지 않은 시간이 소요되었다. 그리고 표행은 표사들만 있다고 해서 가능한 것이 아니었다. 쟁자수가 있어야 했고, 또 짐꾼들이 필요했으며, 표차를 몰 마부도 필요했다. 더욱이 등주행이라면 족히 열흘은 더 걸릴 표행이었다. 그런 표행에 아무런 준비가 없다는 것은 결국 다른 이유가 있다는 것을 의미했다.

"군림회와 일전이 있을지도 모른다."

승후의 말이 떨어지기 무섭게 표사들의 움직임이 굳어졌다. 그리고 곧 두려움이 표사들의 전신을 집어삼키기 시작했다. 무림의 오파일방과 사대세가조차도 어쩌지 못하는 군림회와 일개 표국의 표사인 자신들이 일전을 치러야 한다는 사실에 덜컥 겁이 난 것이다.

"아, 난 또 뭐라고. 겨우 한판 하러 갈 거면서 그렇게 폼 잡고 있수."

무언가 심사가 잔뜩 꼬였는지 팽대악이 승후를 향해 다가오며 불퉁하게 말했다. 팽대악의 뒤로 단초설이 미소 지으며 따르고 있었다.

"그래, 자네는 한판 하고 내자까지 데리고 나왔나?"

"별로 그런 건 아니지만……."

팽대악은 승후의 단 한 번의 반격으로 그 큰 손으로 머리를 긁적이며 적당히 대답할 말을 찾지 못했다. 팽대악의 우스꽝스런 모습에 두려움에 휩싸여 있던 표사들이 조금씩 여유를 찾기 시작했다.

"그런데, 천보 이 친구는 겁이 난 건가? 모습이 보이지 않습니다, 대형."

"누가 겁을 먹었다는 건가?"

"응?"

처마의 그림자 속에 가려 있던 언천보가 모습을 보였다.

"자네도 한판 하러 가려는 건가?"

"어쩔 수 없지 않나? 아직 계약이 남아 있으니. 악독한 우리 고용주께서 자네와 나를 쉽게 놓아줄 것 같은가?"

"절대! 그럴 사람이 아니지."

팽대악과 언천보의 말에 표사들이 키득거렸다. 모두들 웃음을 참고 있었지만, 팽대악과 언천보가 말하는 악덕 고용주가 누군지 모르지 않았던 것이다.

"자네들, 나 말고 다른 누군가와 계약을 했던가?"

순간 승후의 말에 팽대악과 언천보는 어이없다는 표정을 짓고 말았다. "이중 계약은 두 배의 위약금을 물어야 하네."

승후가 팽대악과 언천보를 지나치며 말했다. 순간 두 사람의 신형이 움찔 놀랐다. 그 모습에 표사들은 더욱 큰 웃음을 터뜨렸다.

"푸하하하!"

한바탕 웃고 나자 처음 두려웠던 마음이 많이 사라졌다. 팽대악과 언천보의 무겁던 분위기를 해소하기 위한 농이 효과를 본 것이다.

승후 일행이 막 성문을 벗어났을 때였다.

"대형, 누군가 쫓아오고 있습니다."

언천보가 승후를 향해 말했다. 승후는 언천보의 말에 슬며시 미소를 지었다. 순간 언천보는 지금 자신들을 쫓아오고 있는 이들이 승후와 무관하지 않을 것이라는 생각이 들었다.

"누군지 알고 계십니까?"

"대충 짐작은 가네."

'역시.'

승후의 말에 언천보는 내심 머리를 끄덕였다. 승후의 무위가 뛰어남을 모르지 않았지만, 자신과 팽대악, 그리고 대륙표국의 표사들로만 군림회를 상대하기란 상당히 벅찬 일이었다. 승후를 따르고는 있었지만 내심 불안한 마음이 없던 것은 아니었다. 다행히 승후가 도움을 청한 것이라고 생각하며 승후의 빈틈없는 일 처리에 내심 머리를 끄덕이고 있을 때 귀에 익은 음성이 들려왔다.

"승 대협!"

당문기의 목소리였다. 처음 남창에 나타났을 때보다는 많이 나아 있었지만 당문기의 모습은 여전히 초췌했다. 당문기의 모습이 마치 현 당문이 처해 있는 상황을 보여주는 듯해 언천보는 씁쓸했다. 만약 군림회가 당문이 아닌 언가를 노렸다면 그 역시 지금의 당문기 같은 모습과 크게 다르지 않을 것이다.

그러나 비록 신색은 초라할지언정 당문기의 얼굴에 서린 굳은 의지는 언천보로서도 쉽게 흉내 낼 수 있는 것이 아니었다. 시련이 사람을 만든다고 했던가. 지금의 당문기는 예전에 언천보가 알던 당문기가 아니었다.

언천보는 도움을 청한 곳이 당문이라는 사실에 승후의 행동이 그다지 마음에 들지는 않았다. 거의 멸문에 가까운 피해를 입은 당문을 또다시 끌어들인다는 것이 언천보로 하여금 거부감을 갖게 만들었다. 더욱이 당문의 뒤로 아미파가 도착하고 있었다.

"당 소협이 웬일이시오?"

승후가 짐짓 의외라는 얼굴로 당문기를 맞았다.

'음?'

언천보는 승후의 행동이 이해되지 않았다. 승후가 도움을 청했을 것이라는 자신의 생각이 이 순간 잘못된 것임을 깨달은 것이다.

사실, 승후는 언천보의 생각처럼 당문과 아미파에 정식으로 도움을 청하진 않았다. 승후 역시 당문과 아미파가 처해 있는 현실을 모르지 않았기 때문이다. 그리고 설사 승후가 정식으로 당문과 아미파에 도움을 청해 지원을 얻는다 하더라도 승후에 대한 인식이 나빠질 것이 분명했다. 자신의 세력을 보존하기 위해 멸문한 문파에 손을 벌렸다는 비난을 피할 수 없었기 때문이다.

그러나 그들이 스스로 달려오게 만든다면 이야기는 달라진다. 이에 승후는 소진걸이 떠나기 무섭게 하인들을 시켜 당문과 아미파의 거처에 자신이 군림회를 공격하기 위해 나선다는 소문을 흘리게 만들었다. 승후 역시 대륙표국의 표사들로만 정천맹의 무사들을 구원할 수 없다는 생각을 하고 있었다. 애초 가진 바 무력에서 그 차이가 너무나 심했고, 또 대륙표국의 자랑인 변형삼재진이 있다고는 하나 그것은 어디까지나 수세에서나 큰 효력을 내는 검진이었다.

승후는 꼭 당문과 아미파가 아니더라도 도움이 필요했다. 하지만 남창에는 승후를 도울 수 있는 세력이 많지 않았다. 아직 정천맹은 설립 초기였기에 도움을 청하기도 힘들었다. 설사 도움을 청한다 하더라도 정천맹이 승후의 도움 요청을 수락하리라는 보장도 없었다. 승후는 정천맹과 아무런 관련이 없는 그저 외인일 뿐이었던 것이다.

이에 생각이 미친 곳이 얼마 전 남창에 나타난 당문과 아미파였고, 승후의 생각은 보기 좋게 맞아떨어졌다. 멸문에 가까운 피해를 입었다고는 하나 당문이나 아미파는 한때 무림을 좌지우지하던 최강의 문파와 무림세가였다. 비록 예전의 성세에는 크게 모자랐지만, 그렇다고 지금의 전력을 전혀 무시할 수 있는 것도 아니었다. 이들의 전력을 더하면 정천맹의 무사들을 구원할 수 있는 가능성이 더욱 커진다고 승후는 판단한 것이다.

"마교의 무리를 처단하러 간다고 들었소."

언천보의 뒤로 아직 내상이 완연한 중년인이 천천히 걸어나왔다. 현
당문의 가주 만독수사(萬毒秀士) 당한경이었다.

"당가의 가주를 뵙습니다."

승후의 포권에 당한경 역시 마주 포권을 했다.

"아직 정양이 더 필요하신 듯합니다."

승후가 걱정스런 얼굴로 말했다. 승후의 말은 결코 빈말이 아니었
다. 당한경의 신색은 당장 쓰러진다고 해도 이상하지 않았다. 그리고
치욕스럽게도 사천당가를 버리고 남창으로 도망치듯 떠나야 했던 비참
함을 아직 떨쳐 내지 못한 듯했다. 비록 필요에 의해서 당가를 끌어들
인 것이지만, 승후의 마음 역시 편한 것만은 아니었다.

"염려는 고맙소. 하지만 마교의 무리를 내버려 두고서는 내 편히 숨
조차 쉴 수 없소."

당한경의 격렬한 말에 승후는 묵묵히 고개를 끄덕였다.

"우리도 동행하게 해주시오."

당한경의 말에 승후는 나직이 한숨을 쉬었다. 곤혹스럽다는 모습이
역력했다.

"말씀은 감사합니다만, 당 가주께서는……."

"나는 괜찮소. 당장 죽더라도 적을… 쿨럭!"

당한경은 지난 사천에서의 일을 떠올리고는 분기를 참지 못해 피를
토했다. 검붉은 울혈이 당한경의 앞섶을 적셨다. 비틀거리는 신형을
당문기의 도움으로 겨우 바로 세울 수 있었다. 그러나 당한경의 두 다
리는 여전히 후들거리고 있었다.

"아니 되겠습니다. 당가주께서는 그만 돌아가 계십시오. 저희가 대
신 당문의 복수를 하겠습니다."

"아니오, 승 국주. 당가의 은원은 당가 스스로 해결해야 하오!"

당한경의 고집에 승후는 난감해했다. 당한경의 얼굴에 서린 고집은 쉽게 꺾을 수 있을 것 같지가 않았던 것이다.

"그렇습니다, 아버지. 소자가 원수를 갚고 오겠습니다. 그만 돌아가십시오."

"그럴 수 없다. 내 손으로… 내 이 손으로 그놈들을 오체분시하지 않는 한 결코… 쿨럭, 쿨럭!"

당한경은 연신 붉은 피를 토했다. 그럼에도 두 눈은 결코 승후를 놓치지 않았다.

"알겠습니다."

"대형!"

"대협!"

승후의 승낙이 떨어지기 무섭게 언천보와 팽대악, 그리고 당문기가 놀라 소리쳤다. 당장 쓰러져도 이상할 것이 없는 당한경과 함께 가겠다는 승후에게 화가 난 것이다.

"하지만 오늘은 참으십시오."

승후의 말에 당한경의 얼굴이 잔뜩 일그러졌다. 내상으로 인한 고통 때문인지 아니면 승후의 거절 때문인지 일순 그 의미를 알 수 없었다.

"무슨, 나는……."

"오늘만 기회가 있는 것이 아닙니다. 완벽하지 않은 몸 상태로 적과 싸우는 것은 가주께서 바라시는 복수에 앞서 먼저 당 가주께서 자칫 위해를 당하실 수도 있는 일입니다. 어차피 군림회와의 전쟁은 하루 이틀 만에 끝날 일이 아닙니다. 앞으로 기회는 많습니다. 훗날 제가 반드시 당 가주의 복수를 돕도록 하겠습니다."

승후는 당한경의 눈을 보며 진심으로 이야기했다. 승후의 손을 잡은 당한경의 손이 부들부들 떨리는 것이 느껴졌다. 비록 눈물은 흘리지 않고 있지만 승후는 당한경이 지금 절규하고 있음을 알았다. 당한경의 핏발 선 두 눈이 승후의 눈에는 그렇게 비춰졌다.

"……."

모두들 숨을 죽인 채 승후와 당한경을 바라보았다. 그리고 결국 당한경이 머리를 끄덕이는 것으로 그 침묵은 깨어졌다.

"휴……."

언천보와 팽대악의 안도의 한숨 소리였다.

"감사합니다, 승 국주."

당문기가 어느새 혼절한 당한경을 안으며 말했다. 승후는 당한경의 얼굴에서 시선을 떼지 못한 채 그저 머리만 끄덕일 뿐이었다.

"그럼 서두릅시다."

당한경의 모습이 남창으로 되돌아가고 있는 것을 지켜보던 승후가 말했다. 그러나 정작 승후는 발걸음이 떨어지지 않았다. 앞으로 승후가 하고자 하는 일이 너무나 어렵고 힘든 일이라는 사실을 다시 한 번 확인했기 때문이다.

"휴……."

표충영은 벌써 몇 번이나 답답한 한숨을 쉬고 있었다. 신녀문에서 돌아온 이후 칩거한 그는 표문위가 영입한 흑영들의 시선을 피해 그들의 뒷조사를 하기 시작했다. 그리고 그들이 어떠한 목적을 가지고 표가장에 들어왔다는 것을 알게 되었다. 아직 흑영들의 배후를 정확히 알아내지는 못했지만, 의심 가는 단체가 전혀 없는 것은 아니었다. 하지만 표충영이 생각하고 있는 그곳이 표가장을 장악해 얻을 이점이 무엇인지 선뜻 떠오르지 않았다.

표가장의 주 수입은 소작농들의 지대가 대부분이었다. 표가장에서 운영하는 주루와 철방이 있긴 했지만 아직 걸음마 단계에 있었기에 두 곳 모두 정상화되기 위해서는 제법 시간이 필요했다. 그랬기에 고작 이를 노렸을 것이라고는 상상할 수 없었다. 표충영은 자신이 모르는 무언가가 있을 것이라고 생각했다.

"그럼 도대체 무엇 때문에……."

표충영은 답답했다. 답답한 마음을 달래기 위해 산책을 나왔지만, 검은 구름에 가려진 달이 마치 현재의 표충영 자신의 마음과 같아 더욱 답답할 뿐이었다.

"으……."

표충영의 신형이 멈칫했다. 미약하지만 분명 사람의 신음 소리가 들려왔기 때문이다. 다시 귀를 기울였지만 그 신음 소리를 들을 순 없었다.

"내가 너무 과민한 것인가?"

표충영은 주위를 돌아보며 중얼거렸다. 하지만 평소의 표가장과 다른 점을 찾을 수 없었다. 이내 발걸음을 돌린 표충영은 자신의 거처를 향해 걷기 시작했다. 자꾸만 한숨을 내쉬는 것이 여전히 근심이 깊은 모습이었다.

부스럭.

표충영이 사라지고 흑의인들이 모습을 보였다. 표문위와 함께 나타나 지금까지 계속 표가장에 머물고 있는 흑영들이었다. 그리고 그들 중 한 명의 어깨에는 중년인 하나가 죽은 듯이 축 늘어져 있었다.

“서둘러라.”

흑영일호의 싸늘한 음성에 흑영들이 움직였다. 수하들이 움찔 놀랐지만 이내 사라졌다. 그런 수하들을 바라보는 흑영일호의 두 눈에 살기가 어리기 시작했다. 표충영이 점점 깊이 파고들어 오고 있었다. 어차피 표충영은 적당한 시점이 되면 제거해야 할 대상이었다. 하지만 아직은 아니었다. 흑사양의 일행이 등주에 도착할 때까지 표충영을 제거해서는 안 되었다. 표충영과 표가장은 어디까지나 듬직한 먹이가 되어주어야 했다. 그랬기에 흑영일호는 표충영의 행동을 애써 눈감아주고 있었다.

그러나 오늘은 위험했다. 하마터면 표충영에게 보여서 안 될 일을 보일 뻔했다. 점점 비밀을 지키기가 힘들어졌다. 흑영일호는 공력을 일으켰다. 더 이상 표충영을 놔두는 것이 위험하다고 그의 본능이 경고하고 있었기 때문이다. 하지만 아직 회에서는 표충영의 제거에 대한 어떤 명령도 없었다. 흑영일호에게 재량권이 있다고는 하지만 자칫 대계에 차질이 일어날 수 있는 일이었기에 흑영일호는 치솟는 살심을 애써 눌렀다.

“하지만 네놈의 목숨도 머지않았다. 네놈의 아비처럼.”

낮게 중얼거린 흑영일호는 표충영이 사라진 방향으로 신형을 날렸다. 표충영에게 확실한 경고를 다시 한 번 해둘 필요가 있다고 판단했기 때문이다.

같은 시각.

남창을 떠난 정천맹의 무사들이 등주에 도착했다.

“표가장이군.”

청유자는 평화로워 보이는 표가장의 모습을 바라보며 안도했다. 그리고 그동안 강행군에도 자신을 따라준 청룡단을 흐뭇한 눈으로 바라보았다. 소림과 무당, 그리고 화산의 정예들이라는 말이 가히 틀리지 않았다.

정천맹의 청룡단은 급하게 등주로 떠나야 했다. 아직 무력단의 정원이 완전히 갖추어지지 않은 상황에 청유자의 청룡단이 등주로 떠나야 했던 것이다. 원래 청룡단의 정원은 삼백여 명이었지만 청유자가 이끌고 온 청룡단은 그 수가 겨우 일백이었다.

하지만 청유자는 이들 일백만으로도 흑사양 따위는 두렵지 않았다. 급하게 등주로 떠나야 했지만 소림과 무당파, 그리고 화산파의 정예들 중에서도 빼어난 실력을 지닌 인물들이었기 때문이다. 청유자는 이번 등주행이 사문의 명예를 드높일 기회라 생각했다. 그리고 군림회의 마수로 인해 입었던 피해를 이번 기회에 배로 돌려줄 결심이었다. 아직도 칠정산의 후유증에서 고생하고 있는 사제들을 떠올리며 청유자는 불끈 주먹을 쥐었다.

청유자는 현 무당파의 장문인인 청허자의 사제임과 동시에 무당칠자 중의 일인이었다. 무당의 많은 검보 중 태극검의 오의를 깨우친 유일한 인물이었다. 무림에는 태극무혜검(太極憮憓劍)이라 불리기도 했다. 하지만 청유자의 무위는 아직 무림에 크게 알려지지 않았다. 청유자는 무당을 떠난 일이 그다지 없었기 때문이다.

청유자의 평소의 성품은 부드러웠고, 화를 잘 내지 않는 성격이었다. 그러나 온화한 성품의 그라도 마교의 후예인 군림회의 일에서만은 평소와 많이 달랐다. 그리고 그것은 닷새 만에 남창과 등주를 주파한 그의 고집으로 충분히 알 수 있었다.

“일각 동안 휴식을 취한다.”

청유자는 잠시의 휴식을 명했다. 표가장과의 거리는 고작 십여 리도 되지 않았기에 마지막까지 독려할 수 있었다. 하지만 지금과 같이 지친 모습으로 표가장을 찾고 싶지는 않았다. 명색이 구원군인 청룡단이 지금과 같이 지친 모습으로 나타나는 것은 아무래도 체면이 상하는 일이었기 때문이다.

청유자의 말이 떨어지기 무섭게 일백여 청룡단원들이 자리에 주저앉았다. 그리고 안도의 한숨을 내쉬고 있었다. 그동안 긴장감으로 잊고 있었던 피로감이 뒤늦게 물밀듯이 밀려왔다.

처음에는 가쁜 숨만 내쉬던 일백여 청룡단원들이 이내 삼삼오오 짝을 이뤄 앞으로의 일에 대해 의견을 나누는 소리가 들려왔다. 그리고 청유자는 그런 청룡단을 제지하지 않았다. 서로에 대해 조금이라도 알아두는 것이 앞으로의 일에 대비해 나쁘지 않다는 판단 때문이었다.

그렇게 일각이 거의 끝날 즈음이었다. 표가장으로부터 한 인영이 청룡단을 향해 다가오고 있었다. 아마도 청룡단의 모습을 뒤늦게 알아차린 것이라고 청유자는 생각했다.

“어디에서 오신 분들입니까?”

표충영이 청유자를 향해 포권하며 말했다. 그리고 표충영은 청유자 뒤의 일백에 달하는 무인들을 살펴보는 것을 잊지 않았다.

‘소림과 무당, 그리고 화산파… 이들이 왜?’

표충영은 일순 의심이 들었다. 남창에 무림맹이 만들어졌다는 사실을 표충영 역시 모르지 않았다. 하지만 정천맹 내에서도 가장 강력한 세력과 무력을 자랑하는 세 문파의 제자들이 등주에 나타날 이유를 도무지 알 수 없었다.

"노부는 무당파의 청유자라 하네."

"태극무혜검!"

표충영은 청유자가 누구인지 대번에 알 수 있었다. 그리고 무당칠자의 무력이 무당파의 모든 것이라 해도 과언이 아니라는 것도.

"무림말학 표충영이 무당칠자 중 일인인 청유자 어른을 뵙습니다."

표충영의 정중한 포권에 청유자는 흡족한 표정을 지으며 표충영을 바라보았다.

"나 역시 소가주를 만나서 반갑네. 자네 부친에게 자네의 칭찬을 많이 들었다네."

인의검 표문위와 청유자는 무림을 주유하면서 몇 번의 인연이 있었다. 그때는 아직 표문위가 등주에 자리를 잡기 전이었지만, 청유자는 인의검 표문위의 인품에 감탄했었다. 그런 표문위의 아들인 표충영을 만나게 되자 과거 표문위의 젊었을 모습이 떠오른 듯했다.

"한데 등주에는 어인 일들이십니까?"

"저런, 아직 소식이 당도하지 않았나?"

청유자의 말에 표충영은 어리둥절했다.

"예? 무슨 말씀이신지요?"

"허허, 지금 흑사양과 군림회가 이곳 등주를 향하고 있네."

청유자는 아직 흑사양과 군림회에 대한 아무런 정보를 갖고 있지 못한 표충영의 모습에 혀를 찼다. 그러나 다른 한편으로는 자신이 일정을 강행해 빨리 당도한 보람을 느끼기도 했다.

"저, 정말이십니까?"

표충영은 쇠망치로 머리를 맞은 충격을 느꼈다. 그리고 급히 표가장을 돌아보았다. 청유자가 전한 놀란 소식에 어울리지 않게 표가장은 너무도 평화로운 모습이었다. 하지만 표충영의 안색은 어느새 창백하게 변해 있었다.

'군림회였던가?'

표충영의 신형이 부르르 떨렸다. 어렴풋이 짐작은 하고 있었지만, 설마 했었다. 그런데 그 설마가 청유자의 말 한마디로 사실이 되었고, 또 그동안 표충영의 머리 속을 실타래처럼 혼란스럽게 만들었던 의문이 일시에 해소되는 순간이기도 했다.

"너무 걱정 말게."

청유자는 표충영이 두려워한다고 생각하며 표충영의 어깨를 두드리며 안심시켰다. 하지만 청유자의 행동은 표충영의 마음을 더욱 무겁게 만들었다.

'함정.'

표충영은 함정이라고 확신했다. 표가장에 있는 흑영들과 표가장을 향하고 있는 흑사양. 아직 청유자는 표가장과 군림회의 관계를 모르는 듯했다. 그리고 표충영 역시 결코 군림회와 손잡을 생각이 없었다. 그리고 단지 부친의 안위를 장담할 수 없었기에 현재 표가장의 사정을 속 시원하게 밝힐 수도 없었다. 표충영의 마음은 천 근의 바위가 내리누르듯 무거웠다.

"아무리 충독사신이라도 우리가 합류한다면 섣불리 행동하지는 못할 걸세."

청유자는 표충영의 걱정이 너무 과하다고 생각했다. 아직 어리고 무림의 경험이 적어서라고 생각을 했지만 지금처럼 격한 반응은 이해할 수 없었다.

"표가장으로 안내하게. 우리는 먼 길을 달려왔다네."

청유자의 말에 표충영이 멈칫했다. 그러나 표충영은 이내 경공을 펼치기 시작했다. 표가장으로 향하는 표충영의 얼굴은 잔뜩 굳어 있었다. 그리고 그런 표충영의 뒤를 따르는 청유자의 얼굴 또한 의아함과 못마땅함으로 가득했다.

"청룡단이 벌써?"

흑영일호는 수하의 보고에 놀란 표정을 지었다. 남창의 정천맹에서 청룡단이 떠났다는 사실을 알았지만, 적어도 이틀 정도 후에나 도착할 것이라고 생각했다. 그런데 청룡단은 예상보다 이틀이나 앞당겨 나타났다. 이에 그동안 세워두었던 계획을 전면 수정해야 했다.

"젠장할! 흑사양은 어디쯤 와 있나?"

"예, 등주와 하루 거리입니다."

"하루라……."

흑영일호는 수하의 보고에 잔뜩 찌푸렸던 안색을 폈다. 흑사양 역시 계획보다 하루 빨리 표가장으로 도착할 것으로 보였다. 그렇다면 그동안 준비한 계획을 아주 버릴 필요는 없었다. 하지만 아직 변수는 있었다. 아직 완벽하게 제압해 두지 못한 표충영이 앞으로의 일에 큰 변수였던 것이다.

"끝까지 그놈이 말썽이군. 표충영은 지금 어디에 있나?"

"이번 청룡단의 인솔자인 청유자와 함께 있습니다."

"청유자? 무당칠자 중 일인인 태극무혜검 그자 말인가?"

"예."

'생각보다 거물이 왔군. 청유자를 제압하려면 충독사신으로도 모자란 감이 있는데.'

흑영일호의 고민이 깊어졌다. 그리고 그런 흑영일호의 고민을 일거에 해결하게 만드는 수하의 보고가 이어졌다.

"그리고 청룡단에 속한 인물들 또한 결코 가볍지 않습니다. 모두가 소림과 화산, 그리고 무당파에서 고르고 고른 제자로 보여집니다."

"호오… 정파 놈들이 단단히 작정을 한 모양이군 그래. 오히려 고맙다고 해야 하나?"

흑영일호는 섬뜩한 미소를 지었다. 만약 청룡단의 면면이 지금보다 못했다면 조금은 무리를 해서라도 청룡단을 공격했을 것이다. 만약에 그랬다면 군림회 역시 적지 않은 피해를 입었을지도 모르는 일이었다. 하지만 상대가 자신들보다 전력이 강하니 흑영일호에게는 스스로 물러날 수 있는 기회를 만들어주는 셈이었다. 비록 청룡단으로서는 원하지 않은 결과일 테지만.

"오행금강동인을 시험할 기회가 될지도 모르겠군. 그나저나 애송이 녀석에게 단단히 일러두어야겠군."

흑영일호는 부담감이 사라지자 표충영을 괴롭힐 방법을 생각하며 즐거워했다. 그리고 곧 분노할 표충영의 모습을 떠올리며 비릿한 미소를 지었다.

"이쯤에서 쉬었다 갑시다."

승후의 말이 떨어지기 무섭게 모두들 주저앉았다. 내력이 약한 표사들은 물론 당문과 아미파의 제자들 역시 진작부터 내력이 고갈되어 있었다. 그러나 승후는 냉정했다. 정확히 다섯 시진을 이동하고 나서야 이각 동안의 휴식을 취할 뿐이었다.

지난 이틀간 그 원칙은 단 한 번도 깨어지지 않았다. 그리고 아직 갈

길이 멀었다. 아직 등주에 도착하려면 오늘과 같이 꼬박 하루를 더 달려야 했다. 당문과 아미파의 제자들과 표사들은 생각만 해도 벌써부터 숨이 차왔다. 하지만 곧 들려온 승후의 말에 모두들 크게 기뻐했다.

"오늘은 여기서 유숙하고 내일 인시(寅時)에 출발하겠소."

승후의 말에 여기저기 자리를 펴는 사람이 많았다. 그런 일행을 바라보며 언천보와 팽대악이 승후를 향해 다가왔다.

"대형, 이렇게 여유를 부려도 되는 겁니까?"

팽대악은 승후의 행동이 이해되지 않는다는 얼굴이었다.

"여유가 아니네. 하루를 더 강행했다가는 모두들 등주에 도착하기도 전에 심장이 터져 죽고 말 것이네."

승후의 말이 조금 과장된 면이 있기는 했지만 그렇다고 전혀 틀린 말은 아니었다.

"하지만 우리가 늦게 도착할수록 청룡단의 위험은 더욱 커지지 않습니까?"

언천보의 말에 승후는 씁쓸히 웃으며 언천보를 바라보았다.

"자네는 우리와 청룡단을 비교했을 때 어디가 더 강하다고 생각하나?"

승후의 물음에 언천보는 아무런 대답을 하지 못했다. 아니, 대답할 필요가 없는 물음이었다. 소림과 무당, 그리고 화산파의 정예 중에서도 추린 인물들의 조직인 청룡단과 자신들의 비교는 솔직히 무의미했기 때문이다. 비록 사대세가의 일원인 당가와 오파의 구성원이었던 아미파가 함께하고 있다고는 하지만 이미 사천에서 적지 않은 정예를 잃었기에 청룡단의 구성원들과 비교하기에는 손색이 있었던 것이다.

"그러면 더욱 서둘러 청룡단과 합류해야 하지 않겠습니까?"

"어떻게 말인가?"

승후의 말에 언천보는 이번에도 꿀 먹은 벙어리가 되고 말았다. 이미 사흘이나 먼저 출발한 청룡단을 일행이 따라잡을 수 있는 방법은 애초부터 존재하지 않았던 것이다.

"그럼 다른 방도는 없는 겁니까?"

늘어난 휴식 시간에 좋아하던 사람들은 승후와 언천보의 대화에 뒤늦게 관심을 보이기 시작했다. 그동안의 강행군이 너무나 힘들어 잠시 자신들의 목적을 잊고 있었던 것이다.

"만약 청룡단이 군림회와의 싸움에서 패한다면 우리가 군림회를 상대할 수는 없네."

"그럼 돌아가는 겁니까?"

팽대악이 못마땅한 목소리로 말했다. 적을 상대할 전력도 되지 못하고 또 아군과 합류할 시기마저 많이 늦었기에 회군은 피할 수 없는 결정이라 생각했다. 하지만 그 결정을 승후가 내리는 것이 팽대악은 불만이었다. 아니, 실망이었다고나 할까. 지금까지 팽대악이 지켜봐 온 승후는 불가능하다고 여겨지는 일을 여러 번 성공으로 바꾸었었다. 그런 승후가 이번 청룡단의 일을 중도에 포기하려는 것은 평소의 승후 모습이 아니었던 것이다.

"누가 돌아간다고 했나?"

"예?"

"그럼?"

순간 사람들의 이목이 승후에게 쏠렸다. 승후는 그들의 시선에 아랑곳하지 않고 언천보와 팽대악을 향해 자신의 계획을 설명하기 시작했다.

청유자는 하루 만에 다시 만난 표충영의 안색이 무척이나 상해 있음을 한눈에 알아보았다. 두 눈이 퀭한 것이 밤사이 한 잠도 못 잔 것이 확실했다. 아니, 잠을 못 잔 것뿐만 아니라 마음 고생이 심했다는 것을 알 수 있었다. 그리고 청유자와 마주 앉은 표충영의 두 눈은 초점이 잡혀 있지 않았다. 무언가 충격을 받은 듯 표충영의 두 눈은 충격과 불신이 가득했다.

갑작스럽게 변한 표충영의 모습에 청유자는 그 이유가 무척이나 궁금했지만 자신이 먼저 그 이유를 묻지는 않았다. 표충영이 밤늦은 시간에 자신을 찾아온 것이 어쩌면 그 이유를 말하고 싶어서일지도 모른다고 생각했던 것이다.

"휴……."

표충영이 깊은 한숨을 쉬며 탁자에 놓여진 찻잔을 바라보았다. 이미 식어버린 찻잔을 향해 손을 가져가던 표충영의 손이 실수로 차 속에 빠졌다. 그러나 표충영은 자신의 그런 행동을 의식하지 못하는지 식어버린 차를 단숨에 들이켰다.

꿀꺽.

청유자는 표충영의 무례한 행동에 눈살을 찌푸렸다.

탁—

탁자에 거칠게 찻잔을 내려놓은 표충영은 청유자의 두 눈을 응시했다. 무언가 말하고자 하는 간절한 빛이었다. 청유자의 얼굴이 더욱 의아함으로 변해갔다.

"이만 물러가겠습니다."

갑작스런 표충영의 말에 청유자는 어이가 없었다. 근 반 시진 동안이나 아무 말 없다가 겨우 꺼낸 첫마디가 물러가겠다니. 청유자의 얼굴에 노기가 떠올랐다. 표충영의 행동으로 보아 무언가 말 못할 사정이 있는 것이라 짐작되었다. 하지만 지금의 행동은 명백히 자신을 무시하는 것이라고 청유자는 생각했다.

"죄송합니다."

표충영의 사죄에 청유자는 멈칫했다. 지금의 무례에 대한 사죄인지 아니면 청유자의 시간을 빼앗은 것에 대한 것인지 일순 판단이 서지 않았기 때문이다. 표충영의 행동에 화를 내려던 청유자는 그러지 못했다. 표충영의 사과는 진심이었기 때문이다.

"거참, 무슨 일인지 나에게 이야기할 수 없나?"

청유자의 말에 표충영의 얼굴이 미미하게 떨렸다. 청유자의 말에 잠시 마음이 흔들린 모양이었다. 하지만 이내 들려온 말은 완곡한 거절이었다.

"마음만은 감사히 받겠습니다. 그리고… 다시 한 번 죄송합니다."

표충영은 말을 마치기 무섭게 청유자의 거처를 떠났다. 그런 표충영의 뒷모습이 완전히 사라질 때까지 청유자는 눈을 떼지 못했다.

"흠."

표충영이 돌아간 이후 청유자의 마음은 만 근 거석이 짓누르는 것처럼 무거웠다. 표충영에게서 전염이라도 된 듯 연신 한숨만 흘러나왔다. 답답한 마음에 방 안을 서성이던 청유자의 발걸음이 어느 순간 멈췄다.

'위험.'

조금 전 표충영이 앉아 있던 자리에 쓰인 글이었다. 희미했지만, 분명 위험이라는 글이었다. 그리고 그 아래로 위험을 알리는 글보다 더욱 희미한 글이 써 있었다. 표충영이 입버릇처럼 달고 다니던 '죄송'이라는 말이었다.

청유자는 위험이라는 말과 죄송이라는 말이 선뜻 연결되지 않았다. 무엇이 위험하다는 것인지 또 무엇이 그렇게 죄스러운지. 당장이라도 표충영에게 달려가 묻고 싶었지만, 조금 전 표충영의 모습으로 보아 그것도 여의치가 않을 듯했다. 표가장에서 분명 청룡단과 관련된 모종의 일이 벌어지고 있음이 틀림없었다.

"도대체 무슨……."

청유자가 머리를 저으며 근심에 잠겨 있을 때 청유자의 눈길을 끄는 것이 있었다. 표충영의 찻잔에 둥근 환약이 보였던 것이다.

'칠정산?'

청유자의 안색이 창백하게 변했다. 청유자는 결코 칠정산의 존재를 잊을 수 없었다. 이 칠정산 때문에 무당이 얼마나 혼란스러웠던가. 사제 간의 칼부림으로 얼마나 많은 무당의 기재들이 목숨을 잃어야 했던가. 이는 무당의 역사상 결코 일어난 적이 없는 일이었고, 앞으로 평생 그 일을 비밀로 담아두어야 했다. 그런 최악의 독단을 표가장에서 다시 보게 될 줄 청유자는 상상도 하지 못했다. 그리고 그제야 조금 전 표충영의 행동이 이해되었다.

지금 표가장은 군림회에 의해 장악되었던 것이다. 아니, 자신의 예측이 사실이 아니더라도 표가장에 머무르는 것은 위험했다. 그리고 그것을 표충영이 알려주었다. 청유자의 음성이 더할 수 없이 다급했다.

"적송 있더냐?"

적송은 청유자의 대제자였다. 상황 판단이 빠르고 누구보다도 임기응변에 능해 지금과 같은 상황에서 가장 도움이 되는 존재였다.

“예, 스승님.”

“즉시 단원들을 소집해 표가장에서 물러나도록 해야 한다.”

청유자의 갑작스런 명령에 적송이 흠칫 놀랐다. 적송 또한 표가장의 무거운 분위기가 어딘지 모르게 이상하다는 것을 느끼고 있던 차였다. 그러던 차에 스승의 명령이 내려졌다. 적송은 궁금한 점이 한둘이 아니었지만, 이유를 묻지는 않았다. 일단 내려진 스승의 명령이 우선이었던 것이다.

“알겠습니다.”

적송이 막 청유자의 거처를 나설 때였다. 표가장이 화광에 물들기 시작했다. 그리고 그것은 적의 공격 신호이기도 했다.

“불이야!”

표가장의 식솔들은 갑작스런 불에 당황하며 소리쳤다. 그리고 그보다 더욱 위급을 알리는 목소리가 청룡단에게서 터져 나왔다.

“적이다!”

그 외침에 청유자와 적송이 밖으로 뛰쳐나왔다. 그야말로 비호 같은 움직임이었다. 어느새 청룡단의 앞에 모습을 보인 청유자가 소리쳤다.

“웬 놈들이냐!”

청유자의 공력이 가득한 외침에 갑작스런 상황에 당황해하던 청룡단이 청유자의 주변으로 몰려들며 방진을 이루기 시작했다. 오늘과 같은 만약의 상황에 대비한 대책이었다.

“과연 명문정파란 다르군.”

처음의 다소 혼란스럽던 상황이 언제 그랬냐는 듯이 빠르게 안정을 되찾고 있었다. 그런 청룡단의 모습에 감탄하며 흑의 복면인들 중에서 오 척 단구의 노인이 청유자를 향해 천천히 걸어나왔다. 흑의 복면인들 중 유일하게 복면을 하지 않은 이이기도 했다. 청유자는 이 오 척 단구의 노인을 금방 알아보았다. 당문과 독의 자웅을 가리다 패해 은거한 전대 노마 충독사신 흑사양이었다.

"충독사신이 언제부터 마교의 주구가 되었소?"

청유자는 흑사양을 알아보고는 냉소했다. 충독사신은 삼십여 년 전 독보천하를 했었다. 비록 당문의 전대 가주 암왕(暗王) 당비양(唐飛揚)에게 패하기는 했지만, 그렇다고 흑사양의 독공이 당문에 비해 크게 떨어지는 것은 아니었다. 그런 흑사양이 다시 무림에 모습을 보였으니 분명 무림은 작지 않은 소란으로 몸살을 앓을 터였다. 더욱이 이십여 년 만에 다시 모습을 보인 흑사양의 무공이 결코 예전 그대로일 것이라고는 생각할 수 없었다. 분명 무공이 진일보했을 것이고, 또 자신이 있으니 다시 무림에 나타났을 것이다.

"갈! 노부는 회주의 초빙을 받은 손님의 신분일 뿐이다!"

청유자의 말에 흑사양이 대노했다. 당장이라도 독공을 끌어올릴 기세인 흑사양의 모습에 청룡단은 잔뜩 긴장했다. 모두들 피독단을 삼키며 흑사양의 행동을 예의 주시했다.

"흥! 말이 좋아 손님이지, 하는 짓이란 것이 마교의 주구 노릇이 아니냔 말이오?"

청유자의 싸늘한 말에 흑사양이 대노하며 공력을 일으켰다. 예전이나 지금이나 흑사양은 작은 자극에도 흥분을 참지 못했다. 성격이 불같이 급하고 일단 잔인한 손속을 펼치고 보는 것이 흑사양이었다.

"갈! 죽어라!"

흑사양의 양손에서 뭉클뭉클 검은 기운이 뿜어져 나왔다. 흑사양의 모습에 대경한 청유자는 급히 뒤로 물러났다. 지난 세월 동안 흑사양의 독공이 더욱 깊어졌다는 것을 한눈에 알 수 있었던 것이다.

"혈잠우립(血蠶宇立)!"

흑사양의 검은 독을 뚫고 붉은 기운이 청유자의 전신을 뒤덮었다. 혈기를 잔뜩 머금은 혈잠이 하늘 가득 실을 뽑아내기 시작했다. 어느새 붉은 실들이 촘촘한 그물이 되어 청유자의 운신의 폭을 좁혀왔다. 이에 대경한 청유자가 급히 검을 펼쳤다.

"대괴성(大魁星)!"

청유자는 급히 자신의 성명절학인 태극검을 펼쳤다. 단 한 번의 찌르기였지만, 촘촘하던 혈망이 단번에 뚫렸다. 태극기공의 성취와 함께 펼쳐진 태극검법은 흑사양의 독공으로도 쉽게 상대할 수 있는 공부가 아니었던 것이다.

흔히들 태극검법을 이류검법이라고 부른다. 그러나 그것은 태극검법을 대성한 사람이 없기 때문에 생긴 사람들의 편협한 사고였다. 태극검법은 단순한 듯 보이지만 실제로는 그 깊이를 가늠할 수 없을 정도로 높은 사고를 요하는 무공이다. 뿐만 아니라 태극기공 역시 하루 아침에 성취할 수 있는 공부가 아니었다. 평생을 통해 꾸준히 연마해야만 겨우 오성의 경지에 이를 수 있는 그야말로 평생 자신과의 싸움의 연속인 무공이었다.

그러하기에 조바심이 강하거나 명예욕이 높은 무인이 감히 익힐 수 있는 무공이 아니었다. 그리고 무림의 여타 내공의 대부분이 양강지공과 음한지공으로 나누어 있는 것에 비해 태극기공은 음양의 조화를 추구하는 공부이기에 이는 무당의 최고 검법인 태극혜검이나 양의검법만큼이나 대성하기 어려운 공부였던 것이다.

실제 무당파에서도 태극기공과 태극검법을 대성한 사람이 조사인 장삼풍을 제외하고는 한 명도 나타나지 않았다. 그렇게 영원히 사장될 것 같던 태극기공과 태극검법을 청유자는 장삼풍 이후 처음으로 육성과 팔성에 이르렀다. 모두들 청유자가 태극검법을 익혔다는 것만 알 뿐 그의 자세한 무위를 알지 못했다. 내심 무림에서 이류로 취급받는 태극검을 익힌 청유자를 무시하는 무림인들도 있었지만, 무당칠자의 일원이라는 말에 겉으로 표현하지는 못했다. 그만큼 무당칠자가 무림에서 차지하는 명성이 높았던 것이다.

그렇게 청유자는 무당파의 알려지지 않은 자랑이었던 것이었다. 이러한 사실을 알 리 없는 흑사양은 처음 청유자가 펼치는 태극검법을 알아보고는 내심 코웃음을 쳤었다. 하지만 흑사양의 비웃음에도 보란 듯이 흑사양의 자랑인 독공을 깨어버렸기에 흑사양의 충격은 이루 말할 수 없었다.

"어, 어떻게… 태극검법 따위가……."

흑사양은 놀란 눈을 치켜뜬 채 어쩔 줄 몰랐다. 그리고 단 한 번의 대결이 몰고 온 결과는 상상외로 컸다. 청룡단의 사기는 급격히 상승한 반면 흑사양을 비롯한 군림회는 처음의 기세를 잃어버린 것이다.

"쯧쯧쯧, 충독사신의 눈에는 아직까지 청유자의 무공이 무림에 흔하디흔한 삼류무공인 그 태극검법으로 보이는가?"

"음?"

충격에 빠져 있던 흑사양의 귀로 절로 눈살이 찌푸려지는 음성이 들려왔다.

"괴의(怪醫)?"

청유자는 어느새 나타난 노인을 대번에 알아보았다. 괴의 하지첨. 신의(神醫)와 살인자의 두 얼굴을 가진 이가 바로 괴의 하지첨이었다.

그런 그가 아직 죽지 않고 군림회에 투신해 있다는 사실이 청유자는 믿어지지 않았다.

"과연 무당칠자다운 솜씨였네."

하지첨은 청유자를 바라보며 미소를 지었다. 그러나 하지첨의 그 미소에 청유자는 전신이 오싹해짐을 느꼈다. 그 옛날 하지첨의 거처에서 실험 재료로 사용되었던 사람들의 모습이 떠올랐기 때문이다. 짐승의 다리가 붙은 아이에서 얼굴이 문들어진 노인, 그리고 전신의 가죽을 모두 빼앗긴 임산부에 이르기까지… 모두 하지첨에게 목숨을 구하기 위해 찾아온 그들이 도리어 하지첨의 실험 대상이 된 것이었다. 청유자는 자신도 모르게 당시의 상황이 떠올라 헛구역질이 치밀어 올랐다.

"그때는 자네 덕분에 적지 않은 피해를 입었었지."

"인간의 탈을 쓰고 그런 짓을 해서는 안 되는 일이었소."

청유자의 싸늘한 일갈에 하지첨은 싱긋 미소를 지으며 웃었다. 당시 하지첨은 모종의 연구를 하고 있었다. 무림인들이 말하는 금강불괴를 만들기 위한 실험이 그것이었다. 그런데 결정적인 순간에 하지첨의 연구가 실패로 돌아갔다. 당시 하지첨을 수상히 여긴 당문의 전대 가주인 당비양과 곤륜파의 청학 진인, 그리고 무당의 청유자로 인해 들통나 버린 것이다. 결국 하지첨은 잔인한 행동으로 인해 무림의 공적으로 선포되었고, 이후 이십 년 넘게 숨어 살아야 했다. 그런 그에게 구원의 손길을 뻗은 곳이 지금의 군림회였다.

"시간이 더 걸리기는 했지만 결국 나는 나의 실험을 완성했다네. 자네와 같은 무림인들이 말하는 도검불침인, 아니, 금강불괴인이라고 해야 하나?"

하지첨의 말에 청유자뿐만 아니라 흑사양 또한 크게 놀란 표정이었다. 금강불괴는 모든 무림인들이 꿈꾸는 경지이지만, 이는 어디까지나 전설의 경지일 뿐이었다. 그런 전설상의 경지를 한낱 살의(殺醫)가 이루었다니 쉬이 믿어지지 않았던 것이다. 아니, 믿고 싶지 않았던 것이다. 하지첨의 성공을 위해 얼마나 많은 사람들의 목숨이 희생되었는지 차마 상상할 수 없었기 때문이다.

"오늘 나의 실험 결과물을 선보이려고 하네. 과거의 은원을 확실히 해야 하지 않겠나?"

짝―

말을 마친 하지첨이 손뼉을 쳤다. 그러자 하지첨의 뒤로 다섯 인영이 모습을 드러냈다.

"오행금강동인(五行金剛銅人)이라고 이름을 붙였네. 어디 한번 시험해 보게. 자네들이 말하는 금강불괴인지 아닌지를 말이네."

"자, 잠깐! 청유자의 상대는 어디까지나 내가……."

흑사양은 괴의 하지첨을 향해 소리쳤다. 아직 청유자와 전력을 다해 겨루어보지 못했다. 그동안 발전한 독공을 청유자를 상대로 확인하고 싶었다. 그런데 하지첨이 기회를 빼앗으려 하자 흑사양이 급히 제지한 것이다.

하지만 흑사양은 이내 말꼬리를 흐릴 수밖에 없었다. 하지첨의 파란 두 눈이 흑사양의 전신을 훑고 있었기 때문이다. 하지첨의 시선이 몸에 닿자 흑사양은 오싹함을 느꼈다. 그리고 번득이는 하지첨의 눈이 자신을 실험물로 여기지나 않을지 두려워졌다. 이에 흑사양은 한 걸음 뒤로 물러날 수밖에 없었다.

"저자에게 너희들의 위력을 보이거라."

하지첨의 손짓에 오행금강동인이 청유자를 향해 느릿느릿 걸어갔다. 순간 흑사양은 저렇게 느린 오행금강동인이 과연 청유자를 상대할 수 있을지 의심이 들었다. 아무리 금강불괴의 몸이고, 막대한 파괴력을 가지고 있다 하더라도 공격을 성공시킬 수 없다면 그다지 쓸모가 없기 때문이었다. 그러나 흑사양의 생각이야 어떠하든 오행금강동인은 여전히 느릿하게 청유자를 향해 걸어갈 뿐이었다.

'뭐, 전혀 쓸모가 없지는 않을 테지.'

흑사양은 더 이상 청유자와 오행금강동인에 대한 생각을 하지 않기로 했다. 흑사양에게는 청유자뿐 아니라 청룡단 또한 제거해야 할 상대였기 때문이다.

우우웅!

흑사양은 피독낭을 들었다. 이번 표가장의 일의 대가로 군림회로부터 받은 혈봉이었다. 오랫동안 굶주린 듯 피를 달라고 혈봉들이 아우성쳤다.

웅! 웅! 웅!

밖으로 나온 혈봉들의 날개짓하는 소리가 더욱 컸다. 멸종한 것으로 알려진 혈봉의 출현에 청유자와 청룡단은 크게 놀라 당황했다. 하지만 하지첨만은 별일 아니라는 모습이었다. 흑사양의 혈봉 역시 하지첨이 만들었던 것이다.

"만찬의 시간이다."

흑사양의 말을 알아듣기라도 하는 듯 말이 떨어지기 무섭게 혈봉들은 청룡단을 향해 날아갔다.

"혈봉과 정면으로 부딪치지 마라! 청룡단은 적의 포위를 뚫고 표가장을 벗어나라!"

청유자는 군림회와 정면으로 대결하는 것이 불리하다고 판단했다.

흑사양 하나라면 충분히 승산이 있었지만 괴의 하지첨과 함께 나타난 오행금강동인이 꺼림칙했다. 지금으로서는 그다지 위협이 되어 보이지 않지만, 오행금강동인을 만든 이가 하지첨이라는 것이 아무래도 불안했다.

"누구 마음대로!"

청유자의 말이 떨어지기 무섭게 흑사양이 청룡단을 향해 뛰어들었다.

"화충멸멸(華蟲滅滅)!"

흑사양의 검은 독무가 청룡단을 향해 슬금슬금 다가서기 시작했다. 독이라고는 전혀 생각이 들지 않는 달콤한 향기가 일순 표가장에 가득했다. 그러나 어느 누구도 이 향기가 독이 아니라고 생각하지는 않았다. 오히려 더욱 경계하는 마음을 돋우기 시작했다.

"서둘러라!"

청유자의 외침이 떨어지기 무섭게 청룡단 소속의 무당파 제자들이 먼저 포위망을 뚫기 시작했다.

퍼퍼펑!

"으아악!"

흑의 복면인이 무당의 제자들과 함께 폭사했다. 이에 대경한 무당파의 제자들은 주춤 뒤로 물러났다. 말로만 듣던 마령인의 존재를 눈으로 확인 한 것이다.

"마령인이다! 근접하는 것을 막고 목을 잘라라!"

"음?"

하지첨은 놀란 얼굴로 청유자를 바라보았다. 마령인을 알고 있는 것과 또 마령인을 상대할 수 있는 방법을 한눈에 알아본 청유자가 의외였기 때문이다. 하지만 하지첨은 마령인에 대한 정보를 승후가 무림맹에 전해준 것임을 알지 못했다. 애초 하지첨은 군림회의 일에는 크게 관여하지 않았기 때문이다.

"살려둘 수 없는 이유가 하나 더 늘었군."

말과는 달리 하지첨의 모습은 처음과 전혀 달라지지 않았다. 마령인을 상대하는 것이 말처럼 쉬운 일이 아니었고, 청유자와 청룡단이 목숨을 잃는다는 사실에는 변함이 없다고 확신했기 때문이다.

캉캉캉!

청유자의 안색이 무겁게 가라앉았다. 오행금강동인들의 느린 걸음에 내심 무시하고 있었다. 하지만 단 한 번의 공격으로 하지첨의 자신감을 알 수 있었다. 어느새 청유자는 다섯의 오행금강동인에 포위되어 있었다. 다행히 속도가 느린 점을 이용하면 포위를 다시 벗어날 수 있다는 점이 그나마 위안이었다.

치이익—

"으윽!"

흑사양의 독망에 대항해 검을 펼쳤던 화산파 제자 하나가 신음을 흘리며 주저앉았다. 흑사양의 독망에 검이 부딪치는 순간 비릿한 냄새가 화산파 제자를 집어삼켰기 때문이다. 대번에 얼굴이 시커멓게 변해 버린 화산파 제자는 칠공으로 검은 피를 흘리며 목숨을 잃었다. 일순 싸늘한 침묵이 찾아왔다. 흑사양의 가공할 독공에 모두들 경악한 것이다.

"갈!"

화산파 제자의 죽음을 본 청유자가 일갈을 터뜨리며 흑사양을 향해 신형을 날렸다. 그러나 청유자는 자신의 뜻을 이룰 수 없었다. 어느새 오행금강동인들 중 하나가 청유자의 앞을 가로막고 있었던 것이다.

“흥!”

청유자는 코웃음 쳤다. 그리고는 금(金)이라는 글자가 써진 옷을 입은 오행금강동인을 향해 검을 휘둘렀다. 우란소(右欄掃)의 초식이었다. 하지만 오행금강동인은 청유자의 검을 무시한 채 우권과 좌장을 뻗어왔다.

우웅!

청유자는 지금의 일권과 일장이 위력적이라는 것을 직감했다. 다급히 신법을 밟아 피하며 오행금강동인의 옆구리에 강한 일검을 꽂아 넣었다.

캉!

강력한 마찰에 의해 불꽃이 일었다. 순간 청유자는 어이가 없었다. 거의 전력을 다한 일검에 오행금강동인은 겨우 두어 걸음 정도 물러났을 뿐이었다. 너무도 어처구니없는 상황에 잠시 넋을 놓고 있을 때 나머지 오행금강동인이 청유자를 공격해 왔다. 이에 대경한 청유자는 급히 신법을 펼쳤다.

펑!

오행금강동인들끼리 권과 장을 주고받았기에 엄청난 굉음이 들려왔다. 그 광경에 청유자는 얼굴이 해쓱해졌다. 만약 오행금강동인들의 속도가 빨라 그들의 권장이 자신의 몸에 격중되었더라면 결코 무사하지 못했을 것이기 때문이다.

까가강!

청유자는 또다시 검으로 오행금강동인들을 공격했다. 하지만 청유자의 검은 오행금강동인들의 몸에 닿기 무섭게 튕겨 나왔다. 거듭되는 공격의 실패에 청유자의 안색이 굳었다. 공력의 소모는 계속되고 별성과는 없었기 때문이다. 더욱이 검을 쥔 손이 점점 저려왔던 것이다.

청유자는 오행금강동인을 노려보며 입술을 짓씹었다. 오행금강동인을 상대할 수 있는 방법은 강기뿐이라는 것에 생각이 미친 것이다. 하지만 청유자는 강기를 능숙하게 다룰 수 없었다. 그의 사형이자 무당의 장문인인 청허자라면 모를까 청유자는 겨우 강기를 흉내 낼 수 있을 뿐이었다. 그나마 강기를 흉내 낼 수 있는 것도 무당칠자 중에서도 채 넷이 되지 않았다. 청유자는 급히 전황을 살폈다. 처음 대등하게 이어가던 싸움이 흑사양과 흑의 복면인들의 연수가 점점 익숙해짐으로 해서 청룡단의 피해가 늘어나고 있었다.

"갈! 나를 따르라!"

청유자는 수(水)라 쓰인 오행금강동인을 향해 신형을 날렸다. 청유자의 그 모습에 하지첨은 코웃음을 쳤다. 지금까지 번번이 실패한 공격이 성공할 일이 없었기 때문이다.

"속도만 높이면 좀 더 쓸 만⋯⋯."

하지첨은 흐뭇한 웃음을 지으며 청유자와 오행금강동인의 싸움을 지켜보다 일별한 청유자의 모습에 크게 놀라 소리쳤다.

"안 돼!"

청유자의 검에 일 척에 달하는 강기가 서려 있는 것을 발견한 것이다.

쐐애액!

청유자의 검이 오행금강동인을 향해 쏘아져 날아갔다. 그러나 오행금강동인은 하지첨의 날카로운 비명에도 아랑곳하지 않고 권을 뻗었다.

서걱.

청유자의 검이 처음으로 오행금강동인의 몸에 상처를 남겼다. 아니, 상처를 입힌 것이 아니라 아예 팔을 잘라 버렸다.

"크아아악!"

전신을 금강불괴로 단련되는 과정에 이미 이지를 상실한 오행금강동인이었다. 그러나 지금 오행금강동인은 고통 때문인지 아니면 분노 때문인지 분명 괴성을 지르며 청유자를 향해 달려들었다.

순간 하지첨이 크게 놀라며 당황했다. 지금의 일은 결코 일어날 수 없는 것이었기 때문이다. 완벽하다고 여겼던 오행금강동인의 결점이 또 하나 발견된 순간이었다. 괴성을 지르며 달려든다고는 하지만 오행금강동인보다 청유자의 신형이 훨씬 빨랐다. 청유자는 이미 청룡단을 지나쳐 포위를 이루고 있던 흑의 복면인들을 베어 넘기고 있었던 것이다.

푸확!

그동안 청룡단을 포위하고 있던 흑의 복면인들이 청유자의 검에 속수무책으로 쓰러졌다. 청유자의 분전에 힘입은 청룡단은 청유자의 뒤를 따라 표가장을 탈출하기 시작했다.

"서둘러라!"

굳이 청유자의 명령이 아니더라도 청룡단은 청유자를 바짝 뒤쫓고 있었다. 그리고 표가장의 정문에 도착했을 때였다. 청유자와 청룡단을 막아선 무리들이 있었다. 표충영과 표가장의 인물들이었다. 그들을 발견한 청유자의 얼굴이 노기로 잔뜩 일그러졌다.

"우리를 막을 텐가?"

"아닙니다. 지나가십시오."

표충영은 순순히 물러났다. 의외의 상황이었지만 청유자는 표충영의 의도 따위는 따질 여유가 없었다. 청유자가 멈칫하고 있는 이 순간에도 청룡단의 후위는 여전히 군림회와 치열한 접전을 벌이고 있었기 때문이다.

"가자!"

청유자가 신형을 날리며 막 표충영을 지나치려 할 때였다.

푸욱!

표충영의 검이 청유자의 옆구리에 검을 찔렀다.

"스승님!"

"단주님!"

믿을 수 없는 상황에 적송과 청룡단이 놀라 소리쳤다.

"갈!"

대노한 청유자가 표충영을 향해 좌장을 떨쳤다.

펑!

청유자의 장을 고스란히 받은 표충영이 무려 다섯 걸음이나 물러났다. 중상을 입은 청유자가 전력을 다하지 못한 일장이었지만, 그 위력은 감히 표충영으로서도 감당하기 어려운 것이었다.

"죄, 죄송합니다. 큭……."

청유자는 표충영의 죄송하다는 말을 이제야 깨달았다. 표충영은 어쩔 수 없는 배반을 미리 사죄한 것이다.

"적이 표가장을 벗어나는 것을 막아라!"

흑사양의 목소리가 들려왔다. 싸늘한 눈으로 표충영을 노려보던 청유자는 이내 표가장을 벗어나기 시작했다. 자신의 분노보다 청룡단의 안전이 우선이었기 때문이다.

"서둘러라!"

청유자와 청룡단이 표가장을 벗어나고 있었지만 표가장의 기솔들은 그들을 제지하지 않았다. 이제는 돌이킬 수 없는 일이었기에 표가장의 인물들의 얼굴에는 참담한 빛이 가득했다.

"승 대협, 정말 삼재진만으로 충분한 겁니까?"

당문기는 승후의 방법이 아무래도 불안한 모습이었다. 승후가 대륙표국의 표사들을 이끌고 군림회와의 일전을 준비한다는 말에 앞뒤 따지지 않고 달려오긴 했지만, 이틀 전 승후의 말은 당문기로 하여금 뒤늦게 경각심을 갖게 만들었다. 그리고 겨우 삼재진으로 군림회를 상대하겠다는 승후의 계획에 우려하고 있었다.

"그럼 당 소협에게 다른 방법이 있소?"

승후의 반문에 당문기는 침묵했다. 당문기로서도 마땅한 방법이 없었던 것이다.

"너무 걱정 마시오. 비록 이 삼재진이 공격에는 그다지 적당한 진법이 아니지만, 수비를 함에 있어서는 큰 위력을 발휘할 테니 말이오. 우리의 목적은 군림회의 섬멸이 아니라, 어디까지나 청룡단의 구원이니

적합한 대안이기도 하고.”

승후의 말에 당문기는 머리를 끄덕였다. 그러나 여전히 삼재진만으로 마교의 후예인 군림회와 상대하는 것이 마음 한 켠으로는 불안했다. 당문기의 눈이 삼재진을 수련 중인 당문과 아미파의 제자들을 바라보았다.

그들은 강호의 삼류진법이라는 삼재진을 익힘에도 누구 하나 얼굴을 찌푸리는 사람이 없었다. 이미 사천에서 군림회와 대결해 많은 동문 사형제들과 가족들을 잃은 그들이었다. 더 이상 친인을 잃고 싶지 않은 그들은 승후가 말한 유일한 대안에 몰두하고 있었다. 아니, 그들에게 삼재진이 아닌 다른 선택은 없었다.

“음?”

당문과 아미파 제자들의 열심인 모습에 마음이 흔들렸지만, 당문기는 완전히 근심이 가시지 않은 얼굴이었다. 당문기의 얼굴에 어느 순간 의아함이 떠올랐다. 당문기가 알고 있는 삼류의 삼재진과는 어딘지 모르게 조금씩 차이가 나고 있었기 때문이다. 그리고 그것은 시간이 지날수록 더욱 뚜렷해졌다.

흠칫.

당문기의 눈이 놀라움으로 변해갈 때 아미파의 이대제자 일양의 눈과 마주쳤다.

‘제가 아미파의 검진을 포기한 이유를 이제야 알겠나요?’

일양의 눈은 당문기에게 그렇게 묻는 듯했다. 일양의 시선에 당문기는 얼굴이 화끈해졌다.

당문과 아미파에는 가문과 문파를 대표하는 검진이 하나둘쯤은 당연히 존재했다. 아미파의 경우 항마복룡진(降魔伏龍陣)이 대표적이었

다. 그럼에도 아미파의 제자인 일양이 항마복룡진을 고집하지 않은 이
유는 대륙표국의 변형삼재진에 비해 수비가 약했던 탓이다. 그리고 항
마복룡진을 펼치기에는 아미파의 제자 숫자가 턱없이 적었기 때문이기
도 했다. 수비에 중심을 둔 반격이 가능한 변형삼재진이었기에 이번
군림회와의 충돌 때 가장 적절한 진법이라고 일양은 대번에 알아본 것
이다.

당문기는 당문의 제자들이 변형삼재진을 익히고 있는 곳으로 다가
갔다. 그리고 변형삼재진에 익숙해지기 위해 노력했다.

"의외로 반발이 적네요, 국주님?"

승후의 처음 제안에 선뜻 납득한 것은 팽대악과 언천보, 그리고 단
초설뿐이었다. 그리고 지금 당문기를 끝으로 모두들 승후의 제안에 납
득한 모습이었다. 내심 반발이 일어날지도 모른다는 생각을 가지고 있
던 단초설이었기에 지금 당문기의 행동에 안도하고 있었다. 시작 전부
터 삐걱거린다면 피해가 적지 않을 것이기 때문이었다.

"모두들 다른 대안이 없다는 것을 잘 알고 있기 때문이겠지요."

"예."

"그리고 그만큼 절박하기도 할 것이고."

승후의 말에 단초설은 머리를 끄덕였다. 승후의 말이 하나도 틀리지
않았던 것이다. 하지만 단초설은 크게 걱정하지 않는 얼굴이었다. 승
후를 믿었고, 또 변형삼재진을 믿는 까닭이었다.

"그런데 서둘러야 하지 않나요? 지금 속도라면 이틀이나 더 소요되
어야 해요."

단초설이 걱정스런 얼굴로 승후를 바라보았다. 등주행에 시일이 지
체될수록 청룡단의 피해 역시 커질 것이었기 때문이다. 단초설의 말에

승후는 고개를 끄덕였다.

"그렇긴 합니다만, 굳이 우리가 등주까지 갈 필요가 없습니다."

"예?"

승후의 말에 단초설이 놀란 표정을 했다.

"청룡단을 구원하지 않으실 건가요?"

단초설의 성급한 판단에 승후는 미소를 지었다. 단초설이 점점 팽대악을 닮아간다는 생각이 순간 든 것이다.

"어떻게 단 표두는 대악이를 닮아가는 것 같습니다."

단초설의 얼굴이 빨갛게 상기되었다. 단초설은 승후가 자신의 성급함을 지적하는 것임을 모르지 않았던 것이다. 아미과 제자들의 수련을 도와주던 팽대악이 승후와 단초설의 다정한(?) 모습에 도끼눈을 뜨고 달려왔다.

"두 분 뭐 하시는 겁니까? 남은 죽도록 고생하고 있는데."

팽대악의 불만 가득한 목소리에 승후는 그만 어이가 없었다.

"자네 지금 단 표두와 나 사이를 질투하는 건가?"

승후의 말에 팽대악의 얼굴이 대번 붉어졌다.

"허허. 벌써부터 의심이나 하고… 이거 자네 설마 의처증이 있는 것 아닌가?"

"누, 누가 의처증이란 말입니까!"

승후의 말에 팽대악이 화들짝 놀라며 소리쳤다. 어느새 좌중의 시선이 자신에게 집중되어 있는 모습에 팽대악의 얼굴은 더욱 붉어져 어쩔 줄 몰랐다.

"사람이 대범하지 못해서야 원……."

"아, 아니… 나는……."

팽대악이 황급히 변명하려 할 때였다. 이어진 단초설의 말에 팽대악은 고개를 떨구고 말았다.

"실망이에요, 상공."

짐짓 토라진 행동을 해 보이는 단초설과 이에 허둥대는 팽대악의 모습이 사람들로 하여금 삼재진 수련으로 인한 피로를 잊게 만들었다.

"하하하!"

사천을 떠나 웃을 일이 없던 당문과 아미파의 제자들은 모처럼 시원하게 웃음을 터뜨렸다. 하지만 신은 당문과 아미파의 제자들에게 이 잠시의 여유를 누릴 시간조차 주지 않을 심산인 모양이었다. 승후의 일행 머리 위로 전서구가 나타난 것이다.

푸드득.

승후는 전서구의 발목에 달려 있는 쪽지를 풀었다. 쪽지를 펴는 순간 승후의 안색이 굳어졌다. 모두의 시선이 승후에게로 향했다.

"청룡단의 피해가 생각 외로 큰 모양인가 보오. 그리고 후퇴하는 청룡단은 우리와 고작 한 시진 거리에 있다고 합니다."

승후는 전서구를 다시 날려 보내며 이야기했다.

"조금 이르긴 하지만 오히려 다행입니다. 정천맹의 후발대 역시 우리와 반나절 거리에 있다고 하니."

승후의 말에 고개를 끄덕이기는 했지만 모두들 하나같이 침중한 얼굴들이었다. 과연 반나절을 버틸 수 있을지 자신이 서지 않았던 것이다. 이미 사천에서 집요한 군림회의 추적을 겪어보았기 때문이다. 그러나 모두 굳은 얼굴은 하고 있지만 더 이상 동요는 보이지 않았다. 사문과 가문의 복수가 머지않았다는 생각이 당문과 아미파 제자들의 결심을 굳히게 만든 까닭이었고, 또 그러한 분위기가 대륙표국의 표사들에게도 전염되고 있었기 때문이다.

"자, 그럼 서두릅시다."

승후가 먼저 신형을 날렸다. 그리고 그 뒤로 육십여 명의 당문과 아미파, 그리고 대륙표국의 표사들이 따랐다.

"스승님, 조금이라도 쉬셔야 합니다."

적송은 힘겹게 걸음을 옮기고 있는 청유자를 부측하고 있었다. 표충영의 검에 당한 상처가 지금 발목을 잡고 있었다. 적송은 그때 그 광경을 떠올리면 참을 수 없는 살기가 치밀어 올랐다. 그리고 아직도 정협공자 표충영이 배반을 했다는 사실이 믿어지지 않았다. 처음 표가장에 당도했을 때 일백을 헤아리던 청룡단이 이제는 반수나 꺾여 있었다. 게다가 지금 인원의 삼 할은 상세가 중했고, 전투를 할 수 있는 이는 적송 자신을 비롯해 고작 서른도 채 되지 않았다.

"크크크! 이제 한계인가?"

어느새 흑사양이 모습을 드러냈다. 흑사양의 출현에 청룡단이 일제히 검을 겨누었다. 그리고 급히 주위를 살폈다. 다행히 아직 포위가 이루어진 것은 아닌지 흑의 복면인들의 모습은 눈에 띄지 않았다.

"내 검을 다오."

이미 핏기라고는 찾아볼 수 없는 얼굴을 한 청유자가 적송에게 말했다. 오행금강동인들과의 다섯 번의 충돌 결과 청유자는 지금 한 줌의 내력도 남아 있지 않았다. 오행금강동인을 상대하기 위해서는 강기가 유일했기에 당연한 결과였다.

"더 이상은 안 됩니다, 사부님!"

적송은 청유자의 말에 강력하게 거부했다. 지금까지 단 한 번도 스승의 명을 거역하지 않은 적송이었지만, 지금 스승의 말은 들어줄 수가 없었다. 자칫 스승의 생명을 장담할 수 없었던 것이다.

"아니, 더 이상 물러설 곳이 없다."

청유자는 애제자의 걱정을 모르지 않았다. 하지만 이대로 도망가는 것도 쉬운 일이 아니었다. 군림회는 교묘하게 청룡단이 도망칠 곳을 만들어놓으며 청룡단의 수를 하나씩 줄여갔다. 그동안은 미처 깨닫지 못했지만 청유자는 지금에서야 적들이 자신을 비롯한 청룡단을 사냥하고 있다는 것을 깨달았다.

청유자는 군림회의 행동에 분노했다. 이는 자신을 무시하는 것이었고, 나아가 정파무림을 얕보는 행동이었다. 이 자리에서 당장 죽더라도 정파무림인의 기개를 보여야 했다. 그렇기에 청유자는 적송에게 자신의 검을 달라고 말한 것이다.

"모두들 못난 단주를 만나 고생이 많았다."

청유자가 흑사양을 향해 걸어가며 말했다. 중상을 입은 청룡단원들 중에는 무당의 제자들이 있었고, 또 안면이 있는 소림과 화산의 제자들이 있었다. 그들의 얼굴은 하나같이 검게 변해 있었다. 흑사양의 독공에 당한 것이다. 해독을 하지 못한다면 분명 한 시진을 넘기지 못할 것이 분명했다. 지금까지 흑사양의 혈봉과 독공에 당한 청룡단원들 중 아무도 한 시진 이상을 버티지 못했다.

"검!"

청유자의 나직한 호통에 적송의 신형이 순간 움찔했다. 거부할 수 없는 스승의 위엄에 적송은 검을 건넬 수밖에 없었다.

"스승님……."

"내 개인의 목숨보다 사문의 명예와 정파무림의 명예가 더욱 중요한 순간이다.”

청유자의 단호한 말에 적송은 입술을 씹으며 머리를 숙였다.

타합!

청유자의 신형이 믿을 수 없는 속력으로 흑사양을 향해 쏘아져 나갔다. 그야말로 화살이 시위를 떠난 것처럼 그 엄청난 속도에 흑사양은 당황했다.

“이광사석(李廣射石)!”

태극검의 최후의 초식이었고, 생명지기인 진원지기를 끌어올린 청유자의 생애 마지막 일검이었다. 청유자의 애검이 청유자의 뜻에 공명을 일으키며 슬프게 울었다.

우우웅ㅡ

흑사양은 청유자에 기세에 기겁을 하며 뒤로 물러났다. 지금 청유자의 기세는 양패구상을 노리는 것이었다. 다급해진 흑사양은 급히 공력을 끌어올리며 자신의 구명절초를 펼쳤다.

“망할! 사해혈림(死海血林)!”

당문의 전대 가주 당비양과 자웅을 겨뤘을 때 펼친 흑사양의 독공 최후의 초식이기도 했다. 그리고 당시 당비양은 흑사양의 사해혈림에 대항하기 위해 당문 최고의 비전 만천화우(滿天花雨)를 펼쳐야 했었다. 그만큼 흑사양의 독공은 그 위력이 결코 당문에 떨어지지 않았다. 흑사양의 독무를 고스란히 뒤집어쓴 채 청유자는 그의 검을 치켜들었다.

번쩍!

하늘을 뒤덮었던 검은 독무를 뚫으며 청유자의 검이 일순 빛을 발했다. 그것은 아주 짧은 순간에 일어난 일이었다. 그러나 흑사양의 독무가 청유자의 전신을 휘감고 있는 사실은 변하지 않았다. 근 일각이나 이어지던 침묵이 서서히 독무가 옅어지면서 함께 깨어졌다.

"아!"

독무가 걷히면서 드러난 광경에 청룡단은 감탄의 신음을 터뜨렸다. 청유자의 검이 흑사양의 왼쪽 가슴을 정확하게 꿰뚫었던 것이다. 그러나 청유자 역시 무사하지는 못했다. 청유자의 칠공은 검은 피를 쉼없이 쏟아내고 있었다. 그리고 결과에 만족하는지 청유자의 얼굴은 얼핏 미소를 짓고 있다고 생각되었다. 무림칠자의 일인이자, 일대 검의 종사인 태극무혜검 청유자가 전대 노마 흑사양과의 대결에서 목숨을 잃은 것이다.

"스승님!"

적송이 다급히 청유자를 향해 달려나갔다.

푸확!

청유자의 신형이 바닥으로 무너졌다. 그러나 청유자는 죽어서도 손에서 검을 놓지 않았다. 그런 청유자의 고집이 흑사양의 상세를 더욱 깊게 만들었다. 흑사양은 가슴에서 피분수를 쏟아내며 비틀거렸다. 흑사양의 고통 섞인 신음이 사람들을 아연하게 만들었다.

"크아악! 씹어 먹을 무당 말코… 으윽… 칼이 조금만 낮았어도…으……."

"어, 어떻게……."

적송과 청룡단은 아연실색한 얼굴로 흑사양을 바라보았다. 검에 심장을 꿰뚫리고도 살 수 있다는 것이 믿어지지 않았던 것이다. 그러나 사람들이 모르는 신체의 비밀이 흑사양에게 있었다. 흑사양의 심장은 보통 사람들보다 일 촌 정도 낮게 위치해 있었던 것이다. 흑사양의 선천적인 심장 기형이 그의 목숨을 살린 것이다.

믿을 수 없는 상황에 적송은 순간 할 말을 찾지 못했다. 그러나 바닥에 누운 싸늘한 스승의 시신을 바라보며 참을 수 없는 살기가 치밀었다.

"죽어라!"

적송의 검이 흑사양을 향해 쇄도했다. 적송과 흑사양의 거리는 고작 일 장여. 중상을 입은 흑사양이 적송의 공격을 피하기란 불가능한 일이었다. 청룡단 모두 흑사양은 분명 적송의 검에 목숨을 잃을 것이라 확신했다. 악인에게 두 번의 천운은 없을 것이라 믿어 의심치 않았다.

카캉!

적송의 검이 거친 쇳소리를 내며 튕겨 나갔다. 어느새 오행금강동인이 나타나 적송의 검을 쳐낸 것이다. 모두의 바람과는 달리 흑사양의 운은 아직까지 이어지고 있었던 모양이다.

"이, 이익!"

적송이 분노하며 이를 갈았지만, 그의 스승조차도 어쩌지 못한 오행금강동인을 적송이 어떡할 수 있는 것은 아니었다. 적송이 흥분해 있는 사이 청룡단은 청유자의 노력에도 불구하고 흑의 복면인들에게 포위당하고 말았다. 어느새 나타난 하지첨이 청유자와 흑사양을 번갈아 보았다.

"쩝. 결국 자네가 청유자를 죽였군."

하지첨은 청유자의 주검을 바라보며 씁쓸해했다. 결코 청유자의 죽음이 안타까워서가 아니었다. 청유자의 목숨을 자신이 직접 거두지 못한 아쉬움이었던 것이다.

"동귀어진으로 달려드니 나로서도 어쩔 수 없었소. 크윽."

"그랬겠지……."

하지첨은 흑사양의 말에 머리를 끄덕이며 붉은 환약을 건넸다. 흑사양은 아무런 의심도 없이 붉은 환약을 삼키며 서둘러 가슴의 상처를 지혈했다. 그런 흑사양의 모습을 힐긋 살핀 하지첨은 청유자의 시신을 향해 천천히 걸어갔다. 청유자와 같은 고수의 시신은 구하기 힘든 실험 재료였기에 수습할 필요가 있었다.

"멈춰라!"

적송의 검이 하지첨의 걸음을 가로막았다. 하지첨은 적송의 모습에 코웃음을 쳤다.

"흥!"

하지첨이 자신의 제지에도 불구하고 청유자의 시신에 접근하자 노한 적송이 하지첨을 향해 검을 휘둘렀다.

깡!

퍽!

"크악!"

세 가지 소리가 동시에 들려왔다. 첫 번째는 적송의 공격을 막아낸 오행금강동인의 몸에서 난 소리였고, 두 번째는 오행금강동인의 권이 적송의 어깨를 후려친 소리였다. 마지막은 적송의 고통스런 신음이었다.

"으윽!"

어깨뼈가 완전히 부서진 적송은 신음을 흘렸다. 그리고 스승의 시신으로 접근하는 하지첨을 막지 못하는 자신의 모습에 분노했다. 하지첨이 청유자의 시신을 뒤적였다. 적송은 그만 두 눈을 감고 말았다. 스승의 죽음도 막지 못했고, 또 스승의 시신조차 적에게 빼앗기게 되는 상황에 적송은 당장이라도 자결하고 싶었다.

지독한 분노와 무력감에 적송은 천령개를 쳐 자결하려 했다. 누구도 막을 수 없는 순식간에 일어난 일이었다. 그때였다. 내력이 가득한 음성이 적송의 귀로 파고들었다.

"물러나라!"

퍼펑!

"무슨……."

하지첨은 청룡단의 하나가 나선 것이라 생각하며 목소리의 주인공에 그다지 주의를 기울이지 않았다. 그러나 커다란 폭음을 내며 뒷걸음질치는 오행금강동인의 모습에 본능적으로 뒤로 물러섰다.

하지첨의 눈에 들어온 것은 정체를 알 수 없는 인물이 어느새 청유자의 시신을 안아 들고 청룡단 쪽으로 걸어가고 있는 모습이었다. 순간 하지첨은 어리둥절한 얼굴이었다. 순식간에 일어난 상황이 아직도 거짓말처럼 느껴졌던 것이다. 그러나 곧 분노해 소리쳤다. 결코 빼앗겨서는 안 될 실험 재료가 눈앞에서 멀어지고 있었던 것이다.

"멈춰라!"

하지첨의 일갈에도 불구하고 정체를 알 수 없는 인물은 걸음을 멈추지 않았다. 그리고 적송의 앞에 조심스럽게 시신을 놓아주었다. 적송이 멍하니 그 모습을 바라보았다.

"다, 당신은……."

"늦어서 미안하오."

"조금만, 조금만… 으흐흑……."

적송은 눈물을 참지 못하고 흐느꼈다. 스승의 시신을 수습해 준 이가 누구인지 적송은 모르지 않았다. 하지만 조금만 더 일찍 와주었으면 자신의 스승이 생명을 도외시하지 않았을 것이라는 생각에, 자신을 비롯해 청룡단을 구해주었다는 고마움보다 원망이 앞섰다. 그러나 적송 개인의 심정이야 어떠하든 청룡단의 얼굴에는 희색이 떠오르기 시작했다.

"갈! 누구인지 정체를 밝혀라!"

하지첨은 조금 전까지만 하더라도 순순히 죽음을 받아들일 것 같던 청룡단이 단 한 사람의 등장으로 그 기세가 변하자 당황했다. 순간 이러한 변화를 가져올 수 있는 인물이 누군지 무척이나 궁금했다. 하지첨의 그런 의문을 표가장의 일을 지휘한 흑영일호가 해소해 주었다.

"뇌룡신검!"

흑영일호가 승후를 알아보았다.

"뇌룡신검?"

하지첨은 고개를 갸웃했다. 도무지 누구인지 알 수 없었던 것이다.

"장로님, 저자는 반드시 제거해야 합니다!"

하지첨은 흑영일호의 말에 눈살을 찌푸렸다. 고작 새파란 애송이 하나의 등장에 과민 반응을 보이는 흑영일호를 이해할 수가 없었던 것이다. 그러나 하지첨은 잊고 있는 것이 있었다. 조금 전 오행금강동인을 육장으로만 물러나게 하였다는 사실을 말이다.

"저깟 애송이에 너무 과한 반응이 아닌가?"

하지첨은 못마땅한 얼굴로 흑영일호를 향해 말했다.

"그렇지 않습니다. 저자는 본 회의 제일주적입니다!"

"뭐라?"

하지첨은 흑영일호의 말이 믿어지지 않았다. 회의 제일주적이라는 자가 소림의 방장이나 각 대문파의 장문인들이 아닌, 새파랗게 젊은 애송이라는 것에 그만 실소가 흘러나왔다.

“허허허… 회의 앞날도 훤하군 그래. 쯧쯧쯧…….”

흑영일호는 하지첨의 행동에 당황했다. 하지첨이 군림회 내부의 일에는 관심이 없다는 것은 알았지만, 이 정도일지는 몰랐다. 흑영일호는 마음이 급했다. 지금까지 승후 때문에 실패한 일이 한둘이 아니었고, 또 승후를 얕본 상대들이 어떻게 되었는지 흑영일호는 잘 알고 있었다. 흑영일호는 하지첨에게 승후에 대한 경각심을 일깨워 줄 필요가 있다고 생각했다.

“장로님…….”

“됐네. 설사 소림의 공공신승이 이 자리에 있다 해도 두려울 것이 없다.”

하지첨의 자신감 넘치는 말에 흑영일호는 순간 어이가 없었다. 하지첨의 자신감이 어디에서 기인하는지 모르지 않았지만 지금까지 살펴본 오행금강동인은 분명 단점이 있었다. 하지첨은 인정하지 않고 있지만 오행금강동인은 청유자를 결코 제거하지 못했다. 하지만 그러한 사실을 이야기할 수는 없었다. 하지첨의 눈 밖에 났다가는 그의 실험 재료로 쓰여지고 만다는 소문이 군림회 내부에 돌고 있었기 때문이다.

“혼자인가?”

“보시다시피.”

하지첨의 반문에 승후는 어깨를 으쓱하며 대답했다. 그런 승후의 행동에 하지첨의 얼굴에 미미한 살기가 어리며 두 눈이 파랗게 빛나기 시작했다. 그러나 승후는 하지첨의 청안을 피하지 않았다. 모두들 꺼려하는 하지첨의 청안을 승후만이 아무렇지 않게 받아낸 것이다.

하지첨의 얼굴에 미소가 떠올랐다. 그 미소는 마치 새로운 장난감을 만난 악동의 모습이었다. 그리고 하지첨에게 장난감이란 실험 재료였다. 하지첨의 눈에 승후는 청유자 못지않은 실험 재료로 보이기 시작했다.

"가서 붙잡아라!"

하지첨의 명령에 오행금강동인이 승후를 향해 달려들었다. 이전 청유자를 상대할 때와는 비교가 되지 않는 속도였다. 청룡단을 뒤쫓는 며칠 동안 오행금강동인의 성능이 개선된 것이다. 그러한 사실을 알리 없는 승후가 육장을 들어 오행금강동인을 상대하려 하자 청룡단의 누군가가 소리쳤다.

"승 대협, 저들은 모두가 금강불괴입니다! 조심하십시오!"

"금강불괴?"

승후는 자신에게 위험을 알리는 목소리에 흠칫했다. 그리고 조금 전 첫 장을 교환했을 때 손목이 시큰거렸던 이유가 납득이 갔다.

"어디 사실인지 확인해 보면 알겠지."

피하라고 알려준 것이었지만 승후는 피하지 않았다. 도리어 정말로 전설의 금강불괴가 맞는지 확인하고 싶어졌다. 승후 또한 전설상의 경지인 금강불괴가 어떠한 것인지 궁금했던 것이다.

퍼퍼퍽!

"이크!"

다섯의 오행금강동인들 중 셋에게 공격을 성공시킨 후 승후는 급히 뒤로 물러났다. 나머지 오행금강동인들이 승후의 배후를 공격해 왔기 때문이다.

"가소롭구나. 금강불괴를 고작 육장으로 상대하려 들다니……."

하지첨의 비아냥에도 승후는 아무런 동요를 보이지 않았다. 지금의 공격으로 분명 느낄 수 있었다. 오행금강동인들의 돋은 마치 철판으로 두른 것처럼 단단하기 그지없었던 것이다. 날카로운 보검이라도 있으면 모를까 하지첨의 말대로 육장으로는 상대하기가 힘들어 보였다. 그러나 느려 터진 오행금강동인들이 승후에게 크게 위협이 되는 것은 아니었다.

"금강불괴가 단순히 쇳덩어리만 두른다고 되는 경지요?"

승후의 반문에 하지첨의 두 눈이 파랗게 빛났다. 자신의 창조물을 폄하하는 승후에게 살기가 치민 것이다.

"갈! 쇳덩어리라니! 오행금강동인은 천하무적이란 말이다!"

"천하무적은 개뿔. 이렇게 느려 터져서야 어디 파리 한 마리라도 잡겠소?"

"뭐, 뭐라! 네, 네놈이……."

"갑자기 풍이라도 들었소? 왜 말을 더듬는 거요? 혹시 내가 그 오행 뭐시기라 하는 것들의 약점을 정확히 지적한 거요?"

유들유들한 승후의 모습에 하지첨은 입술을 잘근잘근 씹어댔다.

투두둑.

하지첨의 입술이 터지며 붉은 피가 떨어졌다.

"흐흐흐… 좋아, 아주 좋아. 오랜만에 대가 찬 놈을 만나게 되었군. 하지만! 네놈은 결코 살려두지 않겠다. 죽여서 새로운 오행금강동인으로 만들어주지."

하지첨의 소름 끼치는 말에 승후는 흠칫했다. 승후의 짐작대로 오행금강동인들이 결코 살아 있는 사람들이 아니라는 사실을 하지첨의 지금 말로 알게 된 것이다.

"결국 금강불괴가 아니라 단순한 쇳덩어리를 두른 강시였군."

승후의 말에 하지첨은 겨우 유지하고 있던 이성의 끈을 놓고 말았다.

"갈! 모두 죽여 버려라!"

하지첨의 파랗게 빛나는 안광에 청룡단은 물론, 흑의 복면인들 역시 주춤했다. 하지첨의 사이한 청광은 피아를 가리지 않고 두려움의 대상이었던 것이다. 단지 오행금강동인만이 승후를 향해 공격을 가할 뿐이었다.

"뭣들 하느냐! 모두 죽여 버리지 않고!"

"조, 존명!"

하지첨의 명령에 흑영일호는 뒤늦게 청룡대를 향해 공격해 갔다. 반면 승후와 오행금강동인들은 이미 싸움을 다시 시작하고 있었다. 오행금강동인들의 공격에도 승후는 여유가 있었고, 이를 지켜보는 하지첨의 얼굴은 더욱 흉측하게 변해갔다. 그러나 하지첨의 모습이 어떠하든 흑영일호는 청룡대를 향해 공격을 해야 했다. 그가 받은 명령은 청룡대의 전멸이었다.

"진법을 발동하라!"

진법의 발동을 알리는 언천보의 목소리가 들려왔다. 갑작스런 구원군의 출현에 흑영일호는 크게 당황했다. 아무런 인기척을 느끼지 못하는 사이에 어느새 적들이 가까이 다가와 있었기 때문이다.

'일부러 지금의 상황을 만든 것인가?'

흑영일호는 당황한 안색을 풀지 못한 채 급히 승후를 바라보았다. 너무도 여유로운 표정으로 서 있는 모습에 자신의 우려가 사실일 것이라는 확신이 들었다.

"지랄 맞을!"

흑영일호는 참을 수 없는 분노가 치밀었다. 지금까지 승후로 인해 군림회가 입은 피해는 결코 작지 않았다. 아니, 태을문의 일을 제외한 거의 모든 피해가 승후로 인한 것이었다. 그리고 오늘도 어쩌면 승후로 인해 실패할지도 모르는 일이었다.

"크아악!"

수하들의 비명에 흑영일호의 눈가가 미세하게 떨렸다. 어차피 수하들의 죽음에는 무감각했다. 하지만 쓰러져 가는 수하들의 모습이 자신의 모습과 순간 겹쳐 보였기 때문이다.

흑영일호는 급히 전황을 살폈다. 그리고 곧 안색을 굳혔다. 무방비 상태의 배후를 공격해 오는 적의 검진이 제법 단단해 보였다. 특히 진을 이끄는 선봉 팽대악의 도는 거침이 없었다. 흑영일호는 대번에 팽대악을 알아보았다. 그리고 팽대악의 뒤로 전체적으로 검진을 운영하고 있는 언천보도 알아보았다.

팽대악과 언천보가 함께 행동한다는 것은 이미 무림에 널리 퍼진 소문이었다. 그러나 이들이 승후와 함께 나타날 것이라고는 상상도 하지 못했다. 더욱이 당문과 아미파의 제자들과 함께 검진을 이루고 있다는 사실은 직접 눈으로 보고 있으면서도 믿어지지 않는 광경이었다.

삐이익—

흑영일호는 급히 구원 신호를 보냈다. 지금 이 자리에 있는 인원으로는 청룡단과 새롭게 등장한 아미파와 당문의 구원군을 상대하는 것이 불리하다고 판단했다. 더욱이 지금까지 계속 군림회를 괴롭혔던 승후까지 있었다. 지금 천성산(天成山)에 흩어져 있는 외당 소속의 병력을 모이게 한다면 지금의 상황을 반전시킬 수 있을 것이라는 생각이 들었다.

당문과 아미파를 중심으로 이루어진 구원군은 그 인원수가 턱없이 적었기 때문이다. 흑영일호의 신호에 흑의 복면인들이 급히 포위를 풀고 뒤로 물러났다. 그 틈을 이용해 당문과 아미파의 제자들은 청룡단과 합류할 수 있었다.

우르릉!

퍼퍼퍼퍼펑!

마치 천둥소리와도 같은 굉음이 들리며 요란한 폭음이 들렸다. 장내의 시선이 소리가 들려온 곳으로 일제히 향했다. 승후와 오행금강동인들이 싸움을 하는 곳이었다.

승후의 안색이 무겁게 가라앉아 있었다. 작지 않은 내상을 입은 까닭이다. 그러나 승후의 무거운 안색에 관심을 가지는 사람은 장내에 아무도 없었다. 모두의 시선은 다섯의 오행금강동인에게서 눈을 떼지 못했다. 겨우 강기로 상대할 수 있을 것이라 여겼던 오행금강동인들의 상체가 마치 숯덩이라도 된 듯 시커멓게 변해 있었던 것이다.

"어, 어떻게……."

하지첨은 말을 이을 수가 없었다. 무적이라 여겼던 자신의 창조물이 한낱 육장에 손상을 입을 수 있는지 믿어지지 않았던 것이다. 그리고 더욱 하지첨을 경악스럽게 만든 것은 오행금강동인들이 미미하게 떨고 있다는 것이다.

'왜?'

하지첨은 오행금강동인들의 반응을 이해할 수 없었다. 오행금강동인들이 금강불괴의 몸으로 바뀌는 과정에 모두 이지를 상실한 실혼인 상태가 되었기 때문이다. 당연히 고통과 분노를 느낄 수 없었다.

'설마 본능이 깨어났다는 말인가?'

하지첨은 순간 든 의문에 이내 머리를 저었다. 있을 수 없는 일이었기 때문이다. 그러나 곧 잊고 있던 한 가지 사실을 떠올렸다. 청유자의 강기에 팔을 잘린 오행금강동인이 괴성을 지르며 청유자를 향해 달려들었던 장면이었다.

'설마?'

하지첨은 '불완전'이라는 말을 떠올렸다. 완벽하다고 여겼고, 또 그가 속해 있는 군림회의 회주라도 어쩌지 못할 것이라고 여긴 오행금강동인이 사실은 불완전하다는 것에 하지첨의 자존심은 무참히 무너졌다. 그리고 하지첨의 생각이 깊어갈수록 처음 미미하던 오행금강동인들의 떨림은 더욱 커지고 있었다. 하지첨은 그러한 사실을 미처 깨닫지 못하고 있었지만.

"합!"

퍼퍼퍼퍼퍽!

승후와 오행금강동인이 재격돌하기 시작했다. 승후의 육장이 오행금강동인들의 몸에 적중하며 요란한 소리를 만들었다. 하지첨은 황급히 승후와 오행금강동인들을 살폈다. 싸움은 점점 더 치열해지고 있었다. 그리고 시간이 지날수록 오행금강동인들의 신형이 휘청이는 모습이 역력했다. 하지첨은 황급히 품속에서 금종을 빼 들었다. 청유자를 상대하면서도 꺼내지 않은 비장의 한 수였다.

딸랑! 딸랑!

음산한 종소리가 들리자 오행금강동인들이 일제히 승후에게서 떨어졌다. 그러나 물러나는 것이라 여겼던 오행금강동인들이 물러나기 무섭게 다시 공격하기 시작했다. 공격법은 이전과 확연한 차이를 보이고 있었다. 오행금강동인들이 일정한 방향을 밟기 시작한 것이다. 마구잡이로 공격하던 때와 비교해 더욱 치밀해진 공격에 승후는 처음으로 오행금강동인들에 대한 압박감을 느꼈다.

'음… 진법인가?'

승후는 신음을 흘리며 오행금강동인들을 살폈다. 그리고 오행금강동인들이 펼치고 있는 진법이 오행검진과 유사한 것을 알 수 있었다.

'오행검진이라…….'

삼재진만큼이나 무림에서 유명한 것이 오행검진이었다. 다섯이 함께 이루는 합격진이었고, 삼재진과는 달리 그 위력이 제법 대단했다. 삼백 년 전 오행궁의 멸망과 더불어 사라진 검진이 오행검진이었다. 그러나 간혹 오행검진이 무림에 모습을 보이기도 했었다. 하지만 그 위력은 예전 오행궁의 그것과는 여러모로 손색이 있었다.

그 오행검진이 오행금강동인들의 몸을 빌어 펼쳐지고 있는 것이다. 비록 오행금강동인들이 검을 들지 않았기에 엄밀히 말해 검진이라 할 수는 없었지만, 분명 그 요체는 오행검진의 것을 따르고 있었다. 그리고 위력 또한 자못 강했다. 분명 군림회의 누군가가 오행검진을 연구하고 있다는 증거였다.

"오행검진이군요."

단초설이 팽대악을 향해 말했다. 이미 포위는 풀린 이후였지만, 누구 하나 먼저 움직이는 사람이 없었다. 놀라운 무위를 보이는 승후와 또 금강불괴의 몸인 오행금강동인들이 격돌하는 모습은 쉽게 볼 수 있는 것이 아니었기 때문이다. 그리고 조금 전 오행금강동인들을 압도하던 승후의 무위에 삶에 대한 희망과 또 그동안 잊고 있던 복수에 대한 열망이 모두의 발목을 잡아끈 까닭이다.

"검진은 아니고… 그냥 오행진이라는 명칭이 더 잘 어울릴 것 같소."

팽대악의 말에 단초설이 머리를 끄덕였다. 오행금강동인들이 검을 들고 있지 않다는 사실을 깨달은 것이다.

“매번 느끼는 것이지만, 대형은 정말 대단하지 않나?”

“그래. 금강불괴를 이룬 마물들과 고작 육장으로만 상대하다니 나로서는 엄두도 내지 못할 일이지.”

언천보의 말에 팽대악이 수긍하며 머리를 끄덕였다. 그들 역시 무공에 제법 자신이 있었지만, 승후의 발전한 모습을 대하면 괜히 주눅이 들었다. 하루가 다른 승후의 발전이 부럽고 그 능력에 존경심이 생기기도 했지만, 한편으로는 질투심이 일기도 했다. 처음 경쟁자로 생각했던 승후는 이미 그들과는 비교할 수 없는 윗줄의 고수가 되어 있었기 때문이다.

“그래, 고작 육장… 웅?”

팽대악이 의아한 얼굴로 언천보를 바라보았다. 팽대악의 갑작스런 모습에 언천보가 ‘왜 그러느냐?’는 시선을 건넸다.

“대형의 별호가 뇌룡신검이 아닌가?”

“이 와중에 그런 싱거운 소리가…….”

팽대악의 반문에 언천보가 흠칫했다. 석초혜가 납치당했을 때 승후가 검법을 펼치는 것을 본 적이 있었다. 중상을 입은 와중에 승후가 펼친 것은 어검술이었다. 아직 언천보와 팽대악으로서는 꿈도 꿔보지 못할 경지였다. 그런 검술을 가지고 있으면서 검법을 펼치지 않고 굳이 장법을 펼치는지 두 사람은 이해가 되지 않았다. 그리고 승후의 수중에는 검뿐 아니라 어떤 병장기도 없었다.

“도대체 무슨 생각이신 거죠?”

단초설이 두 사람의 대화를 듣고는 역시 이해도지 않는다는 표정으로 반문했다.

"글쎄요. 도무지 속을 알 수 없는 양반이라……."

팽대악은 말꼬리를 흐렸다. 승후의 의도를 짐작할 수 없었지만, 굳이 검을 들지 않는다는 것은 그만큼 무공에 자신이 있는 것이라고 생각했다.

하지만 승후가 검을 들지 않는 이유는 세 사람의 의문보다 훨씬 간단한 이유에서였다. 승후는 자신의 뇌령지기를 견딜 검을 아직 찾지 못한 것이다. 세 사람이 다소 엉뚱한 의문을 가지고 있을 때 승후와 오행금강동인들의 싸움은 점점 절정으로 치닫고 있었다.

콰르르릉!

승후의 신형이 금색으로 물들기 시작했다. 승후의 장법이 시간이 지날수록 뚜렷한 황룡의 형상을 만들고 있었다. 승후의 장법이 떨쳐질 때마다, 그리고 승후의 보법이 변화를 일으킬 때마다 지축을 뒤흔드는 천둥소리가 들렸다. 그리고 그 소리에 반응하듯 오행금강동인들의 신형이 제법 크게 흔들리고 있었다.

"합!"

콰콰콰콰쾅!

승후의 연환장이 그 끝을 보이고 있었다. 황룡이 승후를 보호하듯 에워쌌다. 그리고 승후의 기합 소리와 함께 황룡이 커다란 입을 벌리며 오행금강동인들을 집어삼켰다.

"무, 무슨……!"

하지첨이 대경하며 급히 금종을 흔들었다. 그러나 하지첨의 금종은 승후가 만들어낸 천둥소리에 묻혀지고 말았다.

쾅쾅쾅쾅쾅!

철벽이라도 무너뜨릴 것 같은 굉음에 사람들은 급히 귀를 막았다.

"크아아악!"

누구의 것인지 분명한 괴성이 터져 나왔다. 하나가 아닌 다수가 내지르는 괴성임에 그 주인공들을 알아차리지 못할 리가 없었다.

우르릉! 우르릉!

뇌성의 여운이 일각여 동안이나 계속되었다. 일각의 시간이 지나며 서서히 먼지가 가라앉고 승후와 오행금강동인들의 모습이 드러났다.

승후를 중심으로 주위 삼 장이 새카맣게 변해 있었다. 마치 불이라도 났는지 숲과 나무는 검은 숯으로 변해 있었다. 그리고 그것은 오행금강동인이라고 다르지 않았다. 바닥에 쓰러져 나뒹굴고 있는 오행금강동인들의 가슴은 무려 한 치나 함몰되어 있었다. 또 얼굴은 오행금강동인들의 것으로 보이는 검은 피로 얼룩져 있었다. 가끔 경련하듯 떨고 있는 모습이 아직 완전히 파괴되지 않은 모습이었다. 확실한 매듭을 짓기 위해 승후는 바닥에 쓰러져 있는 오행금강동인들을 향해 걸음을 옮겼다.

"머, 멈춰라!"

하지첨이 급히 제지했다. 승후가 무엇을 하려고 하는지 어렵지 않게 짐작한 것이다. 평생을 두고 창조한 오행금강동인을 이토록 허망하게 잃을 수는 없는 일이었다. 하지만 하지첨은 승후의 서늘한 금안이 자신을 바라보자 흠칫 놀라며 뒤로 물러났다. 승후의 금안에 지독한 위압감과 두려움을 느낀 것이다. 이는 군림회의 회즈에게서도 느끼지 못한 감정이었기에 하지첨은 크게 놀랐다. 하지첨이 당황해 있는 사이 어느 틈에 검을 주워 든 승후는 오행금강동인들의 목을 하나씩 베기 시작했다.

서걱.

끄르륵.

소름 끼치는 거품 소리를 내며 금강불괴의 몸을 자랑하던 오행금강동인의 목이 분리되었다. 승후의 행동은 느릿느릿했지만 누구 하나 막아서는 사람은 없었다.

빠드득.

하지첨의 이가는 소리가 들렸다. 승후의 등을 노려보며 지독한 살기를 일으키고 있었다. 마지막 다섯 번째 오행금강동인의 목을 베어버린 승후는 천천히 하지첨을 돌아보았다. 순간 승후의 금안과 하지첨의 청안이 허공에서 부딪쳤다. 지독한 살기와 무심함이 한데 엉켰다.

"당신을 살려두지 않겠소."

승후의 낮은 음성에 하지첨은 흠칫하며 뒷걸음질쳤다. 하지첨은 결코 승후의 적수가 될 수 없었다. 하지첨은 무공이 없었다.

금강불괴에 이른 오행금강동인들의 처참한 모습에 놀란 가슴을 다스리지 못하고 있던 흑영일호는 덜컥 심장이 내려앉는 충격을 다시 겪어야 했다. 승후가 하지첨을 향해 검을 겨누었기 때문이다.

휘익—

승후가 하지첨을 향해 검을 휘둘렀다. 너무도 느린 일검이었지만 하지첨의 목숨을 빼앗는 것에는 아무런 문제가 되지 않았다. 승후의 행동에 대경한 흑영일호가 황급히 하지첨의 앞을 막아섰다.

캉!

"윽!"

흑영일호는 낮은 신음을 흘렸다. 승후의 검을 막아선 순간 전신이 마치 벼락이라도 맞은 것처럼 찌릿했기 때문이다. 흑영일호의 참견에 승후가 잠시 멈칫거렸다. 흑영일호는 그 틈을 놓치지 않았다. 급히 하지첨을 안고 신형을 날렸다.

휘익—

승후의 검이 흑영일호의 등을 스쳤다. 화끈한 통증이 밀려왔지만, 흑영일호는 자신의 상세를 살필 여유가 없었다. 살갗이 상하는 고통보다 하지첨의 안위가 더욱 중요했기 때문이다. 군림회는 흑영을 비롯한 외당의 무사 전체보다 하지첨 하나를 더욱 귀하게 여기고 있었던 것이다.

삐이익—

급히 도망가는 외중에도 흑영일호는 날카로운 휘파람을 불며 수하들에게 공격 명령을 했다. 그동안 관망하고 있던 외당의 무사들이 흑영일호의 휘파람 소리에 일제히 공격을 가하기 시작했다. 그 모습에 승후는 눈살을 찌푸렸다. 지금의 공격은 하지첨을 구하기 위한 시간벌기에 지나지 않는다는 사실을 짐작했기 때문이다. 군림회가 하지첨을 어떻게 생각하는지 알 수 있는 단면이었다. 승흐는 멀어져 가는 흑영일호와 하지첨을 차갑게 바라보며 검을 힘껏 던졌다.

쐐애액—

승후의 손을 떠난 검이 흑영일호와 하지첨을 노리고 뒤쫓았다. 분명 도망은 흑영일호가 빨랐지만, 어느새 승후의 검이 불과 일 장 거리에까지 도달해 있었다. 마치 검이 축지법을 쓴 것 같은 모습이었다. 다급해진 흑영일호는 급히 하지첨을 내려놓으며 승후의 검을 내려쳤다.

캉!

"으헉!"

흑영일호는 전력을 다해 승후의 검을 쳐냈다. 그러나 단지 방향을 조금 바꾸는 데 지나지 않았다. 승후의 검이 애초 목적이었던 하지첨의 목을 벗어나 어깨에 박혔다. 전신을 꿰뚫는 고통에 하지첨은 그 즉시 혼절하고 말았다. 흑영일호는 하지첨의 몸에 검이 박히자 크게 놀랐지만, 그 위치가 어깨 부위였고, 또 고통에 단순히 혼절한 것이라는 사실을 알고는 안도했다. 그리고 더욱 전력을 다해 경공을 펼쳤다.

남창의 정천맹은 마치 벌집을 쑤셔놓은 것처럼 소란스러웠다. 표가장의 배신과 청룡단의 괴멸에 가까운 피해, 무당칠자 중 일인인 태극무혜검 청유자의 죽음. 그리고 또 하나의 비보가 남창의 정천맹으로 날아들었다. 강소성 구강의 풍림장의 멸문.

그 소식들은 정천맹은 물론 정파무림인들을 동요하게 만들기에 충분했다.

다행히 청룡단은 승후의 대륙표국과 당문과 아미파의 도움으로 전멸을 면할 수 있었지만, 풍림장은 그렇지 못했다.

개방의 정보망에 군림회의 무리가 잡혔을 때에 이미 풍림장은 군림회와 치열한 접전을 벌이고 있는 와중이었다. 그리고 이틀이 지난 지금에도 풍림장의 생존자가 몇인지 정확하게 확인하지 못하고 있었다. 정파무림이 정천맹의 창설에 몰두하고 있는 이때, 군림회의 기습적인 공격은 정파무림인들을 충격에 몰아넣기에 충분했다.

"으아앙!"

대륙표국에 들어서기 무섭게 유소미가 울음을 터뜨리며 승후에게 안겨왔다. 풍림장의 멸문 소식에 급히 구강을 찾았다가 이미 폐허로 변해 버린 풍림장의 모습에 승후의 걱정은 이루 말할 수 없었다. 마치 전쟁이라도 벌인 것처럼 풍림장은 잿더미로 변해 있었다. 철저하게 파괴된 풍림장의 모습에 승후는 한동안 정신을 차리지 못했다. 그런데 다행히 유소미가 남창에 있다는 사실에 조금은 안도감이 들었다.

"장주님은? 그리고 언니는?"

승후가 다급히 물었다. 그러나 한번 울기 시작한 유소미는 쉽게 울음을 그칠 것 같지 않았다. 아직 어린 나이에 충격이 작지 않았을 것이라고 생각한 승후는 유소미에게 다그치는 것을 포기하고는 유소미의 등을 따뜻하게 쓰다듬었다.

"이제 오셨어요?"

"응……."

사운화가 승후에게 다가오며 말했다. 사운화의 안색 역시 그리 밝지 않았다. 승후는 가슴이 답답했다. 자신과의 친분 때문에 풍림장이 하루아침에 풍비박산이 났으니 너무도 미안했다. 그리고 표국에 있는 가족들 또한 자신 때문에 피해를 볼 수 있다는 생각이 미치자 승후의 안색은 더할 수 없이 무겁게 변했다.

"일단 유 장주님을 만나보세요. 상세가 위중해요. 그리고 상공을 찾아온 손님이 있어요."

자신을 찾아온 손님이라는 말은 귀에 들어오지도 않았다. 승후는 유백청이 자신의 표국에 있다는 사실이 더욱 중요했다.

“유 장주님이? 어디 계시지?”

승후가 급히 다그쳤다.

“아빠가 돌아가신대요… 흑흑흑…….”

유소미의 말에 승후의 신형이 흠칫했다. 승후는 급히 사운화를 바라보았다. 사운화의 두 눈이 당장이라도 눈물을 흘릴 것처럼 빨갛게 변해 있다는 사실을 승후는 뒤늦게 알아차렸다. 아니, 어쩌면 이미 눈물을 몇 번이나 흘렸었는지도 몰랐다.

“가지.”

유소미를 안은 채 승후는 걸음을 옮겼다. 그 뒤로 사운화가 무거운 걸음으로 승후의 뒤를 따랐다.

“…….”

유백청이 머물고 있는 방에 들어섰을 때 승후는 반가운 얼굴들을 볼 수 있었다. 용문방의 방주 철대협 구양충과 그의 부인 옥군영, 그리고 우문후 등 용문방의 인물들이 모습을 보인 것이다. 승후는 그들을 향해 살짝 목례를 했다. 그리고는 죽은 듯이 깊은 잠에 빠져 있는 유백청을 향해 다가갔다.

유백청의 모습을 살핀 승후의 신형이 부르르 떨렸다. 유백청의 왼팔과 다리가 잘려 나가 없었던 것이다. 유백청이 얼마나 사투를 벌였는지 짐작이 갔다. 시커멓게 죽은 유백청의 얼굴이 십 년이나 늙어 보였다.

“어떻소?”

유백청을 치료하고 있던 교영이 승후를 향해 므겁게 머리를 저어 보였다. 이틀 동안 심력의 소모가 어떠했는지 승후는 교영의 얼굴에서 충분히 알 수 있었다. 희고 곱던 피부가 거칠었고, 며칠 사이 얼굴은 반쪽이 되어 있었다.

승후는 무거운 한숨을 쉬며 유백청의 얼굴을 닦고 있는 유소경의 옆에 앉았다.

"내가 한번 진맥해 보겠소."

승후는 유백청을 진맥하기 위해 손을 뻗었다. 그러나 예기치 못한 일이 일어났다.

탁!

"그 손 치워요!"

유소경의 신경질적인 목소리가 승후의 가슴속으로 날카롭게 파고들었다. 승후는 멍하니 유소경의 얼굴을 바라보았다. 유소경의 뜻밖의 행동에 놀랐던 것이다. 그러나 곧 유소경의 행동이 이해가 갔다. 유백청이 생사를 헤매고 있는 것과 풍림장이 멸문을 당한 것은 모두 자신 때문이었다.

"미안해……."

승후의 사과에 유소경이 승후를 노려보았다. 얼마나 울었던지 유소경의 두 눈이 퉁퉁 부어 있었다. 승후는 그런 유소경의 모습이 너무도 안쓰러웠다. 간병하느라 심신이 지친 유소경을 위로해 주고 싶었지만 승후는 차마 그러지 못했다. 지금은 어떤 말로도 유소경에게 위로가 되지 않을 것임을 알기 때문이다.

"당신 때문에… 당신 때문에……."

유소경은 차마 말을 잇지 못했다. 승후가 의도하지 않은 일이라는 사실을 잘 알고 있었지만, 승후에 대한 원망을 지울 수 없었다.

"그래, 마음껏 원망해. 다 내 잘못이니……."

승후의 말에 유소경은 참았던 눈물을 쏟아내며 승후에게 안겼다.

"오라버니만 그때 있었으면… 흑흑흑… 왜 이제 나타난 거예요. 흑흑……."

승후는 유소경의 원망에 아무런 대답을 하지 못했다. 그저 묵묵히 유소경의 등을 토닥일 뿐이었다. 그런 두 사람의 모습에 좌중은 안타까운 시선을 보냈다.

"으음……."

유백청의 낮은 신음 소리에 승후의 품에 안겨 울고 있던 유소경이 화들짝 놀랐다. 풍림장에서 정신을 잃은 이후 이틀 만에 유백청이 정신을 차린 것이다.

"아버지!"

"아빠!"

유소경과 유소미가 유백청을 다급히 불렀다.

"경아… 미아… 구나……."

유백청은 자신의 딸들을 바라보았다. 그러나 유백청의 두 눈은 초점이 잡혀 있지 않았다. 그저 딸들의 목소리에 반응을 보인 것뿐이었다.

"승… 후……."

유백청은 깨어나자마자 승후를 찾았다. 승후는 유백청에게 바짝 다가갔다.

"예, 장주님. 말씀하세요."

승후가 유백청의 하나뿐인 손을 잡았다. 얼음처럼 차갑던 유백청의 손이 승후의 온기에 따뜻하게 데워졌다. 승후가 내력을 쏟아 부은 것이다. 그러나 이미 급속도로 빠져나가는 생명의 기운을 승후의 내력이 대신할 수는 없었다. 그저 죽음의 순간을 조금 늦출 뿐이었다. 그러한 사실을 승후와 유백청은 모르지 않았다. 하지만 두 사람은 그에 대한 말은 한마디도 하지 않았다. 그렇게 한참이나 말이 없던 유백청이 다시 무겁게 입을 열었다.

"우리… 경아와 미아… 부탁……."

"그런 걱정 마십시오. 어서 일어나 경아와 미아가 혼인하는 것을 보셔야 하지 않겠습니까?"

"그… 래……."

승후의 말에 유백청의 미간이 잠시 찌푸려졌다. 아직 어린 딸들을 두고 떠나야 하는 부모의 안타까운 마음 때문이리라.

"우리… 딸… 부… 탁……."

유백청의 목소리에 쇳소리가 났다. 생명이 거의 한계에 이른 것이다.

"걱정 마십시오……."

승후의 마지막 대답이 위로가 되었던 것일까. 유백청은 처음과는 달리 편안한 얼굴로 눈을 감았다.

"아버지!"

"으아앙! 아빠!"

"흑흑……."

유백청의 죽음에 유소경과 유소미가 슬프게 울었다. 그리고 방 안의 여인들 역시 유백청의 안타까운 죽음에 흐느끼기 시작했다. 방 안의 남자들은 그저 천장만 노려보며 한숨을 내쉬었다.

"그만하거라."

싸늘히 식은 유백청의 시신에 승후는 아직도 내력을 흘려보내고 있었다. 언제까지고 계속될 것 같은 승후의 모습에 공공신승이 승후의 행동을 제지한 것이다. 공공신승의 눈에 승후의 상태도 이미 정상이 아니었다. 그런 상태에서 과도한 진기의 소모는 결코 좋은 일이 아니었다. 승후의 핏발 선 눈이 공공신승의 눈과 마주쳤다.

"아미타불⋯⋯."

승후의 눈에 살기가 가득했다. 지인을 잃은 승후의 심정을 모르는
바는 아니었지만 승후의 눈 속에 가득한 살기는 상당히 위험했다. 공
공신승은 승후가 이성을 잃고 날뛰는 상황을 보고 싶지 않았다. 공공
신승의 불호가 승후의 머리 속에 크게 울렸다.

울컥.

승후는 검은 피를 한 사발이나 토하며 혼절했다. 수일 동안의 강행
군으로 인한 심신의 피로와 또 오행금강동인들과의 싸움으로 인한 가
볍지 않았던 내상, 그에 더하여 유백청의 죽음이 가져온 충격. 그런 상
황에서도 승후는 유백청의 죽음을 조금이라도 늦추기 위해 과도하게
내력을 소진했다. 결국 아직 완전하지 않은 중단전이 크게 상하고 만
것이다.

"오라버니!"

"승 국주!"

승후의 혼절에 방 안은 더욱 소란스러워졌다. 바닥에 힘없이 쓰러지
는 승후를 공공신승이 급히 부축했다. 순간 승후의 몸이 너무도 가볍
다고 생각했다. 공공신승은 놀랍고 또 한편으로는 안쓰러운 눈으로 승
후의 얼굴을 살폈다. 죽은 듯이 잠이 든 승후의 모습이 너무도 평온하
다고 공공신승은 생각했다.

'아미타불⋯⋯.'

"그다지 좋은 결과는 아니군."

모용하영은 표가장의 일과 풍림장의 일을 보고받으며 미간을 모았

다. 두 곳 모두 자신이 바란 결과와는 많은 차이가 있었다. 표가장의 경우는 청룡단을 전멸시켜야 했고, 풍림장의 경우는 유백청과 그 딸들을 사로잡았어야 했다. 그래야만 정천맹과 승후 둘 모두를 압박할 수 있었기 때문이다. 그런데 모용하영의 그 계획은 예상하지 못한 변수로 틀어져 버렸다. 모용하영의 입술이 비틀어졌다.

"또 네놈이냐?"

승후를 두고 하는 말이었다.

청룡단의 잡기 위한 함정은 정말이지 완벽했다. 확실히 뒤통수를 칠 수 있는 기회였건만, 수하들이 그 기회조차도 살리지 못했다. 도리어 하지첨 하나를 살리기 위해 적지 않은 수하들이 목숨을 던져야 했다. 모용하영은 하지첨을 생각하며 이를 갈았다.

"멍청한 늙은이."

그러나 따지고 보면 그 모든 것이 하지첨 혼자만의 잘못은 아니었다. 하필 그곳에는 군림회가 가장 꺼려하는 뇌룡신검 승후가 있었던 것이 문제였다. 지금까지 수없이 군림회의 일을 방해해 왔던 승후가 표가장의 일마저 방해한 것이다. 정천맹에 참여하지 않은 승후가 정천맹의 청룡단을 구원하기 위해 나타나리라는 것은 정말 계산 밖의 일이었다.

결국 표가장의 일은 회의 입장에서 보면 그다지 승리했다고 볼 수 없었다. 표가장의 배신으로 인해 정파 측이 혼란스러워할 것을 감안하면 겨우 우세를 점했다고나 할까.

풍림장의 일 또한 만족스럽지 못했다. 비록 풍림장이 폐허가 되었다고는 하지만 유백청과 그의 딸들의 신병을 확보하지 못했다. 아직 그들에 관한 정보가 도착하지 않았지만, 모용하영은 이미 그들이 안전한 곳으로 피했을 것이라고 확신했다. 그 점이 모용하영으로 하여금 아쉬움이 들게 했다. 설사 표가장에서 패하더라도 유백천과 그 딸들은 반드시 생포했어야 했다. 아니면, 차라리 죽이기라도 했었더라면…….
승후에 대해 압박할 수 있는 거의 유일한 패가 사라져 버린 것이 모용하영은 아쉬웠던 것이다.

당시 풍림장의 공격에는 표가장보다 더한 병력과 고수가 동원되었다. 군림회의 최고 무력단인 회주 직속의 묵혈수라마대(墨血修羅魔隊)가 움직였고, 또 회의 십대고수에 속하는 번천수라(飜天修羅) 모용파(慕容巴)와 자양노괴(紫陽老怪) 노천동(盧擅動), 만마객(萬魔客) 지강천(池江天)들의 고수들이 동원되었다. 이는 풍림장에 행여라도 승후가 나타날지도 모른다는 가정 하에 계획을 실행했기에 일어난 결과였다. 그러나 모용하영의 예상과는 달리 정작 승후는 표가장에 나타났던 것이다.

"뭐, 상관없겠지."

모용하영은 보고서를 내려놓으며 나직이 말했다. 앞으로 벌어질 일은 지금까지와는 그 규모가 다를 터였고, 또 정천맹과 군림회 아래로 모인 흑도와 사파의 문파들 간의 전면전이 될 공산이 컸다. 그렇다면 변변한 세력이 없는 승후가 위협되는 일은 그다지 없었다.

설혹, 승후가 정천맹에 투신한다 하더라도 그다지 두려울 것은 없었다. 승후가 두렵지 정천맹이 두려운 것은 아니었기 때문이다. 그리고 무엇보다도 승후를 상대하기 위해 군림회의 정예들이 쏟아져 나갈 것이기 때문이었다. 이제 그 준비가 모두 끝난 상황이었다. 무림이 피를 뿌리며 신음할 일을 떠올리며 모용하영은 요사한 웃음을 터뜨렸다.

"그래, 계속 그렇게 날뛰어보라고. 호호호…….'

　중원상인조합의 대표를 맡은 황엽산은 요즘 몸이 열 개라도 모자랄 지경이었다. 조합에 가입한 표국과 상단들에서 들어오는 정보의 양이 상상을 초월했기 때문이다. 그리고 그 정보라는 것들이 중요도가 모두 달라서 일일이 분류하고 분석하는 데에도 적지 않은 시간이 소비되었다.

　하지만 정보를 다루는 조직의 수장에 있으면서 중요한 정보들을 빠르게 접할 수 있다는 장점도 있었다. 물론 그 정보들을 각 표국과 상단들에게도 제공해야 했지만, 가장 먼저 정보를 접하게 된다는 사실은 은근히 자부심을 느끼게 만들었다.

　요즘 속속히 도착하는 정보를 통해 군림회와 정천맹의 전쟁이 머지 않았음을 직감했다. 어차피 피할 수 없는 전쟁이라 생각했기 때문에 담담히 그 사실을 받아들이고 있었지만, 몇 곳으로 집중되는 자금의 흐름과 물류의 흐름이 제법 심상치가 않았다. 그리고 군림회에 대한 정보를 캐는 과정에서 개방과 작은 다툼이 발생하기도 했다. 대부분 조합 쪽에서 양보를 하고 있었지만 그 일이 잦아질수록 점점 불만이 커지고 있었다.

그리고 요즘 황엽산을 괴롭히는 문제가 하나 있었다. 조합에 가입한 표사들의 불만이 그것이었다. 이는 대륙표국주 승후 때문에 생겨난 불만이었다. 승후와 대륙표국의 표사들이 표가장의 배신으로 곤경에 처한 청룡단을 무사히 구해낸 소문이 떠돌면서부터였다. 사실은 당문과 아미파와 함께 연합해서 행한 일이었지만, 소문은 대륙표국의 표사들의 공으로 소문이 나기 시작했다. 이에 황엽산의 천왕표국은 물론 조합 소속의 모든 표국의 표사들이 조합에 무력단을 창설할 것을 강력히 요구했다.

애초 조합의 목적은 단순히 정보만을 취합하기 위해 만들어졌기에 처음에는 표사들의 주장을 단호히 거부했었다. 그러나 중원십대표국에도 들지 못하는 대륙표국과 표사들의 명성이 그들보다 높아질수록 자존심이 상한 것이다. 황엽산 또한 요 며칠 부쩍 그런 기분이기도 했다. 그러나 자신이 나서서 섣불리 그러한 제안을 할 수도 없었다. 자신은 이미 조합의 대표였고, 대표가 그러한 제안을 한다는 것은 자칫 권력에 대한 욕심을 부린다는 인상을 줄 수도 있기 때문이었다.

"자네도 조합 내에 무력단이 필요하다고 생각하는가?"

황엽산은 자신이 가장 신뢰하는 만력도(萬力刀) 궁여담(宮輿儋)을 바라보았다. 만 근의 힘이 실린 도라는 별호처럼 궁여담은 천성적으로 힘이 셌다. 게다가 궁여담의 거도 무게 역시 사십 근이었다. 그런 궁여담의 전력이 담긴 도를 막기란 그리 쉬운 일이 아니었다. 천왕표국의 총표두 자리를 십 년째 지킬 만큼 궁여담은 무림에서도 손꼽히는 고수였다.

"나쁘지는 않다고 생각합니다. 다만……."

"다만?"

"그 무력단의 단주가 누가 되느냐가 문제입니다."

"그건 무슨 소린가?"

"혹시 국주님께서 무력단을 맡고 싶으신 겁니까?"

궁여담은 황엽산을 향해 직설적으로 물었다. 원래 궁여담의 성격이 그러했기에 황엽산은 다소 무례한 궁여담의 물음에도 아무런 표정의 변화가 없었다.

"솔직히 그러고 싶다네. 단, 내가 이 자리에 있지 않았다면 말이야."

솔직히 황엽산은 조합의 대표 자리를 맡은 것이 계속 후회가 되었다. 처음 누구보다도 앞서 신선한 정보를 접한다는 사실에 기뻤다. 그러나 그것은 그리 오래가지 못했다. 정보를 모으고 분류하고 또다시 취합하는 과정이 그렇게 녹록한 일이 아니었던 것이다. 지금과 같은 요구가 있을 것이라고 짐작이라도 했다면 대표 자리는 관심도 가지지 않았을 것이다. 그렇다고 무력단 때문에 대표 자리에서 물러날 수는 없는 일이었다. 황엽산의 그러한 고심을 모르지 않는 궁여담은 희미한 미소를 지었다.

"저는 승 국주에게 조합이 창설한 무력단을 맡기는 것이 가장 좋다고 생각합니다."

"그렇지, 승 국주라면 나쁘지 않지. 아니, 가장 적당한 사람이지. 하지만 그는 거절할 걸세."

"……."

황엽산의 말이 뜻밖이었던지 궁여담의 얼굴에 순간 의문이 나타났다 사라졌다.

"그가 원했다면 정천맹에서도 제법 높은 지위를 얻었을 것이네. 한때 소문으로 나돌기도 했지만, 정천맹의 설립에 결정적인 역할을 승 국주가 했다네. 한데 그는 자신의 공을 내세우지 않았다네. 오히려 정천맹의 설립에 관한 전권도 남창표국에 양보할 정도라네. 젊은 사람이 명예에 아주 담백해. 솔직히 나는 그럴 자신이 없거든. 젊어서든 지금이든. 아마도 승 국주의 인맥이 소림파와 화산파. 그리고 황실에까지 닿아 있지 않았다면 솔직히 내 사람으로 만들어보고 싶을 정도라네."

궁여담의 얼굴에 놀라움이 떠올랐다. 궁여담의 감정이 얼굴에 고스란히 드러나는 모습은 실로 오랜만이었다. 그만큼 궁여담은 감정을 읽어내기 힘든 사람이었다.

"왜? 내 말이 놀라운가?"

"솔직히 그렇습니다."

"욕심이 나는 사람이거든. 그리고……."

"조합장님!"

황엽산과 궁여담의 대화를 방해하며 조합의 정보 수집을 책임지고 있는 소유일(少流溢)이 황엽산의 거처를 다급히 들어왔다. 평소 점잖은 사람이 허둥대는 모습에 황엽산은 잠시 미간을 찌푸렸다.

"왜? 전쟁이라도 터졌나?"

"예? 아니, 어찌 아셨습니까?"

"뭐?"

황엽산은 소유일의 가벼운 행동을 탓하기 위해 한 말이었지만, 소유일의 대답에 순간 당황했다. 그리고 다급해졌다.

“어디인가?”

“제갈세가입니다.”

“호북성?”

“예.”

“그곳은 군림회의 본단이 있을 가능성이 가장 낮은 곳이 아니었나?”

“예. 하지만 분명 군림회는 제갈세가를 공격했습니다.”

“그래, 피해는?”

“멸문이라고 합니다. 한데 그 손속이 너무 잔인합니다. 정천맹에 참가한 제갈세가의 인물들 외에는 단 한 명도 살아남지 못했다고 합니다. 그리고 제갈세가의 여자들은 모두……”

소유일은 말을 흐렸다. 그러나 소유일이 모두 설명하지 않더라도 소유일이 무슨 말을 하려고 하는지 짐작이 갔다.

“음… 정천맹의 반응은?”

“얼마 전에 제갈세가로 조사단을 파견했습니다.”

황엽산은 할 말을 잃었다. 시작부터 너무 충격적이었다. 그래도 제갈세가라면 무림의 명문이었다. 비록 사대세가에는 들지 못하지만 한때 그들의 위세가 무당과 어깨를 견줄 만큼 대단했던 적도 있었다. 그런 제갈세가가 멸문을 당했다는 소식은 표가장의 배신과 풍림장의 멸문보다 더욱 큰 충격이었다.

“아무래도 서둘러야겠군.”

“무력단 말씀입니까?”

궁여담의 반문에 황엽산은 머리를 끄덕이는 것으로 대답을 대신했다. 앞으로 정천맹과 군림회의 대결이 어떤 양상을 띠게 될지는 모르는 일이었지만, 최소한의 자위 수단은 필요했다. 아무래도 한바탕 지독한 혈풍이 몰아칠 것 같은 불길한 느낌이 떠나지 않았다.

쌕쌕.

목을 간질이는 숨결에 승후는 슬며시 눈을 떴다. 검은 천장이 어지
럽게 돌고 있었다. 잠시 어지러움에 승후는 다시 눈을 감았다. 심호흡
을 한 후 다시 눈을 떴다. 그제야 사물이 눈에 들어오기 시작했다.

승후의 양쪽에는 석초혜와 이영이 잠들어 있었다. 아이들의 손에는
아직 물기가 가시지 않은 물수건이 들려 있었다. 아이들이 승후의 곁
에서 잠든 이유를 알 수 있었다. 아이들의 마음이 기특했고, 아이들의
잠들어 있는 모습이 너무도 귀여웠다. 승후의 얼굴에 잔잔한 미소가
떠올랐다.

"일어났느냐?"

공공신승의 음성이었다.

"예."

침상에서 일어난 승후는 조심해서 아이들을 침상 가운데로 옮겼다.
승후의 손길에 잠시 뒤척이던 아이들이 승후의 온기를 느꼈는지 이내
조용해졌다.

"바람이나 쐬자꾸나."

"예."

승후는 공공신승의 뒤를 따라 밖으로 나섰다.

시원한 새벽 바람에 마음이 상쾌했다. 아직 내상이 모두 낫지 않아
거동이 조금 불편하기는 했지만, 산책에 방해가 될 정도는 아니었다.

승후와 공공신승은 후원의 세심정에 오를 때까지 아무런 말이 없었

다. 언제까지고 계속될 것 같은 침묵이 공공신승에 의해 깨어졌다.

"많이 힘드냐?"

승후는 공공신승의 물음에 공공신승을 빤히 바라보았다.

"힘들다기보다……."

이번에는 공공신승이 승후를 바라보았다. 승후는 공공신승의 시선을 피해 슬그머니 시선을 하늘로 향했다. 어디를 바라보는지 그 목적을 알 수 없는 시선이 공허하기만 했다.

"외롭습니다. 아니, 미안합니다. 아니, 아닙니다. 그냥 후회가 됩니다. 애초에 제가 있을 자리가 아니라는 생각이 자꾸만 듭니다."

"……."

"저만 없었다면 저로 인해 피해를 보는 사람들이 없었을 거라는 생각도 듭니다. 책임질 수 없는 인연을 너무 많이 만든 것이 아닌가 하는 후회도 듭니다. 훗, 그러고 보니 신승 어른의 말씀처럼 힘들어하는 것 같습니다. 예. 힘듭니다. 사실, 많이 힘듭니다."

승후는 하늘을 바라보았다. 달빛 한 점 없는 그믐이었다. 왜인지 달빛이 없는 것이 승후는 다행이라는 생각이 들었다. 달을 보면 유백청의 얼굴이 생각날 것 같았다.

"네 책임이 아니다."

공공신승의 말에 승후는 화가 난 얼굴로 공공신승의 얼굴을 바라보았다.

"그럼 누구의 책임입니까?"

승후의 목소리가 떨렸다.

"책임을 지고 싶으냐?"

공공신승의 반문에 승후는 대답하지 못했다. 이제는 검을 들기가 두려웠다. 그로 인해 또 누군가가 피해를 입을 것 같았기 때문이다.

"쳇, 제가 먼저 물었습니다."

승후는 공공신승의 시선을 피하며 투덜거렸다.

"누구의 책임도 아니다. 검을 든 무림인으로서의 삶이 그러할 뿐이다."

"삶이라… 저는 평범하게 살고 싶었습니다. 이쁜 마누라랑 혼인해서 자식을 주렁주렁 낳고 땀 흘리며 그렇게 살고 싶었습니다."

승후는 정말 그렇게 살고 싶었다. 그러나 환경이 승후를 그렇게 놔두지 않았다. 변명이라고 비난해도 승후는 정말 평범하게 살고 싶었다.

"좋은 꿈이구나."

공공신승은 승후의 바람이 꿈이라고 말하고 있었다. 승후는 공공신승의 말을 반박하지 못했다. 사실이었기 때문이다. 승후가 원하는 평범한 삶은 그저 꿈으로 그쳐야 했다. 지금 이룬 모든 것을 포기할 수는 없었기 때문이다. 이 모두가 승후가 책임을 져야 하는 것이다. 아이들도, 여인들도, 그리고 표국도… 또 피하고 싶지만 군림회의 일도 승후가 해결해야 했다. 누구도 대신할 수 없는 승후단이 할 수 있고, 또 해야 하는 일이었다. 그것들 중 어느 하나도 포기해서는 안 되는 일이었다.

승후는 가슴이 답답했다. 자신을 중원으로 오게 만든 독고황과 사마도운이 떠올랐다. 그들에게 화가 치솟았다. 그러나 한편으로는 고맙기도 했다. 아니, 고마움이 더욱 컸다. 소중한 인연을 그들 덕분에 많이 맺었기 때문이다. 이까짓 시련은 그동안 승후가 누린 행복을 위한 액땜이라고 생각하면 될 일이었다. 비록 그 액땜에 생명을 걸어야 할지도 모르지만.

"큭······."

웃음이 나왔다. 그동안 고민한 것이 별것 아니었다. 그저 열심히 노력하고 최선을 다해 살면 그것으로 족한 것이다.

"고맙습니다."

"뭐가 말이냐?"

"어쨌든 말입니다."

승후의 대답에 공공신승의 미소가 어둠을 뚫고 빛났다.

제갈세가의 멸문은 정천맹의 수뇌부에 커다란 충격을 주었다. 이전 표가장의 배신이나 풍림장의 멸문과는 그 파급 효과가 비교되지 않았다. 표가장이나 풍림장은 그 역사가 얼마 되지 않았고, 또 무림에서 차지하는 비중 또한 그리 크지 않았다. 그러나 제갈세가는 달랐다. 과거 오대세가의 일원이었고, 세가의 역사만도 수백 년이었다. 또한 무림맹이 결성될 때면 어김없이 제갈세가는 군사 자리를 독점해 왔었다. 비록 이번 정천맹에서는 사대세가의 일원이며 황보세가의 가주인 중원신산 황보의청에게 내주었지만, 그렇다고 그들의 지략이 황보의청에게 뒤지는 것은 아니었다. 정천맹의 군사와 같은 요직은 개개인의 자질과 함께 개인이 속한 가문의 힘 또한 크게 작용하는 자리였기에 한참 성세를 구가하고 있는 황보세가의 힘에 군사 자리를 양보할 수밖에 없었던 것이다.

"제갈가주, 얼마나 상심이 크시오······."

정천맹의 맹주 요공 대사의 위로에 제갈상(諸葛想)은 얼굴을 굳힌 채 묵묵부답이었다. 제갈상의 얼굴은 얼마나 마음 고생이 심했는지 얼굴이 며칠 사이 수십 년은 더 늙은 듯했다. 제갈상의 모습이 안타까웠지만, 또 한편으로는 자신의 문파가 혹은 자신의 사문이 피해를 입지 않은 것에 안도하기도 했다.

"제갈세가의 복수에 적극 돕겠소, 제갈가주."

황보의청이 다짐하듯 말했다. 그리고 황보의청의 말이 떨어지기 무섭게 여기저기에서 제갈세가를 돕겠다는 말이 쏟아져 나왔다. 제갈상은 이들의 말에 씁쓸한 미소를 지었다. 과연 이들 중 자신의 목숨을 걸고 제갈세가의 복수를 도울 사람이 몇이나 있을지 알 수 없었던 것이다. 그러나 이후 이들이 어떻게 말을 바꾸든 당장은 이들의 도움이 간절히 필요했다.

"여러분의 말씀 감사합니다. 이 제갈상은 여러분의 은혜를 결코 잊지 않겠습니다."

제갈상은 자리에서 일어나 포권을 하며 허리를 숙였다. 제갈상의 모습에 좌중은 크게 놀랐다. 세가를 대표하는 가주가 여러 사람에게 허리를 숙이는 일은 결코 가벼운 일이 아니었기 때문이다. 반면 지금 제갈상의 마음이 얼마나 절박한지 알 수 있는 단면이기도 했다.

"제갈세가의 복수는 반드시 이루어져야 합니다. 하지만 우리는 아직 적의 근거지가 어디인지 모르고 있습니다. 만약 제갈세가의 일이 반복되면 정천맹은 크게 흔들릴 수 있습니다."

남궁세가의 가주 남궁도가 현실을 이야기했다. 당장이라도 복수를 위해 뛰쳐나갈 것 같던 사람들은 굳게 입을 다물었다. 그들은 드러나 있었고, 군림회의 근거지는 아직 알 수 없었기 때문이다.

남궁도의 말에 좌중의 시선이 개방 방주 주구 무일진을 향했다. 무림에서 가장 빠르고 정확한 정보력을 자랑하는 곳이 개방이었다. 그리고 그런 정보력을 인정받아 정천맹에서도 역시 정보를 총괄하는 비각을 맡고 있었다.

그러나 개방은 아직 군림회에 대한 대략적인 정보 말고는 그들의 근거지가 어디인지 알아내지 못하고 있었다. 개방의 제자들을 중원 전역에 풀어 군림회의 정보를 캐고 있지만 여의치가 않았다. 다만 중원상인조합에서 건넨 정보를 통해 대략 세 곳을 의심하고 있었다. 하지만 그것을 인정하기에는 중원상인조합의 도움을 인정해야 했기에 선뜻 그러한 사실을 말할 수가 없었다. 개방의 체면이 말이 아니게 떨어질 것이 분명했던 것이다.

"시간이 더……."

"허……."

무일진의 말이 나오기 무섭게 여기저기 어이없는 한숨이 흘러나왔다. 무일진은 입술을 깨물었다. 표가장의 일로 인해 개방은 적지 않은 신망을 잃었다. 표가장의 배신을 뒤늦게 알고 급히 조치를 취했지만, 청룡단은 육 할이나 되는 손실을 입었다. 이에 소림파와 무당파, 그리고 화산파와 개방은 조금 소원한 상태였다. 비록 그것이 개방의 잘못은 아니었지만 전적으로 개방의 정보만을 의지한 세 문파는 그렇게 생각하지 않았다. 거듭되는 악재에 정보의 개방이라는 명성에 손상을 입은 것이다.

사람들이 점점 불신의 눈빛을 띠는 것을 느낀 무일진은 할 수 없이 개방과 중원상인조합의 정보를 취합해 얻은 결론을 이야기해야 했다.

"대충 세 곳을 의심하고 있습니다."

무일진의 말에 일순 침묵이 찾아왔다.

"어디입니까, 그곳이?"

살기를 억누른 제갈상의 음성이 들려왔다.

"일단 낙양과 대별산(大別山) 그리고 소호(巢湖) 부근이 유력합니다."

"음……."

무일진의 말에 좌중은 침음성을 삼켰다. 적이 의외로 가까이 있었기 때문이다. 낙양과 대별산은 하남성에 위치해 있었고, 하남성은 숭산의 소림파와 개봉의 개방이 있는 곳이었다. 또 소호는 안휘성에 위치해 있었다. 전통적으로 안휘성의 패자는 남궁세가였다. 그런 남궁세가와 소호는 지척지간이었다.

무일진의 말이 끝나기 무섭게 좌중은 크게 술렁거렸다. 그리고 그들 중에서도 정천맹의 맹주이자 소림파의 장문인 요공 대사와 남궁세가 가주 남궁도의 놀라움이 가장 컸다. 두 문파와 군림회가 지리적으로 가장 가까웠기 때문이다.

"아니, 그 말씀을 왜 이제야 하는 것이오, 무 방주!"

남궁도는 버럭 화를 냈다. 그런 중요한 정보를 여태까지 말하지 않은 무일진에 대한 분노였다. 자칫 남궁세가 역시 제갈세가의 뒤를 따를 수도 있었기 때문이다.

"말하지 않았소? 아직 확실하지는 않다고."

"그럼 도대체 확실한 것은 뭐요!"

"그렇게 못마땅하면 남궁세가가 나서서 군림회에 대한 정보를 찾아보시오. 우리 개방은 빠질 테니!"

"뭐요!"

남궁도의 추궁에 화가 난 무일진 역시 크게 화를 냈다. 이 정도 정보를 얻기까지도 쉬운 일이 아니었다. 그런 사정을 전혀 고려하지 않는 남궁도의 행동에 무일진은 분노했다.

"그리고 언제 여러분이 우리가 군림회의 정보를 찾는 데 작은 도움이라도 준 것이 있소! 비각만 하더라도 우리에게 맡겨놓기만 하고, 도대체 맹 차원에서 어떤 지원을 해주었소? 우리가 이 정도의 정보를 얻기까지 목숨을 잃은 개방도의 숫자가 얼마인지 알기나 하시오! 그렇게 정 못마땅하면 당신들이 군림회든 마교든 직접 찾아보시구려! 개방은 더 이상 관여를 하지 않을 테니!"

무일진이 당장이라도 회의장을 박차고 나갈 것처럼 자리에서 벌떡 일어났다. 그런 무일진을 요공 대사가 급히 붙잡았다.

"자, 자… 무 방주, 화를 가라앉히고 자리에 앉읍시다. 그리고 남궁 가주가 먼저 사과를 하세요. 모두가 신경이 예민한 것은 알지만 우리끼리 싸워서야 되겠소? 이는 군림회가 바라는 대로 해주는 것밖에 더 되겠소?"

요공 대사의 만류에 무일진은 마지못해 자리에 앉았다. 그러나 여전히 화가 풀리지 않는지 무일진은 앞으로 회의에 상관하지 않겠다는 듯이 두 눈을 꼭 감아버렸다.

"남궁가주……."

요공 대사가 남궁도에게 무일진에게 사과할 것을 눈짓으로 부탁했다. 그러나 남궁도는 여전히 화가 난 얼굴이었다. 그러나 자신과 무일진이 여기서 계속 싸우게 된다면 정천맹이 흔들릴 수도 있는 일이었기에 일단 자신의 감정을 억눌렀다.

"흠, 흠… 무 방주, 내가 너무 흥분했소. 조금 전의 말은 그만 잊어주시오. 그리고 미안하오."

"……."

“무 방주, 남궁가주가 사과하지 않소.”

“나 역시 흥분해서 미안하오.”

요공 대사의 중재에 의해 남궁도와 무일진의 감정 싸움은 일단락되었다. 하지만 두 사람의 얼굴은 여전히 화가 나 있는 모습이었다.

“그런데 무 방주는 낙양과 대별산, 그리고 소호 부근이 의심스럽다고 했는데… 그 세 곳 중에서도 가장 의심스러운 곳은 어디라고 생각하시오?”

요공 대사의 물음에 무일진은 잠시 곤혹스러운 표정을 지었다.

“그게 꼭 어느 한곳이라고 집어낼 수가 없습니다. 조사에 따르면 낙양표국이 중원표국에 흡수되면서 잡음이 있었다고 합니다. 그리고 대륙표국의 승 국주에 의하면 당시 낙양표국의 국주 일가가 칠정산에 중독되었었다고 합니다.”

“칠정산!”

칠정산이라는 말에 좌중은 크게 놀랐다. 특히 오파의 놀라움은 이루 말할 수 없었다. 누구보다도 칠정산의 위력을 잘 아는 까닭이었다. 무일진이 왜 낙양을 군림회의 근거지라 꼽았는지 납득이 갔다.

“그럼 중원표국도 의심해야 하는 것 아니오?”

화산파의 장문인 매화검 위진악이 급히 반문했다. 좌중 역시 머리를 끄덕이며 위진악의 말에 동조했다.

“그래서 제자들에게 중원표국을 감시하라고 했었소. 한데 이상하게도 중원표국의 수뇌부들의 모습이 보이지 않았소. 그리고 그들이 모습을 보이지 않았던 때가 하남 태을문의 일이 있은 직후라고 하오이다.”

“그러면 섬서 지역 또한 군림회의 근거지가 있을 수도 있지 않겠소?”

팽가의 가주 팽문강이 의아해하며 반문했다.

"물론 그렇소. 하지만 중원상인조합의 도움을 받아 섬서는 제외했소."

"중원상인조합? 아니, 그들에게 도움받을 일이 뭐가 있다고?"

무당파의 장문인 청허자가 눈살을 찌푸렸다. 상인들의 도움을 받았다는 사실보다 그 조합이 승후와 연관이 있다는 사실 때문이었다.

"앞으로 우리 정천맹과 군림회는 큰 전쟁을 앞두고 있소이다. 그런 큰 전쟁을 사람만으로 할 수 있겠소? 당연히 적지 않은 자금이 필요할 테고 또 필요한 물품이 많지 않겠소?"

무일진의 말에 사람들은 중원상인조합으로부터 받은 도움이 어떤 것인지 짐작할 수 있었다.

"중원상인조합의 정보에 의하면 중원표국의 자금 흐름이 거의 멈춰버렸다고 합니다. 마치 더 이상 표국을 하지 않는 것처럼 말입니다. 반면 옛 낙양표국으로 자금이 집중되고 있다 합니다."

"그럼 대별산은 어떻소?"

"대별산에는 오래된 장원이 하나 있소이다. 예전 대장군을 지낸 인물이 세운 곳인데… 그 장원을 중심으로 인근 마을 사람들의 실종이 잦았소이다. 여러분도 아실 테지만, 괴의 하지첨이 군림회에 있소이다. 그리고 그가 과거 어떤 일을 저질렀는지 굳이 이야기하지 않아도 아시리라 믿소. 또 소호는……."

무일진은 남궁도의 얼굴을 힐긋 살폈다. 지금 하고자 하는 말은 남궁세가의 입장에서 보면 아주 중요한 일이었기 때문이다.

"소호 부근에 대규모의 병장기가 유입되고 있소. 또한 각종 약재 값이 소호 인근에서 폭등하고 있다 하오. 게다가 몇몇 전대 노마가 모습을 보이기도 했소.”

“그들이 누구요?”

“번천수라 모용파와 자양노괴 노천동이 그 주인공이오.”

“음……..”

무일진의 말에 남궁도는 신음을 흘렸다. 모용파와 노천동은 검왕 남궁도라 하여도 쉽게 볼 수 있는 상대가 아니었기 때문이다.

“그들이 남궁세가를 노리는 것이오?”

남궁세가가 있는 합비(合肥)와 소호는 겨우 반나절 거리였다. 무림인들에게는 한 시진이면 충분히 도달할 거리였다.

“확신할 수는 없소. 남궁세가보다는 안휘의 다른 중소문파를 노리는 것이라 생각하오. 아무리 군림회라 해도 남궁세가를 공격하기 위해서는 적지 않은 전력의 손실을 감수해야 하기 때문이오. 더욱이 남궁세가에는 남궁 노선배가 계시지 않소?”

천뢰일검(天雷一劍) 남궁창천은 남궁세가의 전대 가주였다. 남궁세가의 가전무공 천뢰제왕신공을 대성한 인물로 그가 가주 위를 남궁도에게 물려주고 은거를 하기까지 단 한 번도 패한 적이 없는 무적의 고수였다. 그런 남궁창천이 있는 남궁세가를 번천수라와 자양노괴만으로는 부족한 감이 있었다.

“무 방주의 말처럼 남궁세가가 공격받을 가능성이 낮다고는 하나 대책을 세우지 않을 수는 없구려.”

요공 대사의 말에 무일진이 고개를 끄덕였다. 대비를 해서 나쁠 것은 없었다.

“한데 세 곳이라…….”

어느 곳이 군림회의 근거지인지 확신할 수 없는 이상 전력을 분산시킬 수는 없었다. 그렇다고 세 곳 중 어느 한곳을 선택해 전력을 집중하는 것도 쉬운 일은 아니었다. 자칫 잘못된 선택으로 각개격파당할 수도 있었기 때문이다.

"그리고 승 국주의 예상이긴 한데……."

승후라는 말에 좌중의 시선이 다시 무일진을 향했다. 누구보다도 군림회를 잘 알고 있는 승후의 예상이 궁금했던 것이다.

"승 국주는 대별산이 가장 가능성이 높다고 생각하더이다."

"이유가 무엇이오?"

"괴의 하지첨 때문이오."

"하지첨?"

고작 하지첨 한 사람 때문이라는 말에 사람들은 의아했다.

"괴의 하지첨은 금강불괴에 이른 마물을 만들어냈소이다."

무일진의 말에 좌중은 무거운 안색으로 머리를 끄덕였다. 이미 소림파와 무당파, 그리고 화산파의 제자들로부터 들어 알고 있었다. 어떤 공격도 튕겨내는 전설의 금강불괴를 이룬 마물들은 그들에게 실로 충격이었다.

"비록 불완전했지만, 분명 금강불괴였다고 하였소. 그리고 무당의 청유자……."

무당의 청유자의 예를 들려던 무일진은 말을 흐렸다. 무당파의 장문인 청허자의 굳은 시선과 잠시 부딪친 것이다.

"그런 하지첨이 그 오행금강동인이라는 마물보다 더한 마물들을 만들어내지 말라는 법은 없소이다."

하지첨이 과연 어떤 마물들을 만들어냈는지 사람들은 두려웠다. 금강불괴를 완벽하게 이루었다면 그 마물들을 상대할 무림인은 그리 많지 않았다. 겨우 각파의 장문인 정도가 유일했다.

"대별산을 유력한 곳으로 꼽는 또 다른 이유는 하지첨은 무공을 익히지 않았다는 점이오. 하지첨이 마음 놓고 연구를 할 수 있는 곳은 가장 안전이 보장된 곳이어야 한다는 것이 승 국주의 판단이오. 그리고 그곳이 그들의 근거지가 될 가능성이 높지 않겠냐그 하더이다."

과연 일리가 있는 말이었다. 하지만 그렇다 하더라도 낙양이나 안휘성의 소호 부근을 아예 무시할 수는 없었다. 단지 대별산이 조금 더 가능성이 높을 뿐이었다.

"과연 일리가 있는 말이오. 하지만 그마저도 군림회의 함정이라면?"

남궁도의 반문에 좌중은 침묵했다. 남궁도는 남궁세가의 이목을 피해 소호에 칼날을 숨겨두고 있는 군림회의 능력에 등골이 서늘했다. 남궁세가의 이목을 피해 소호로 군림회가 숨어들 정도라면 소호 역시 그들의 근거지가 아니라고 생각할 수도 없다고 생각했다.

"그래서 예상이라 하지 않소. 그리고 대별산이 군림회의 근거지라고 확신하기 위한 전제 조건이 과연 군림회가 하지첨을 어떻게 생각하느냐에 달려 있지 않겠소? 승 국주는 군림회가 다수의 전력의 손해를 감수해 가면서까지 하지첨을 구하려던 그들의 집착에 대별산이 다른 곳보다 좀 더 가능성이 높다고 했소이다. 본인 역시 승 국주의 생각에 동의하고 말이오."

무일진의 말에 남궁도가 조금은 못마땅한 말투로 말했다.

"그럼 전력을 다해 대별산을 공격하면 될 것 아니오?"

"그보다 대별산을 제외한 낙양과 소호 두 곳을 공격하는 것이 어떻겠소? 그래서 그들의 반응을 살펴보는 것입니다."

팽문강의 말에 좌중은 잠시 술렁거렸다. 만약 대별산이 정말로 적의 근거지라면 두 곳에 당연히 구원군을 보낼 것이다. 설령 구원군을 보내지 않는다 하더라도 낙양과 합비가 공격을 받는다면 어떤 움직임이 보일 것이 분명했다. 또 대별산이 단순히 사람들의 이목을 피하기 위한 것이라 해도 별문제가 없었다. 낙양과 소호 둘 중 하나는 그들의 근거지일 것이기 때문이다. 좌중의 시선이 맹주 요공 대사를 향했다. 결단을 내려달라는 무언의 요구였다.

"음… 일단 맹 휘하의 무력단을 비상소집하고 기다려 주시오. 내가 직접 숭 국주를 만나 좀 더 이야기를 해볼 테니."

요공 대사는 말을 마치고 자리에서 일어났다. 요공 대사가 밖으로 나서고 나서 잠시 후 회의장이 소란스러워졌다. 앞으로의 계획에 대한 논의가 필요했고, 어떻게든 자신이 속한 문파와 가문이 적은 피해를 입도록 신경 써야 했던 것이다.

"정천맹이 움직였습니다."

모용하영의 보고에 범위건은 머리를 끄덕였다. 이미 모용하영보다 먼저 도착한 보고를 통해 알고 있었다.

"의외로 빠르군."

범위건은 정천맹의 움직임에 꽤 놀랐다. 비록 외단이라고는 하나 아주 은밀히 오랜 시간 공을 들였다. 기습으로 정파 측을 혼란스럽게 만들 준비가 되어 있었고, 또 그 실행을 목전에 두고 있었다. 그런 시점에 낙양과 합비로 정천맹의 세력이 진입했다. 군림회가 그랬듯이 아주 은밀한 움직임이었다. 그리고 정천맹이 낙양과 합비에 나타난 것도 아주 우연한 기회에 의한 것이었다. 만약 정천맹의 증원군의 존재를 모르고 예정대로 공격을 했더라면, 군림회로서는 막대한 피해를 입었을 것이었다. 군림회로서는 뒤통수를 맞은 것과 다름이 없었다.

"역시 정보의 개방인가?"

범위건의 중얼거림에 모용하영이 대답했다.

"아무래도 그런 것 같습니다. 얼마 전부터 낙양과 소호 부근에 개방 제자들의 모습이 눈에 띄게 늘었다고 합니다."

"아쉽군. 조금만 더 늦출 수 있었다면 향후 일이 쉽게 풀릴 수도 있었는데 말이야."

"죄송합니다."

모용하영이 허리를 숙였다. 이번 계획 역시 모용하영이 세웠던 것이다.

"뭐, 할 수 없지. 그런데 피해가 제법 크겠는걸."

"그렇지는 않을 겁니다."

"음?"

"소호에는 만마객 지강천 장로님을 증원했습니다. 그리고 애초 계획을 바꾸어 낙양으로 향하던 묵혈수라마대를 남궁세가로 돌렸습니다. 대신 낙양은 자전마대(紫戰魔隊)를 보냈습니다."

"호오."

범위건은 모용하영의 말에 크게 감탄했다. 묵혈수라마대와 자전마대는 군림회의 서열 일, 이위의 무력 단체였다. 묵혈수라마대는 회주 직속이었고, 자전마대는 태상인 범위건 직속이었다. 그런데 회주의 수족인 묵혈수라마대가 애초 목적지였던 낙양이 아닌 소호로 향했다는 것은 회주의 세력을 소진시키고 자신의 세력을 보존할 수 있는 절호의 기회였다. 자전마대가 군림회 내에서 이위의 무력 단체라고는 하지만 묵혈수라마대에 비해서는 다소 손색이 있었던 것이다.

“정천맹에서의 조치는?”

“예. 대략 사백 정도의 정천맹 소속의 무사가 합비에 나타난 것으로 추정됩니다. 반면 낙양은 그 절반 정도인 이백 정도로 보입니다.”

“음? 이거 너무 무게가 기우는 것이 아닌가? 회주가 화를 낼 텐데.”

말은 그렇게 하면서도 범위건은 그다지 걱정하지 않는 모습이었다. 모용하영이 애초의 계획을 바꿀 수 있었다는 것은 이미 외당이 정천맹에 관한 정보에 있어서 등천비마대보다 우위를 점했다는 것을 의미했다.

“그런데 본단은 안전한 것인가?”

“예. 아직 대별산을 향한 정천맹의 움직임은 보이지 않습니다. 다만…….”

“다만?”

“대별산을 지나는 상단과 표행의 수가 이전에 비해 확연히 늘었습니다.”

“그것이 중요한 일인가?”

“그렇지는 않습니다만, 그 상단과 표행이 대부분 중원상인조합 소속이라 주의는 기울여야 할 것으로 보입니다.”

“그럴 만한 이유는?”

“중원상인조합에 뇌룡신검이 소속되어 있습니다.”

“…….”

범위건은 모용하영의 얼굴을 한동안 응시했다. 아름다웠던 모용하영의 얼굴에 흉측한 검상이 보였다. 그 상처가 누구에게서 얻은 것인지 범위건은 모르지 않았다.

“그자가 두려운가?”

범위건의 말에 모용하영의 눈이 가늘게 떨었다. 그리고 모용하영의 뺨에 난 상처 역시 실룩거렸다.

"그자는 줄곧 본 회의 일을 방해해 왔습니다. 대비를 한다고 해서 나쁠 것은 없습니다."

"그래, 나쁠 것은 없겠지. 하지만 겨우 그자와 표사들로 본단을 어떻게 할 수는 없다. 그보다 낙양과 합비에 증원군을 보내 정파 측에 본회의 확실한 힘을 보여주게."

"예."

범위건의 말처럼 승후와 겨우 표사들로 대별산의 본단을 어쩔 수 없었다. 그것은 누가 보더라도 힘의 우위가 확실했기 때문이다. 모용하영은 자신이 승후에게 너무 과민하다는 생각을 하며 범위건의 처소를 떠났다. 그러나 그들의 방심이 향후 전쟁에 커다란 영향을 미칠 것이라고는 상상하지 못했다.

안휘성의 패자이자 현 사대세가의 대표 격인 남궁세가는 합비에서도 가장 번화한 곳에 있었다. 그리고 무림에서 남궁세가가 차지하는 비중만큼이나 남궁세가를 찾는 사람들은 셀 수 없이 많았다. 그들을 위해 남궁세가의 정문은 언제나 활짝 열려 있었다. 그리고 그것은 오늘도 마찬가지였다. 군림회로부터 정파무림이 공격을 받고 있고 또 군림회와의 일전을 눈앞에 두고 있음에도 변함이 없었다. 그것은 남궁세가의 자존심이었고, 또 자신감이었다.

그런 남궁세가를 바라보는 자양노괴 노천동의 두 눈이 가늘어졌다. 남궁세가의 자신감의 표출에 심기가 나빠진 것이다.

"흥! 대단한 자신감이군."

노천동은 남궁세가에서 시선을 돌리며 싸늘히 말했다.

"그런 남궁세가의 영역에 나타난 노선배의 자신감은 더욱 대단하오이다."

등 뒤에서 들려온 묵직한 음성에 노천동은 급히 자리에서 일어났다. 누군가 자신을 알아보았다는 사실에 당황한 것이다. 그리고 자신을 바라보는 중년인을 알아보고는 노천동의 노안이 놀람으로 부릅떠졌다.

"너, 너는……."

노천동은 차마 말을 잇지 못했다. 이 자리에 결코 있어서는 안 될 인물이었기 때문이다.

"왜 그리 놀라시오?"

자양노괴 노천동이 당황하는 모습을 바라보는 남궁도의 얼굴은 시종일관 여유가 넘쳤다. 그러나 남궁도의 마음은 겉모습과는 달리 크게 놀라고 있었다. 개방의 방주 무일진은 군림회가 남궁세가를 노릴 가능성은 낮다고 했었다. 그런데 군림회의 인물인 자양노괴 노천동은 백주대낮에 버젓이 남궁세가의 영역에서 차를 마시고 있다. 이는 군림회와 자양노괴 노천동이 남궁세가를 노리고 있다고밖에는 생각할 수 없었다. 남궁도는 서둘러 돌아온 것에 안도했다.

"한데 번천수라 모 선배는 보이지 않는구려?"

남궁도는 짐짓 모용파를 찾는 것처럼 주위를 휘휘 돌아보았다.

"……."

노천동은 남궁도의 시선을 피해 공력을 끌어올렸다. 자신과 모용파의 존재를 알고 있다면 그 대비 또한 세워두었을 것이 분명했기 때문이다.

"나를 찾았나?"

　노천동은 언제나 귀에 거슬리는 쇳소리를 내던 모용파의 목소리가 오늘처럼 반갑기는 처음이었다. 내심 남궁도와 남궁도 뒤에 늘어선 남궁세가의 천검대(天劍隊)가 부담스럽던 참이었다. 그러던 차에 모용파가 모습을 드러낸 것이다. 그것도 군림회의 최고 무력 단체인 묵혈수라마대와 함께. 자양노괴 노천동은 잠시 잃었던 여유를 되찾았다.

　"설마 지금 남궁세가를 공격할 생각이오? 만약 그럴 생각이라면 너무 지나친 자신감이라 말해 주고 싶소만."

　남궁도는 여전히 여유로웠다. 번천수라 모용파가 나타났다고는 하지만 이 역시 이미 예상한 결과였다. 그리고 그에 대한 대비도 해놓은 상태였다.

　"남궁세가라면 분명 그만한 자신감을 가질 만하지. 하지만 말이야, 제갈세가가 얼마 만에 멸문되었는지 궁금하지 않은가? 이각. 단 이각 만에 제갈세가를 멸문시켰지. 우리가 말이야. 뭐, 제갈세가의 가주와 대부분의 전력이 빠져나간 이후였지만 그래도 너무 싱겁더군. 자네의 남궁세가는 우리를 실망시키지 않기를 바라네. 흐흐흐."

　"그렇지. 그때는 정말 실망했다니까."

　이각 만에 제갈세가를 멸문시켰다는 모용파의 말에 남궁도의 얼굴이 충격으로 하얗게 변했다. 아무리 정예가 빠진 제갈세가라지만, 무림의 문파들 중 단일 세력으로 제갈세가를 단 이각 만에 멸문시킬 수 있는 곳은 그리 많지 않았다. 그리고 남궁세가가 전력을 다한다 하더라도 이각이라는 시간은 불가능했다.

　"제갈세가의 안주인이었던가? 손속이 제법 맵더군. 그리고 그 손속만큼 사내의 아래 깔려 내지르던 신음 소리 또한 끝내주더군. 얼마나 사내에게 굶주렸던지 이 나이에 내가 오히려 회가 동하더군. 크크크."

“죽어라!”

모용파의 말에 남궁세가의 천검대로 모습을 숨기고 있던 제갈상이 격노해 달려들었다. 그의 아내가 간살당했다는 사실을 적에게 직접 확인하는 순간 이성을 잃은 것이다. 그리고 그것은 제갈상뿐 아니라 제갈세가의 모든 인물들 또한 분노하게 만들기 충분했다. 제갈세가의 무인들이 일제히 제갈상의 뒤를 따랐다.

제갈상의 검이 무지개 같은 일곱 빛깔을 뿌렸다. 제갈세가의 가전무공 칠현무형검(七絃無形劍)이 펼쳐진 것이다. 칠현무형검은 겉으로 보기에는 아름다운 색을 뿌리는 화려한 검이지만, 그 위력과 파괴력은 상상을 초월했다. 그리고 칠현무형검은 시간이 흐를수록 그 위력이 더욱 강해진다는 장점도 있었다. 점점 위력을 더해가는 제갈상의 공격에 모용파는 잠시 미간을 모으며 뒤로 물러났다. 제갈상을 떼어놓기 위함이었다. 하지만 천기미리보(天機迷離步)라는 제갈세가의 절정보법이 모용파의 의도를 무너뜨렸다. 결국 모용파는 피하는 것을 그만두고 제갈상과 맞부딪치는 것을 선택할 수밖에 없었다. 검게 변한 모용파의 검은 손이 원을 그리기 시작했다. 모용파의 독문무공인 번천수가 펼쳐진 것이다.

깡까강!

제갈상의 검과 모용파의 번천수가 부딪치며 불똥을 만들었다. 처음 공세를 펼쳤던 제갈상의 검이 모용파의 번천수에 시간이 지남에 따라 밀리기 시작했다. 그리고 하늘을 뒤엎는다는 광오한 무공의 이름처럼 번천수는 거센 해일이 되어 제갈상의 전신을 에워싸기 시작했다.

“제갈가주! 위험……!”

남궁도는 제갈상의 위태한 모습에 대경해 제갈상을 구하기 위해 신형을 날렸다. 그러나 그런 남궁도를 자양노괴 노천동이 막아섰다.

"자네의 상대는 어디까지나 나라고."

자양노괴가 누런 이를 드러내며 남궁도를 향해 웃었다.

"흥! 어디 말만큼 실력이 있는지 봅시다."

남궁도가 검을 들었다. 남궁세가의 가주만이 익힐 수 있는 천뢰제왕신공(天雷帝王神功)이 바탕이 된 제왕검법의 기수식이었다. 남궁도는 힐끗 제갈상과 제갈세가의 인물들을 살폈다. 제갈상을 비롯한 모두가 수세에 몰려 있었다. 여기서 좀 더 지체한다면 제갈세가의 피해는 막대하게 늘 것이 분명했다. 이에 남궁도는 가문의 천검대를 향해 공격을 명령했다.

"적을 쳐라!"

남궁도의 명이 떨어지기 무섭게 남궁세가의 천검대가 일제히 흑의인들을 향해 공격을 감행하기 시작했다. 좁은 객잔 안에서 그것도 대낮부터 피가 튀는 혈전이 벌어졌다. 그리고 그것은 비단 남궁세가가 있는 합비뿐만이 아니었다. 정천맹의 무사가 당도한 낙양 또한 사정이 다르지 않았다. 본격적인 정천맹과 군림회의 전정이 시작된 것이다.

第十章 총표두(總鏢頭) 승후

"낙양과 합비에서 벌써 이틀째 소식이 없습니다."

모용하영은 돈우담의 보고에 흠칫했다. 이틀이면 낙양과 합비의 일이 어떻게든 결과가 나왔어야 할 상황이었다. 그런데도 소식이 없다는 것은 무언가 문제가 있다는 것을 의미했다.

"전령, 전령을 보내보았나?"

"예, 전서구와 전령 모두 보내보았습니다만 본단과 가까운 낙양에서도 소식이 없습니다."

"음… 설마, 적에게 패한 것인가……."

모용하영은 자전마대와 묵혈수라마대가 패했을 가능성을 생각해 보았다. 전혀 가능성이 없는 것은 아니었지만, 이미 낙양과 합비로 증원군을 보내두었기에 그럴 가능성은 그리 높지 않아 곧 머리를 저었다.

"그리고 구원을 떠난 만마객 지강천 장로님과 음산귀마(陰山鬼魔)

노홍(盧紅) 장로님과도 연락이 되지 않습니다."

쾅!

"아니, 그 말을 왜 이제 이야기하는 거야!"

모용하영이 대노하며 탁자를 내려쳤다. 그 소리에 돈우담은 움찔 놀라며 몸을 웅크렸다.

"두 분이 본단을 떠난 지 겨우 하루… 혹시……?"

모용하영은 불현듯 떠오르는 생각이 있었다.

'표사?'

현재 대별산 주위에는 이렇다 할 적의 출현이 없었다. 이는 모용하영이 직접 챙긴 사항이었기 때문에 확실했다. 단지, 부쩍 표사들의 왕래가 잦다는 것만을 제외하면 말이다.

"즉시 군마대를 움직여 대별산 주위에 얼쩡거리고 있는 표사들을 잡아와라!"

"조, 존명!"

모용하영의 명령에 돈우담은 급히 물러났다. 조금만 더 모용하영과 함께 있다가는 오줌을 지릴 것 같았기 때문이다.

"승후! 또 네놈이……!"

까드득.

모용하영은 이를 갈았다. 분명 정보를 차단하고 있는 것이 승후라고 생각한 것이다. 합당한 이유는 없었다. 모용하영의 본능이 승후일 것이라고 말하고 있었다.

"총표두님, 너무 깊숙이 들어온 것이 아닙니까?"

천왕표국의 총표두 궁여담이 승후를 향해 총표두라고 불렀다. 좌중의 시선이 승후를 향했다. 승후의 얼굴에 어떤 이유에서인지 잠시 곤혹스러움이 떠올랐다 사라졌다.

중원상인조합 소속의 표국들이 이번 군림회와의 대결에 적극적인 참가를 결의하고는 항마단이라는 무력 단체를 창설했다. 그리고 항마단의 단주로 모두들 승후를 추천했다. 승후의 명성이 높다는 점이 고려되긴 했지만, 그보다는 군림회를 누구보다도 잘 알고 있다는 것이 크게 작용했다. 그리고 승후가 단주가 된다면 유사시 소림파나 화산파의 도움을 얻을 수 있다는 계산도 깔려 있었다. 어쨌든 승후는 사람들의 추천에 떠밀려 항마단의 단주가 되었다. 그런데 정작 표사들은 승후를 항마단의 단주가 아닌 총표두라 불렀다. 표사들로 이루어진 항마단의 우두머리이니만큼 총표두가 더 합당하다는 이유에서였다. 그런 이유로 지금 궁여담은 승후를 향해 단주가 아닌 총표두라 부르고 있는 것이다.

"그 총표두라는 말이 상당히 듣기 거북합니다."

승후의 말에 궁여담은 슬며시 미소를 지었다. 단순히 항마단의 단주라는 말보다 총표두라는 말이 가지는 의미와 무게가 확연히 다르다는 것을 궁여담도 짐작하고 있는 까닭이다.

중원 대부분의 표사들을 수하로 거느리고 있는 총표두의 자리. 명실공히 중원을 대표하는 표사라는 의미가 강했던 것이다.

"어쩔 수 없습니다. 모두가 그렇게 생각하니 말입니다."

"그것이 더 부담스럽습니다. 에휴… 그냥 끝까지 거절할 것을. 늦었지만 자꾸만 후회가 됩니다."

승후의 후회 섞인 한숨을 궁여담은 그저 말없이 지켜보았다. 궁여담이 아무런 대꾸를 않자 승후는 그만 머쓱해졌다.

“흠흠, 그건 그렇고 조금 전 궁 대표두께서 하고자 했던 말씀을 해보
세요.”

“대표두?”

항마단에서 궁여담의 직위는 부단주였다. 그런데 승후가 부단주가
아닌 대표두라 부르자 의아했다. 그런 궁여담을 바라보며 승후는 사람
좋은 미소를 지었다.

“대륙표국의 국주인 제가 총표두가 되었으니, 천왕표국의 총표두인
부단주께서는 당연히 대표두가 되어야 하지 않겠습니까?”

“하하하! 듣고 보니 그렇습니다. 그런데 어째 손해 보는 것 같습니
다. 총표두님이나 저나 한 단계 지위를 강등당한 것 같아 말입니다.”

“하하하!”

궁여담의 농에 승후는 기분 좋은 웃음을 터뜨렸다. 무뚝뚝할 줄 알
았던 궁여담이 제법 사람 기분을 배려할 줄 알았던 것이다.

“한데 정말 이대로 괜찮겠습니까?”

다시 정색을 한 궁여담이 승후를 향해 물었다.

“아, 너무 깊이 들어가지 않느냐고 하셨지요?”

“예.”

“아직은 괜찮습니다. 군림회의 본단이 있는 곳과는 상당히 거리가
있습니다. 그리고 조금만 더 가면 만마객 지강천과 음산귀마 노홍을
한곳으로 몰 수 있는 제법 깊은 협곡이 나옵니다. 두 마두를 잡음으로
써 아군의 사기를 크게 진작시켜야 하지 않겠습니까?”

승후의 말에 궁여담은 머리를 끄덕였다. 사실, 모두들 스스로 원해
항마단에 들긴 했지만 막상 적과 조우하게 되자 두려움에 움츠러드는
것은 어쩔 수 없었다. 군림회가 마교의 후예라는 사실과 그들에 대한

본능적인 두려움은 이미 표사들의 머리 속에 깊이 새겨져 있었기 때문이다. 그래서 첫 대결이 아주 중요했다. 어차피 군림회와의 전쟁은 한두 번으로 끝날 것이 아니었다. 나중에 패하게 되더라도 첫 서전은 반드시 승리할 필요가 있었다. 그리고 급히 남창을 떠나오며 익힌 변형 삼재진에 능숙해져야 했다.

"첫 서전은 제발 승리를 해야 할 텐데 말입니다."

"단순한 승리보다 모두가 힘을 합하면 앞으로 군림회와 대등하게 싸울 수 있다는 자신감이 필요합니다."

궁여담이 놀란 눈을 떴다. 승후가 말한 군림회와 대등하게란 말에 놀란 것이다.

"대등하게 말입니까?"

"당연하지 않습니까? 싸우지 않을 것이면 몰라도 이미 싸우기로 마음먹었다면 물러서지 말아야 하지 않겠습니까? 그런 점을 감안하면 이번 싸움은 반드시 크게 이겨야 합니다."

승후의 확신에 찬 목소리에 궁여담은 자신이 왜소해짐을 느꼈다. 궁여담은 그저 항마단이 군림회의 발목을 잡고, 배후를 괴롭히는 정도의 역할만 생각했었던 것이다.

"뭐, 우리가 군림회에 비해 상대가 되지 않는 전력이라는 것을 모르지 않습니다. 하지만 마음의 결심을 어떻게 하느냐에 따라 그 결과도 달라진다고 믿습니다. 그렇지 않습니까, 궁 대표두?"

"맞습니다!"

승후의 반문에 궁여담은 두 손을 힘껏 쥐며 말했다. 시작부터 주눅이 들거나 지레 겁을 먹고 싸워보기도 전에 패할 것이라고 생각한다면 결코 아무것도 이루어낼 수 없는 일이다.

궁여담은 처음 검을 들었을 때를 떠올렸다. 세상의 어떤 강자라도 눈앞에 있으면 베어낼 수 있을 것 같던 자신감. 어느새 궁여담은 처음의 그런 마음가짐을 잊고 있었던 것이다.

어느 순간 주위에 침묵이 찾아왔다. 궁여담은 주위를 돌아보았다. 모두의 눈이 승후를 향하고 있었다. 그리고 그들의 눈 속에 굳은 의지가 서려 있음을 볼 수 있었다. 지금까지 승후의 말은 궁여담 개인이 아닌 항마단에 속한 모든 표사들에게 하는 말이었던 것이다.

'별이 되어주십시오, 단주님. 아니, 총표두님!'

삐이익— 펑!

갑자기 기다란 신호음이 울렸다. 그리고 이내 파란 불꽃이 검은 하늘을 아름답게 수놓았다. 만마객 지강천과 음산귀마 노홍을 목적지인 협곡으로 몰아넣었음을 알리는 신호였다. 승후를 비롯한 항마단의 얼굴에 밝은 미소가 걸렸다.

"자, 우리도 서두릅시다!"

승후의 뒤로 궁여담을 비롯한 항마단이 따랐다. 그들의 앞날을 예견이라도 하듯 항마단에 속한 표사들의 어깨에 별빛이 내려앉았다. 그렇게 군림회에게 있어서 결코 잊을 수 없는 아주 긴 밤이 시작되었다.

차캉!

마치 검은 파도가 밀려오듯 쉴 새 없이 몰아치는 항마단의 공격에 만마객 지강천과 음산귀마 노홍은 잔뜩 굳은 얼굴을 했다. 그들의 애초 목적지인 낙양과 안휘성은 고사하고 만 하루 동안 꼬박 그들의 본거지라 할 수 있는 대별산을 맴돌아야 했다. 더욱이 아직까지 정체를 알 수 없는 적에게 이리저리 내몰리다 결국 포위까지 당하고 말았다.

실로 어이없는 경우였지만, 그들을 포위하고 있는 새카만 인의 장막이 부인할 수 없는 사실임을 말해 주었다.

처음 항마단의 기습에 지강천과 노홍은 잠시 당황했다. 하지만 그다지 강하지 않은 적의 무위에 코웃음 쳤었다. 강하지 않은 적의 기습 따위는 두려워할 필요가 없었다. 적어도 그 당시에는. 그러나 시간이 흐르면서 무언가 이상하다는 생각이 들기 시작했다. 쓰러지는 항마단의 수보다 수하들의 수가 더 많았던 것이다. 그리고 항마단이 교묘하게 검진을 운용하고 있다는 사실도 알아차렸다. 항마단은 지강천과 노홍을 한곳으로 유인하고 있었던 것이다. 그리고 그 사실마저도 지금에야 알았다. 더 이상 물러날 곳이 없는 협곡이 그들을 막아서고 있었다.

"적을 양분한다!"

오늘의 일이 어디서부터 잘못되었는지를 생각하고 있던 노홍의 귀로 그동안 계속 그를 괴롭혀 오던 목소리가 들려왔다. 그 음성의 주인공은 팽대악이었다.

팽대악은 신명이 났다. 마치 양 떼 속에 뛰어든 늑대의 모습이 이러할까? 팽대악은 군림회의 한가운데에서 적을 사방으로 몰며 거침이 없었다. 그러나 팽대악이 신명이 나 도를 휘두르는 것과는 반대로 함께 진을 이룬 강충(姜忠)과 충각(忠恪)은 죽을 맛이었다. 수비는 전혀 염두에 두지 않는 팽대악 때문에 그들은 필사적으로 적의 공격으로부터 팽대악을 보호해야 했다. 팽대악이 쓰러지면 자신들의 안위도 장담할 수 없었다.

그들은 이미 본진과 상당히 떨어져 있었다. 아니, 이미 군림회에 둘러싸인 고립된 섬과 같았다. 그럼에도 팽대악은 공격을 멈추지 않았다. 이미 몇 번에 걸쳐 위험을 알렸지만, 팽대악에게서 돌아오는 대답은 언제나 한결같았다.

'대형이 구해줄 거야!'

너무도 속 편한 대답이었다. 그리고 팽대악이 말하는 대형이 누구인지 강충과 충각은 모르지 않았다. 그들 역시 팽대악이 대형이라 부르는 인물을 다른 누구보다도 존경했다. 또한 팽대악의 말이 아니더라도 승후는 자신들이 위험에 처해 있다면 피치 못할 사정이 있지 않은 한 반드시 구해줄 것이었다. 그러나 비록 그런 믿음이 있다고는 하지만 지금의 상황은 그 정도가 너무 심했다. 구함을 받으려면 일단 승후의 눈에 띄어야 했다. 본진의 승후와 최전방의 그들. 강충과 충각은 앞일이 캄캄했다.

처음 팽대악과 같은 조가 된 것에 기뻐하던 마음은 달아난 지 오래였다. 비 오는 날 미친놈처럼 날뛰는 팽대악과의 인연이 이 순간 그렇게 저주스러울 수 없었다.

"갈!"

날카로운 호통 소리와 함께 붉은 채찍이 팽대악을 노리고 날아들었다. 그리고 이번에도 팽대악은 그 공격에 전혀 신경을 쓰지 않았다. 팽대악의 그 모습에 강충과 충각은 순간 울컥했지만, 할 수 없었다. 그들이 살려면 팽대악에게로 향하는 공격을 막아야 했다. 공격하느라 빈틈투성이인 팽대악은 누가 보더라도 공격하기 딱 좋았다.

쐐애액—

귀에 거슬리는 파공음을 내며 붉은 채찍이 팽대악의 옆구리를 후려쳤다. 강충이 붉은 채찍을 가로막았다. 그러나 붉은 채찍은 마치 눈이라도 달린 듯 영활한 움직임으로 강충의 검을 피해 팽대악을 공격했다. 강충의 공격이 실패한 것을 본 충각이 급히 팽대악을 막아섰다.

쉬리릭—

하지만 충각 역시 팽대악에게로 향하는 채찍을 막지 못했다. 마치 살아 있는 영사(靈蛇)와도 같은 움직임에 제대로 대응하지 못했다.

"조심하십시오!"

강충과 충각이 누가 먼저랄 것도 없이 팽대악을 향해 위험을 알렸다.

팡!

허공을 때린 채찍이 공격의 실패에 잔뜩 독이 올랐는지 신경질적인 소리를 토했다.

"뭐, 뭐야……."

강충과 충각의 위험을 알리는 말에 본능적으로 신형을 옮겨 피한 팽대악은 자신을 공격한 인물을 찾았다. 그리고 자신을 죽일 듯이 노려보는 노인의 두 눈이 원한을 품은 귀화(鬼火)를 보는 듯해 순간 오싹해졌다.

음산귀마 노홍은 그의 공격을 간발의 차로 피한 팽대악을 매섭게 노려보았다. 미친놈마냥 날뛰는 팽대악에게 적지 않은 수하를 잃었다. 아니, 수하의 죽음보다 마치 사냥당하는 사냥감이 된 듯한 더러운 기분 때문에 치미는 살기를 억누를 수 없었다. 누구에게든 그 화를 풀어야 했다. 그러던 차에 팽대악이 눈에 들어왔다. 순간 자신이 이렇게 된 것이 모두 팽대악 때문이라는 생각이 들었다.

"노인장은 누구요?"

"노, 노인장……."

팽대악의 노인장이란 말에 노홍은 어이가 없었다. 자신이 휘두른 음

혈귀적편(陰血鬼積鞭)조차도 알아보지 못하는 애송이에게 농락당했다
는 사실에 노홍은 자신의 처지가 정말이지 말이 아니라고 생각했다.

"이놈! 네놈 목숨부터 내놓고 보아라!"

파파파팟!

노홍의 음혈귀적편이 팽대악의 다리를 노리며 쇄도했다. 그 모습이
마치 잔뜩 독이 오른 독사와 같았다.

"음혈귀적편!"

팽대악은 뒤늦게 붉게 달아오른 음혈귀적편의 존재를 알아보며 소
리쳤다.

"풍환!"

팽대악은 자신과는 비교할 수 없는 강적의 출현에 전력을 다해 도를
휘둘렀다. 그동안 승후와의 비무를 제외하고는 그다지 펼칠 일이 없었
던 건곤연환탈백도라는 팽가의 절학이 펼쳐졌다. 순간 수많은 도환이
노홍의 음혈귀적편을 집어삼키려 들었다.

"감히!"

쉬쉭— 쉬쉬쉭—

독이 오른 독사처럼 음혈귀적편이 음산한 소리를 냈다. 팽대악의 도
환이 밀려들자 음혈귀적편이 팽대악이 만들어낸 수많은 도의 그림자
속으로 뛰어들었다. 노홍의 뜻밖의 공격 때문일까. 노홍을 잠시 당황
하게 만들었던 수많은 도환이 사라졌다. 갑작스런 상황의 변화에 노홍
은 흠칫했지만, 아직 미숙한 팽대악이 도법을 실패한 것이라 생각했다.
그리고 그 순간을 놓치지 않고 노홍의 음혈귀적편이 팽대악의 목을 노
리고 쇄도했다.

그때였다.

모두 사라졌다고 여겼던 도환들이 하나의 거대한 환이 되어 노홍의 바로 앞에 나타났다.

"헉!"

노홍이 헛바람을 집어삼키며 급히 신형을 날렸다. 팽대악의 공격이 실패한 것이라 단정하고 있다 뜻밖의 반격에 당황한 것이다.

푸확!

노홍의 신형이 팽대악이 만든 날카로운 도환에 조각나기 시작했다. 붉은 피가 사방으로 튀었다.

"쩝… 역시."

분명 팽대악의 승리가 확실해 보였다. 그러나 팽대악은 아쉬움에 입맛을 다셨다. 자신의 공격이 실패했음을 시전자인 팽대악은 알 수 있었던 것이다.

"팽가의 종자였더냐?"

노홍의 싸늘한 음성으로 팽대악을 노려보았다.

"뭐, 그렇소."

팽대악은 별일 아니라는 투로 대답했다. 그러나 내심 노홍의 가슴에 제법 커다랗게 나 있는 상처를 바라보며 눈살을 찌푸렸다. 상처 입은 맹수가 분노하면 산천초목이 떨기 마련이다. 확실히 제압하지 못하고 어설픈 상처만 남긴 자신의 미숙함을 팽대악은 질책했다.

"고통스럽게 죽여주마!"

쐐애액!

픽!

막 팽대악을 향해 공격을 시작하려던 노홍은 자신을 향해 날아드는 날카로운 예기에 급히 뒤로 물러났다. 조금 전까지 노홍이 있던 자리에 검이 날아와 박혀 있었다.

"웬 놈이냐!"

"무사한가?"

승후의 등장에 팽대악의 얼굴이 밝아졌다.

"국주님!"

그러나 강충과 충각의 반가움은 팽대악의 기쁨과는 비교할 수 없을 만큼 컸다.

"수고했네. 그만 본진으로 합류하게."

"예!"

승후의 말이 떨어지기 무섭게 강충과 충각은 즉시 자리를 떴다. 다시 팽대악과 한 조가 되었다가는 무슨 낭패를 당할지 몰랐기 때문이다.

"저놈들이……!"

자신을 버려두고 떠나는 강충과 충각의 모습에 팽대악이 발끈했지만, 승후의 질책이 담긴 눈빛에 팽대악은 괜히 딴청을 부렸다.

"자네도 그만 합류하게."

"예!"

팽대악 역시 승후의 말이 떨어지기 무섭게 강충과 충각이 사라진 방향으로 신형을 날렸다. 성난 맹수의 처리는 승흑가 잘할 것이라고 생각했다.

"갈!"

자신의 존재는 신경도 쓰지 않는 승후와 팽대악의 행동에 노한 노홍이 승후를 향해 음혈귀적편을 휘둘렀다.

"귀곡혈루(鬼哭血淚)!"

노홍의 음혈귀적편이 승후의 전신을 에워쌌다. 붉은 기운에 서린 지

독한 사기에 승후는 자신도 모르게 눈살을 찌푸렸다. 끈적끈적하게 달
라붙는 사기가 순간 그동안 자신의 검에 목숨을 잃은 그들의 원한이
아닐까 하는 생각이 들었다.

"죽어라!"

붉은 혈기가 짙어지자 노홍은 음혈귀적편을 잡아당겼다. 그동안 노
홍의 이런 수법에 수많은 적들이 상체와 하체가 양분되어 목숨을 잃었
다. 그리고 노홍은 지금도 그럴 것이라고 확신했다.

팡!

거칠게 허공을 가르는 소음에 노홍은 흡족했다. 그런데 손에서 느껴
지는 묵직한 힘에 노홍은 하마터면 자신의 애병을 놓칠 뻔했다.

"어, 어떻게……?"

노홍은 경악했다. 승후가 음혈귀적편의 끝을 잡아채고 있었던 것이
다. 음혈귀적편이 뿜어내는 사기는 쉽게 견딜 수 있는 것이 아니었다.
더군다나 승후처럼 음혈귀적편을 아무런 피해 없이 낚아채기 위해서는
사기를 다루는 특별한 심법이 있어야 했다.

"네놈은 누구냐?"

"항복하는 것이 어떻소?"

노홍의 물음에 상관없이 승후가 노홍의 애병인 음혈귀적편을 놓아
주며 말했다. 순간 노홍의 눈가가 파르르 떨렸다. 또다시 적에게 농락
당하고 있었기 때문이다. 그것도 팽대악과 같은 새파란 애송이에게서.

"당신을 제외한 모두가 전멸했소. 그만 항복하시오."

승후의 말에 크게 놀란 노홍이 급히 주변을 살폈다. 노홍이 팽대악
과의 싸움에 몰두해 있는 사이 만마객 지강천과 그 수하들은 물론 노
홍의 수하들마저 모두 목숨을 잃은 상태였다. 노홍은 부릅뜬 눈을 감

지 못하고 있는 만마객 지강천의 수급이 더 이상 놀랍지 않았다. 이제는 더 이상 놀랄 것도 없는, 노홍의 여든 인생 중 놀라움과 수치의 연속인 날이었다.

"전멸이라는 말은 노부를 꺾은 후에나 가능한 말이다."

여기서 항복한다는 것은 그동안 쌓아 올린 자신의 명예를 스스로 포기하는 것과 같았다. 결코 항복하는 일은 없을 것임을 노홍은 말하고 있었다. 그리고 승후 역시 이미 노홍의 결심을 예상하고 있었다.

"합!"

노홍과 승후의 신형이 동시에 움직였다. 노홍의 음혈귀적편이 주인의 죽음을 느끼기라도 한 듯 슬프게 울었다.

끼아아악!

번쩍.

수십 번의 변화를 일으키는 노홍의 음혈귀적편과 달리 승후는 단 한 번 검을 휘둘렀다. 그 속도가 너무나 빨라 노홍은 미처 승후의 검을 모두 보지도 못했다.

"뇌황군림이라는 초식이었소."

승후의 말에 노홍이 눈살을 찌푸렸다. 평생 그가 들어보지 못한 무공이었던 것이다.

노홍의 신형이 천천히 바닥으로 무너졌다.

투두둑!

노홍과 평생을 함께한 음혈귀적편 역시 조각조각나며 그 생을 주인과 함께했다.

"와! 우리가 이겼다!"

"우리가 마교를 이겼다!"

"항마단 만세!"

"총표두님 만세!"

군림회와의 첫 대결에서 대승을 거둔 항마단은 대별산이 떠나가도록 환호성을 질렀다. 무림을 위해 자신들이 무언가를 해냈다는 사실에 가슴이 벅찼다. 그리고 앞으로는 당당할 수 있을 것 같았다. 주체할 수 없는 자신감과 자부심이 사람들의 마음속에 가득 자라나기 시작했다.

정마대전이 시작되고 그 첫 승리가 항마단, 즉 표사들에 의해 이루어졌다.

정천맹의 회의실은 침중했다. 정천맹의 정예가 투입된 낙양과 합비 모두 만족할 만한 성과를 내지 못했기 때문이다. 낙양은 아예 패했고, 상당수의 고수를 잃었다. 하북팽가의 장로인 패도 팽문도가 목숨을 잃었고, 하북팽가와 사대세가의 일원인 황보세가의 총관 황보의영 또한 목숨을 잃었다. 뿐만 아니라 상당수의 중소문파 문주들이 목숨을 잃거나 그에 준하는 부상을 입었다.

이백여 명의 정천맹 무사들 중 살아 돌아온 이는 고작 절반에도 미치지 못하는 팔십여 명에 불과했다. 낙양의 전력이 가장 약할 것이라는 정천맹의 너무나 안일한 판단에 의한 결과였다. 정천맹의 예상과는 달리 낙양에는 하지첨이 있었다. 그것도 새로운 오행금강동인들과 함께. 완벽한 금강불괴를 이룬 오행금강동인들을 상대할 수 있는 인물은 당시에 몇 없었다. 정천맹의 피해 대부분이 오행금강동인들에 의한 것이었다.

그리고 남궁세가의 경우 군림회의 공격을 물리치기는 했지만, 승리라고 자랑할 수가 없었다. 승리라고 말하기엔 그 피해가 너무 막심했다. 남궁세가의 전대 가주인 천뢰일검 남궁창천이 없었다면 합비의 피해 역시 낙양과 크게 다르지 않았을 것이다.

충격적인 패배에 누가 먼저 말을 하는 사람이 없었다. 낙양과 합비에서 모든 문파와 세가가 피해를 입었다. 응당 복수를 주장해야겠지만 실제로 느낀 군림회의 힘은 그들이 예상한 것보다 훨씬 높았다. 이전과 같이 자파의 제자를 몇 뽑아 대응하는 것으로는 한계가 있었다. 다른 무언가 특단의 대책이 필요했다.

"그래도 대별산에서는 대승을 거두었으니 위안을 가질 만합니다."

화산파의 장문인 위진악이 무겁게 가라앉은 분위기를 전환하기 위해 입을 열었다. 위진악의 말에 몇몇 인물이 머리를 끄덕였지만, 대부분 더욱 굳은 얼굴이었다. 위진악은 그들의 모습에 낮은 한숨을 내쉬었다. 그 이유가 능히 짐작이 갔기 때문이다.

정천맹이 아닌 한낱 표사들이, 그것도 군림회의 본단이 있는 대별산에서 대승을 거둔 것이 마음을 무겁게 한 것이다. 자신들의 패배와는 확연히 비교되는 항마단의 대승은 그들의 명예를 떨어뜨리고 자존심을 크게 상하게 만들었다.

"합비에서 패한 잔당들과 낙양의 군림회 무리들이 대별산으로 향하고 있다 합니다."

개방의 방주 무일진의 말에 좌중의 시선이 한곳으로 모였다. 이미 개방은 완벽하지 않은 정보로 신망을 잃을 대로 잃은 상태였다. 좌중의 따가운 시선에 무일진은 차마 입술이 떨어지지 않았다. 하지만 반드시 알려야 할 중요한 정보였다.

"항마단이 위험합니다."

당연한 사실이었다. 항마단이 비록 한번의 승리를 거두었다고는 하지만 흩어진 군림회가 힘을 하나로 결집한다면 패배는 명확했다. 아니, 낙양과 합비의 세력을 이야기할 것도 없이 대별산의 전력을 모두 동원한다면 항마단은 뿔뿔이 흩어질 것이 분명했다.

"항마단도 항마단이지만, 정파무림의 대표인 우리가 언제까지나 이렇게 침통해 있을 수는 없습니다. 어차피 낙양의 세력과 합비의 잔당이 대별산으로 돌아간다면, 대별산에서 건곤일척의 승부를 가려봄 직합니다."

황보의청의 말에 모두들 낯빛을 굳혔다. 군림회가 대별산에 세력을 결집한다면 정천맹으로서도 딱히 나쁜 경우는 아니었다. 전력을 분산할 필요 없이 정천맹의 모든 힘을 대별산으로 결집할 수 있기 때문이다.

하지만 이 선택에도 문제가 있었다. 만약, 패배했을 경우는 말할 것도 없지만, 승리를 하더라도 피해가 적지 않을 것이라는 사실이었다. 고금 이래 마교와 맞붙어 멸문한 문파와 또 쇠락한 문파들을 모두 잘 알고 있었다. 더욱이 낙양과 합비의 일을 통해서 적의 강함을 뼈저리게 느끼지 않았던가. 누구도 군림회와의 정면 대결에서 확실한 승부를 장담할 수 없었다.

"건곤일척의 승부라……."

요공 대사의 낮은 목소리에 좌중의 시선이 모였다. 모두들 이미 대별산에서의 결전을 피할 수 없음을 잘 알고 있었다. 그러나 그로 인해 입을 피해 때문에 선뜻 말문을 열지 못했다. 결국 이런 중대한 사안의 결정은 맹주의 판단이 필요했다.

"빈승과 여러 장문인들, 그리고 세가의 가주들 모두가 참여하여야겠습니다."

요공 대사는 황보의청의 말처럼 대별산에서의 정면 대결을 선택했다. 아니, 달리 다른 대안이 없었다. 그랬기에 요공 대사의 말에 모두들 고개를 끄덕였다. 이제는 한 문파의 수장이라는 이유로 더 이상 뒤로 물러나 있을 수만은 없었다. 정파무림의 존망이 걸려 있었고, 또 상처받은 정파무림의 자존심을 회복해야 했다.

덜컥.

회의장의 문이 갑자기 열렸다. 팽가의 인물이 두리번거리고 있었다. 갑작스런 불청객의 등장에 정천맹의 수뇌들은 못마땅함으로 얼굴을 더욱 찌푸렸다. 그러나 회의장에 난입한 인물의 얼굴에 떠올라 있는 당혹감은 그의 무례를 탓하지 못하게 만들었다. 불길한 무언가가 엄습했기 때문이다.

"천아, 무슨 일이냐?"

팽가의 가주 팽문강이 팽대천을 향해 말했다. 팽대천은 낙양에서 목숨을 잃은 팽문도의 아들이었고, 팽문강에게는 조카가 되었다.

"숙부님, 황군의 움직임이 심상치 않습니다."

쿵!

팽대천의 말에 회의장은 충격에 휩싸였다. 조정에 상당한 인맥을 형성하고 있는 팽가였기에 지금 팽대천의 말은 결코 흘려들을 수 없었다.

"그게 무슨 말이냐? 황군의 움직임이 심상치 않다니!"

팽문강 역시 당황하기는 마찬가지였다. 하지만 지금까지 무림의 일로 황군이 움직인 예는 없었다.

“국경 문제로 인한 것을 네가 잘못 들은 것이 아니냐?”

“아니…….”

팽대천이 아니라고 말하려 할 때였다.

“그렇지 않습니다, 팽가주.”

어느새 소진걸이 회의장 안에 나타나 있었다.

“소 사제, 무슨 말인가?”

개방의 방주 무일진이 다급히 물었다.

“팽 소협의 말대로 황군의 움직임이 심상치 않습니다. 십만 금군이 북경 인근으로 집결하고 있습니다. 팽가주의 말씀처럼 국경에 자주 출몰하는 야인들을 처리하기 위한 것이라 생각했습니다만, 금군의 목적지는 아무래도 하남성이 될 것 같습니다.”

쿠쿵!

소진걸의 말에 회의장은 죽음과도 같은 침묵에 잠겼다.

지금까지 무림과 관은 서로 관여를 하지 않는 것이 관례였다. 지난 역사를 통틀어 보더라도 무림의 분쟁에 관이 개입한 적은 단 한 번도 없었다. 그런데 황군이 움직였다는 것은 무림의 일에 관여하겠다는 의사 표현이나 다름 아니었다.

“그럼 황실은 그동안의 관례를 깨겠다는 말이오!”

무당파의 장문인 청허자가 노한 목소리로 말했다.

“장문인께 죄송한 말씀입니다만, 금군이 움직인 것에 대해서는 저희의 잘못도 어느 정도 있습니다.”

“그게 무슨 말씀이오, 소 장로!”

“합비와 낙양 모두 백주 대낮에 싸움이 일어났습니다. 무림의 존재를 모르는 일반 백성들이 이를 보고 크게 놀랐고, 전쟁이 일어났다고

관에 신고하는 소동이 벌어졌습니다. 또 우리가 군림회와 싸우고 있는 와중에 각지에서 무림문파 간 다툼이 일어나고 있습니다. 그 피해가 무림인들로 국한되었다면 금군이 움직이지 않았겠지만, 일부 흑도의 무리가 세를 과시하기 위해 민가를 노략질하는 일도 다수 있었습니다. 설상가상으로 조정에 투신해 있는 제갈세가의 인물들이 적극적으로 황군을 움직여야 한다고 주장하고 있다 합니다."

"허……."

다른 사실은 그러하더라도 제갈세가의 인물들이 황군을 움직이려 든다는 말에 좌중은 크게 놀랐다. 그러나 달리 생각하면 그들의 원한이 얼마나 깊은지 능히 짐작이 갔다.

"시간이 없습니다."

"그게 무슨 말이오, 황보 가주?"

"관이 무림의 일에 관여하는 일은 없어야 합니다. 지금까지 그래 왔고, 또 앞으로도 그래야 합니다."

"그 말씀은 잘 알겠소만, 시간이 없다는 말은 무슨 뜻이오?"

"금군이 남하하기 전에 군림회와의 일을 매듭지으면 됩니다."

"옳거니!"

황보의청의 말에 팽문강이 동조했다. 금군이 남하하기 전에 군림회와의 결전에서 승리한 후 수습을 하면 되는 일이었다.

"그렇군요. 다소의 피해를 어쩔 수 없이 감수해야겠습니다. 관이 무림에 관여하는 전례를 만들어 향후 그런 일이 되풀이되어서는 안 되니 말입니다."

요공 대사의 결정이 내려지고 그 후 일은 일사천리였다. 군림회와의 전쟁도 중요했지만, 황군의 움직임은 정천맹이 다른 생각을 할 수 없도록 등을 떠밀고 있었기 때문이다.

팟—

불꽃이 튀었다.

군림회의 회주 고루혈마(骷髏血魔) 사귀정과 태상 범위건의 시선이 허공에서 부딪치는 순간 군림회의 인물들은 분명 그렇게 느꼈다.

짜아악—

사귀정의 손의 움직임을 본 사람은 태상 범위건이 유일했다. 그리고 사귀정의 손이 어디로 향하는지 알고 있었다.

"아악!"

모용하영이 고통스런 신음을 흘리며 바닥에 나뒹굴었다.

"하영!"

모용하영의 스승 추괴가 대경해 바닥에 쓰러진 모용하영을 부축했다. 그런 추괴의 모습에 사귀정의 두 눈이 날카롭게 변했다. 사귀정의 손이 모용하영에게 그랬던 것처럼 다시 움직였다.

휘익—

사귀정이 손을 흔들었다. 그러나 추괴는 무사했다. 태상 범위건이 사귀정을 제지한 것이다.

"나를 방해하겠다는 거요?"

사귀정의 목소리가 싸늘했다. 태상 범위건의 대답에 따라 당장 생사를 가리겠다는 의미가 담겨 있었다.

"저들을 죽여봐야 얻는 것은 하나도 없소이다, 회주. 그보다 앞으로의 일이 더욱 중요하오. 십만 금군이 움직였다 하지 않소?"

"흥! 태상은 금군이 두려운가 봅니다."

사귀정의 비아냥에도 범위건은 아무런 동요를 보이지 않았다.

"왜 두렵지 않겠소. 우리의 뜻을 세우지 못할 수도 있는데."

범위건은 정색한 얼굴로 말했다. 군림회의 목적은 군림천하였다. 지금까지 정파에 의해 무림이 지배되었다면, 앞으로는 자신들이 무림을 지배하는 것이었다.

"시간이 그리 많지 않소. 아마도 정천맹 역시 황군의 움직임을 알았을 것이오. 그들 역시 관이 무림에 관여하는 것을 바라지는 않을 터. 그러면 이곳 대별산에서 마지막 승부가 벌어질 가능성이 높지 않겠소. 서둘러 합비와 낙양의 세력을 불러들여야 하오."

범위건의 말이 구구절절 옳았기에 사귀정은 머리를 끄덕이지 않을 수 없었다.

"좋소! 이 시간 이후부터 본 회에 총동원령을 내리겠소."

"존명!"

사귀정의 총동원령에 태상 범위건을 비롯한 모든 군림회의 인물들이 부복하며 외쳤다. 총동원령은 군림회가 존망의 위기에 처했을 때 내리는 회주의 절대 권한이었다. 비록 지금까지 회주와 태상 간 힘 겨루기가 계속되고 있지만, 정천맹과의 결전을 마무리 지을 때까지는 결속이 필요했다. 이에 태상 범위건이 한발 물러난 것이다. 그리고 사귀정 역시 그동안 자신의 눈을 속이고 귀를 막은 행위를 일단 묻어두겠다는 암묵의 합의를 한 것이다.

"조합에서 전해온 급보입니다."

천왕표국의 표사 하나가 승후에게 급보를 전해왔다. 군림회와의 첫 대결에서 대승을 거둔 이후 표사들이 승후를 바라보는 눈이 변했다.

그리고 그것은 지금 승후에게 서찰을 전하기 위해 온 표사 역시 다르지 않았다. 승후는 그들의 시선이 상당히 부담스러웠다. 그들의 눈빛이 자신에게 보내는 신뢰와 경애라는 것을 모르지 않았다. 그러나 사람들의 그런 눈빛을 볼 때마다 승후는 어깨가 더욱 무거워졌다. 전쟁을 치르는 이상 인명의 손실을 피할 수는 없는 일이지만, 어떻게든 그 피해를 최소화해 자신을 믿고 여기까지 온 그들을 무사히 집으로 돌려보낼 책임이 승후에게 있는 것이다.

“흠… 황군이 움직였다라…….”

전혀 예상하지 못한 정보에 승후는 잠시 당황했다. 관과 무림은 서로 관여를 하지 않았다. 그리고 이번 전쟁 역시 그럴 것이라고 승후는 생각했었다. 그런데 승후의 그런 기대가 조합에서 전해온 소식에 의해 깨어졌다.

“혹시 왕야가…….”

승후는 문성왕을 떠올려 보았다. 자신의 안위를 위해 문성왕이 나설 수도 있는 일이라 생각한 것이다. 하지만 이내 머리를 저었다. 공과 사를 구분하지 못할 문성왕이 아니었기 때문이다.

“뭐, 아무래도 좋아. 우리로서는 나쁘지 않은 일이니까.”

“무슨 말씀이십니까?”

조합에서 새로운 소식이 전해져 왔다는 말에 언천보와 팽대악, 그리고 궁여담이 승후를 찾아왔다.

“조합에서 전해온 소식인데 황군의 움직임이 심상치 않다고 하네.”

“황군?”

“아니, 황군이 왜!”

언천보와 팽대악은 황군이라는 말에 과하다 싶을 정도로 과민 반응을 보이고 있었다. 그것은 그들이 어려서부터 받은 주입식 교육 때문이라고 승후는 생각했다. 어려서부터 마교의 악랄함과 무서움, 위험함을 주입받고 또 관과 무림은 서로 관여하지 않는다고 주입받음으로써 그것은 확고부동한 가치관으로 변해 있었다. 그리고 그 결과가 지금 나타나고 있었다.

'여기도 주입식 교육의 폐단이 만만치 않군.'

"큰일 아닙니까, 대형?"

팽대악은 도무지 생각이라는 것을 하는지 승후는 의심이 들었다. 팽대악의 모습은 정말이지 큰일이 일어난 듯한 모습이었다. 승후는 팽대악의 모습에 그만 어이가 없었다.

"뭐가 말인가?"

"예?"

승후의 반문에 팽대악은 당황했다. 관이 무림의 일에 관여하는 것은 지금까지 전례가 없는 일이었다. 있어서는 안 될 일이었으니 큰일이 분명하지 않은가. 팽대악은 뭐가 그리 답답한지 자신의 가슴을 두드리며 승후에게 말했다.

"관과 무림은 서로 관여하지 않습니다. 그런데도 큰일이 아니라는 겁니까?"

"글쎄, 그것이 왜 큰일이냐니까?"

"예?"

승후의 거듭되는 반문에 팽대악은 일순간 할 말을 찾지 못했다.

"관이 무림의 일에 관여하는 전례를 만들면 이와 유사한 일들이 벌어졌을 때 관은 그때도 개입을 할 겁니다. 그러한 개입이 계속되다 보면 관이 무림에 과한 요구를 하지 않는다고 보장할 수도 없고 말입니다. 간섭을 받기 싫어하는 무림인들의 기질상 관의 간섭은 자칫 충돌을 야기시킬 수도 있습니다.”

“맞습니다!”

언천보의 말에 팽대악이 소리쳤다. 자신이 하고 싶었던 말이었던 것이다.

“자네들의 말이 모두 틀린 것은 아니지만, 그렇다고 올바른 것도 아니네.”

“무슨 말씀을 하고 싶으신 겁니까, 총표두님?”

일반 무림인들과는 다른 승후의 모습에 궁여담은 승후가 어떤 말을 할지 호기심이 어렸다.

“무림은 어디에 속해 있소, 궁 대표두?”

“그야 중원에 속해 있지 않습니까?”

“그럼 중원은 누구의 지배를 받고 있소?”

“그야……”

궁여담은 대답하지 못했다. 승후의 말대로라면 무림은 현 중원의 주인인 명의 지배를 받아야 했기 때문이다. 그러나 이런 승후의 말을 인정하는 것은 아주 위험했다. 자칫 관이 무림을 지배하려는 명분을 줄 수 있기 때문이다.

“그렇게 일률적으로 생각할 수 없는 문제입니다, 대형!”

승후의 위험한 생각에 언천보가 제동을 걸었다.

“그렇지. 단순히 그렇게 생각할 수는 없지. 지금까지 관과 무림은 서로 관여하지 않고 잘 지내왔으니까.”

“……”

너무도 쉽게 승후가 한발 물러나자 팽대악과 궁여담은 어리둥절했다. 도무지 승후가 어떤 말을 하고 싶은 것인지 감이 잡히지 않았다.

"자네들은 관의 구속을 받고 싶지 않겠지?"

"예!"

"당연한 말씀입니다."

승후의 말에 팽대악과 언천보는 당연하다는 대답을 했다. 그러나 궁여담은 승후의 말에 즉답을 하지 못했다. 표국의 특성상 관과 적지 않은 연관을 맺고 있었기 때문이다. 때로는 관에 기대기도 하는 것이 표국이었다.

"구속을 받고 싶지 않다는 것은 당연한 사람의 본능이지. 하지만 말이야, 과연 모든 무림인들이 그런 자유를 누릴 자격이 있을까? 단지 무림인이라는 이유로 말이야."

"……."

"하나의 예를 들어볼까? 도둑이 하나 있다고 치세. 그 도둑이 우연찮게 무림인의 주머니를 털었네. 그 도둑은 어찌 될까?"

"그야 당연히 치도곤을 내리겠지요."

팽대악이 대답했다.

"좋아! 그런데 만약 그 도둑이 아주 우연찮게 자네가 가지고 있는 비급을 훔쳤다면 어찌할 텐가? 아, 물론 그 도둑이 절대 의도한 것은 아니었네."

"……."

"역시 치도곤을 내리고 말 텐가?"

승후의 물음에 팽대악은 대답하지 못했다.

"대악이 자네의 성격상 그런 잡도둑의 목숨을 빼앗지는 않을 테지. 하지만 다른 무림인들이 그럴까? 아마도 십중팔구 목숨을 빼앗을 걸세."

승후의 말에 세 사람의 표정이 굳었다. 승후의 말 대부분이 사실이었다.

"하지만 관은 도둑이라고 해서 무조건 잡아 죽이지는 않지. 일단 증거를 찾고 범죄의 동기와 과정을 따지지. 죄질이 나쁘거나 악의적인 목적이었다면 분명 커다란 형벌을 받겠지. 하지만 그 형벌이 반드시 죽음은 아니지. 그리고 죄를 짓게 될 수밖에 없었던 상황이 있다면 감형이 될 수도 있고 말이야."

어느새 승후의 주위로 표사들이 몰려들었다. 그리고 승후가 하는 말은 일반 무림인들의 사고와 달라 묘하게 그들의 마음을 움직이고 있었다.

"내가 하고 싶은 말은 자유가 지나쳐 방종에 빠져들었을 때 무림은 그 어떤 제재 수단이나 조정 수단이 없다는 말이야. 무공이 높은 이들에게서 상대적으로 약자들인 삼류무사들이 보호받을 수 있을까?"

"그건 무림의 약육강식 법칙 때문에 어쩔 수 없는 일 아닙니까?"

"그렇지, 무림은 약육강식의 법칙이 지배하는 세상이지. 한데 자네들이 명문세가의 출신이 아니고 또 무공이 지금과 같이 높은 경지가 아닌 삼류에 턱걸이를 하고 있다 해도 그런 논리가 정당하다 할 수 있겠는가?"

언천보와 팽대악은 승후의 물음에 대답하지 못했다. 단 한 번도 생각해 보지 않은 문제였기 때문이다.

"그런 선량한 약자들을 위한 최소한의 보호는 있어야 하지 않겠나? 그것이 무림인들의 자발적으로 인한 것이면 더없이 좋겠지만, 그것이 여의치 않다면 관의 간섭도 나쁘지 않다는 것이지."

승후의 말이 이어질수록 승후의 의견에 동의하는 사람들의 수가 늘어났다. 대부분 무공이 낮은 표사들이었기에 그들 대부분은 무림인들에게 무시를 당한 적이 한번쯤은 있었기 때문이다.

"뭐, 내 생각이 그렇다는 거지. 너무 고민하지 말게. 어차피 무림과 큰 세상은 누구 하나의 생각으로 바뀌는 것이 아니니까. 그리고 지금 이대로도 무림은 잘 굴러가지 않는가? 가끔씩 피바람이 불어 그렇지."

표사들은 깊은 생각에 빠졌다. 그리고 그것은 현 무림에서 기득권의 자리에 있는 언천보와 팽대악 또한 마찬가지였다. 승후는 그들이 당장 어떤 결론을 내리기를 바라지는 않았다. 그저 자신보다 약한 사람을 배려하는 마음을 가지길 바랄 뿐이었다.

짝!

분위기가 무겁게 가라앉자 승후가 박수를 쳐 주위를 환기시켰다.

"고민은 나중에 하도록 하고. 일단 눈앞의 적부터 해결해야 하지 않겠나? 다들 자신의 자리에서 경계를 강화하도록. 아무래도 한바탕 싸움이 벌어질 것 같으니까."

"무슨 말씀입니까?"

궁여담이 반문했다.

"황군의 움직임이 심상치 않다는 것은 정천맹이나 군림회 양측 모두 시간이 그다지 많지 않다는 것을 의미합니다. 그동안 관과 무림은 불가침의 관계였으니 앞으로도 그러한 관계를 유지하려고 들지 않겠습니까? 조금 전 천보가 말한 것처럼 선례를 만들어주어 향후 간섭을 받지 않으려면 말입니다."

"아!"

승후의 말에 궁여담이 탄성을 터뜨렸다. 분명 일리가 있는 말이었다.

"아마도 이곳 대별산에서 정천맹과 군림회 간 건곤일척의 승부가 벌어질 겁니다. 그리고 그전에 군림회에서는 사기 진작을 위해 우리를 공격하려 할 테고. 우리가 그랬던 것처럼 말입니다."

"그럼 대비를 해야 하지 않겠습니까?"

"그렇지요."

"명을 내려주십시오."

"즉시 이곳을 벗어납니다."

"예?"

당장이라도 전쟁을 치를 듯하던 승후가 물러난다고 하자 궁여담은 잠시 당황했다.

"우거진 숲과 나무가 많은 대별산에서 우리가 적을 상대하는 것은 여의치 않습니다."

"하지만 지금까지 분명 잘해오지 않았습니까?"

"그랬지요. 하지만 그것은 어디까지나 적이 우리의 존재를 몰랐고, 또 기습이 가능했기 때문입니다. 지금은 오히려 그 반대지요. 적은 이미 우리의 위치를 파악했을 테니 지금은 물러날 대입니다."

"음. 그렇군요. 하면 어디로⋯⋯?"

"세석평원으로 갑니다."

"쥐새끼 같은 놈들!"

군마대의 대주 소살귀동(笑殺鬼童) 서몽(徐朦)은 잔뜩 독이 올라 있었다. 회주의 명을 받고 즉시 항마단을 뒤쫓았지만, 항마단은 이미 대별산을 떠난 후였다. 그리고 항마단을 발견한 곳은 대별산과 오 리 떨어진 세석평원이었다.

항마단이 중원의 표사들이 이룬 단체라는 사실에 서몽은 코웃음을 치며 항마단을 공격했다. 그러나 결과는 군마대의 패배였다. 비록 많은 수하들을 잃은 것은 아니지만, 겨우 표사들에게 패배했다는 사실이 서몽의 자존심을 크게 상하게 만들었다. 그리고 이후 서너 차례 더 공격해 보았지만 역시 수하들만 잃을 뿐 항마단에게 제대로 된 공격을 할 수조차 없었다. 그리고 그것은 군마대와 함께 회주의 명을 받은 흑랑대 또한 마찬가지였다. 흑랑대주 독각혈랑(獨角血狼) 맹사릉(孟思陵) 역시 살기가 뚝뚝 떨어지는 두 눈으로 항마단을 노려보고 있었다.

"쩝……."

서몽은 입맛을 다셨다. 흑랑대주에게 군마대의 위력을 보여주려 했지만 오히려 창피를 당했다. 맹사릉보다 서열이 위인 서몽은 자존심이 상했다. 다행히 흑랑대 역시 항마단의 검진에 고생한 것을 보았기에 망정이지 그렇지 않았다면 서몽은 지금쯤 항마단의 검진과 혈전을 벌이고 있었을 것이다. 만약 그랬다면 군마대의 피해는 이루 말할 수 없었을 테지만.

"이보게, 맹 대주. 우리 연수를 하는 게 어떻겠나?"

서몽으로서는 상당히 자존심 상하는 말이었다. 하지만 서몽의 자존심보다 회주의 명령이 우선이었기에 서몽은 자존심 상하는 것을 무릅쓰고 흑랑대주 맹사릉에게 연수를 제의한 것이다.

"좋습니다!"

너무도 쉬운 승낙에 서몽은 순간 당황했다. 그러나 곧 얼굴을 구기고 말았다. 흑랑대주 맹사릉 역시 자신에게 같은 제의를 하려고 마음먹고 있었음을 눈치챈 것이다. 자신의 조급함에 서몽은 이를 갈았다.

"제가 좌측을 맡겠습니다."

"그럼 나는 우측을 맡지."

두 사람은 합의를 보고는 각자의 수하들이 있는 곳으로 향했다.

"적들이 공격해 옵니다!"

군마대와 흑랑대는 정면이 아닌 양 측면으로 공격을 해왔다. 정면을 버리고 양 측면을 노리는 것은 그들에겐 당연한 선택이었다. 지금까지 승후는 정면에 표사들 중에서도 상당한 실력자들을 집중 배치했었다.

"일진과 삼진은 자리를 바꾼다!"

승후의 명이 떨어지기 무섭게 향마단의 선봉이 마치 파도를 치듯 움직였다. 선봉과 본진이 자리를 바꾼 것이다.

"정면으로 부딪치지 말고 수비에 치중하라!"

잔뜩 독이 오른 적을 상대하는 방법은 의외로 간단하다. 적의 날카로운 신경을 더욱 긁으면 적은 참지 못하고 날뛰게 된다. 분노에 이성이 잠식당한 적은 더 이상 두렵지 않다. 그것은 향마단 모두가 이미 경험한 것이기도 했다.

"흩어져라!"

적과 충돌하기 직전 승후가 소리쳤다. 웅혼한 내력이 실린 승후의 음성이 세석평원을 뒤덮었다.

"망할! 우라질!"

벌써 반 시진 동안 공격하고 있지만, 서몽은 향마단에게 결정적인 타격을 입히지 못했다. 오히려 수하들의 수만 시간이 갈수록 줄어들었다. 힐긋 흑랑대를 살폈다. 흑랑대는 서몽의 군가대보다 상황이 더욱 좋지 않았다. 흑랑대주 독각혈랑 맹사릉보다 더한 덩치를 자랑하는 팽대악이 맹사룽을 궁지로 몰고 있었다. 비록 팽대악이 맹사룽의 상대는 아니었지만 팽대악과 함께 진을 이룬 강충과 충각의 헌신적인(?) 노력에 의해 맹사룽이 수세에 몰려 있는 것이다. 맹사룽의 그런 사정을 알 리 없는 서몽은 맹사룽이 뜻밖의 강자를 만난 것이라고 생각했다.

차캉!

서몽은 갑작스런 충격에 하마터면 검을 놓치는 수치를 당할 뻔했다. 자신이 적의 검진 깊숙한 곳에 있다는 것을 잠시 잊은 것이다.

"누구냐!"

서몽의 물음에 돌아오는 것은 사십 근에 이르는 거도였다.

휘윙―

거도가 일으킨 바람이 서몽의 얼굴을 때렸다. 무려 일 척이나 여유를 두고 피했음에도 느껴지는 따끔한 통증은 서몽을 깜짝 놀라게 만들었다. 그러나 그것은 이내 분노로 바뀌었다.

"이놈!"

서몽이 궁여담을 공격했다.

카캉!

거센 쇳소리가 울렸다. 마치 거대한 벽을 내려치는 것과 같은 충격에 서몽은 손목이 시큰해져 옴을 느꼈다.

"헉!"

그리고 서몽은 헛바람을 삼키며 급히 물러나야 했다. 궁여담에게 공격을 가한 순간 곧바로 날아드는 공격을 피해야 했던 것이다.

창! 창!

휘윙―

무사히 두 개의 공격을 피한 순간 궁여담의 거도가 다시 날아들었다. 서몽의 얼굴이 다시 굳어졌다. 조금 전 흑랑대주 맹사룡이 고전한 이유를 이제야 깨달은 것이다.

'검진!'

서몽은 진법에 있어서는 문외한이었다. 그러나 지금 항마단이 펼치고 있는 진법은 어딘지 모르게 익숙했다. 하지만 자신이 알고 있는 진법은 결코 이러한 식으로 운용되지 않는다. 아니, 무림의 삼류로 취급받는 삼재진에 자신이 수세에 몰리고 있다는 사실을 인정할 수가 없었다.

"갈!"

서몽이 궁여담을 향해 검을 위에서 아래로 내티그었다. 태산압정과 같은 초식이었지만 그 위력은 차원이 달랐다.

"광룡회천(狂龍回天)!"

거대한 기운이 궁여담의 전신을 억눌렀다. 굳은 얼굴을 한 궁여담이 급히 거도를 휘둘렀다.

"천맥절겁(千脈切迲)!"

콰쾅!

서몽의 검과 궁여담의 도가 충돌하며 커다란 폭음을 만들었다. 그 충격으로 군마대와 항마단은 사방 삼 장 밖으로 급히 물러나야 했다. 그리고 일순 싸움이 멈추면서 궁여담과 서몽을 바라보았다.

"음……."

서몽은 낮은 신음을 흘리며 뒤로 두 걸음 물러났다.

울컥.

궁여담과 함께 검진을 이룬 두 표사가 피를 토하며 가쁜 숨을 몰아쉬었다. 궁여담은 고마움과 미안함이 교차된 눈으로 두 표사를 바라보

았다. 그러나 궁여담 역시 그리 사정이 좋지는 않았다. 궁여담의 머리
는 산발되어 있었고, 가슴에는 커다란 상처가 나 있었다. 만약 함께 검
진을 이룬 두 표사의 도움이 없었다면 분명 조금 전의 일격으로 목숨
을 잃었을지도 몰랐다.

"퇴각……."

서몽이 적의 지독한 검진에 퇴각을 결심할 찰나였다. 서몽의 눈이
점점 크게 떠졌다. 군림회의 최강 무력 단체인 묵혈수라마대와 자전마
대가 모습을 보인 것이다.

"증원군이……."

증원군이라 생각했던 서몽의 얼굴은 희색이 떠올랐던 것보다 더욱
빨리 굳어갔다. 묵혈수라마대와 자전마대의 뒤로 정천맹의 깃발이 보
였던 것이다.

"퇴각하라!"

서몽과 맹사룽의 입에서 동시에 후퇴의 명령이 터져 나왔다. 그러나
퇴각마저 그들은 여의치 않았다. 무질서하게 물러나는 적은 더 이상
두렵지 않았다.

"섬멸하라! 망!"

부챗살이 펴지듯 일천에 달하는 표사들이 넓은 세석평원으로 일제
히 흩어졌다. 얼핏 무질서한 적의 움직임이었지만, 분명 변형삼재진의
묘리를 따르고 있었다.

"크아악!"

퇴각이라는 말에 무질서하게 변형삼재진에서 벗어나려던 군마대와
흑랑대는 항마단의 공격에 속수무책이었다. 사방에서 날아드는 검에
군마대와 흑랑대가 속절없이 쓰러졌다. 하지만 군마대와 흑랑대의 위

기도 그리 오래가지 않았다. 하지첨이 그의 새로운 오행금강동인들과 함께 항마단을 공격한 것이다.

캉! 캉! 캉!

날카로운 검명이 울렸다. 그러나 항마단의 검에도 오행금강동인들은 생채기 하나 나지 않았다. 그런 오행금강동인의 존재를 처음 본 항마단은 크게 동요했다.

"뭐, 뭐야……!"

공격이 통하지 않는다는 사실에 당황한 표사들이 주춤 물러났다. 그리고 그것이 시작이었다.

"크악!"

"아악! 내 다리!"

오행금강동인들의 등장으로 검진이 급속도로 무너지기 시작했다. 검이 통하지 않는 적의 모습에 잊고 있던 마교라는 이름이 가지는 두려움이 생각난 것이다.

"물러나라! 진을 유지하라!"

승후의 명령은 더 이상 통하지 않았다. 오행금강동인들이 다가오면 질겁하며 뒷걸음질치기에 바빴던 것이다. 이를 지켜본 승후가 다급히 언천보를 찾았다. 언천보만이 승후를 제외한 변형삼재진에 가장 조예가 깊었기 때문이다.

"천보! 천보, 어디 있는가!"

오행금강동인들의 등장에 언천보 역시 크게 놀라고 있었다. 더욱이 지난 표가장에서보다 위력적이었고, 또 그때의 약점이었던 속도가 상당히 개선되었다. 어떤 일류의 고수라 하더라도 쉽게 떨치기 어려운 신법을 오행금강동인들은 펼쳐 보이고 있었다. 놀라운 오행금강동인들의 변화에 넋을 잃고 있다 뒤늦게 대답했다.

"예, 예! 대형!"

"자네가 진을 지휘하게! 난 선봉으로 가겠다!"

승후의 말에 언천보의 얼굴이 굳어졌다. 지금 언천보가 운용하고 있는 변형삼재진의 수만 해도 무려 백여 개. 인원수는 삼백이 넘었다. 항마단 전체의 삼 할에 이르는 인원을 언천보가 운용하고 있었다. 언천보는 지금 무서운 집중력으로 간신히 버티고 있었다. 하나 승후의 자리에 비하면 그나마 나았다. 승후는 진법 전체를 조율하고 있었기 때문이다. 천여 명의 목숨을 어깨에 지고 있는 것과 누군가의 명령으로 삼백여 명을 지휘하는 것은 분명 그 차이가 컸다.

"천보!"

언천보가 주저하자 승후는 다시 한 번 언천보를 불렀다. 그리고 더 이상 주저하지 못하도록 승후는 오행금강동인들을 향해 신형을 날렸다. 아니, 더 이상 시간을 끌었다가는 표사들의 피해가 걷잡을 수 없을 정도로 늘어날 것이었기 때문이다.

"대, 대형! 망할!"

원망스런 눈으로 승후를 바라보았지만, 이미 신형을 날린 승후가 돌아올 리 만무했다. 언천보가 다급히 승후의 자리에 내려섰다.

"음……."

언천보의 눈에 일천에 달하는 항마단이 들어왔다. 승후가 달려간 전방은 진의 거의 대부분이 무너져 있었다. 더군다나 오행금강동인들의 출현으로 겁을 집어먹은 표사들이 뒷걸음질치느라 아군의 검진마저 방해하고 있었다.

"물러나라! 산!"

언천보의 명령이 떨어지자 표사들이 허둥대면서도 승후를 중심으로 흩어지기 시작했다.

"총표두님을 보호하라! 회!"

일천에 달하는 표사들이 펼치는 수많은 삼재진들이 승후를 중심에 두고 빙글빙글 돌기 시작했다. 그렇게 대략 일각이 흐르자 흐트러졌던 검진이 제 모습을 찾아갔다.

"적을 공격하라! 망!"

항마단이 처음으로 허둥대는 모습을 보이자 뒤늦게 군마대와 흑랑대가 공격해 왔다. 그러나 이미 어느 정도 안정을 되찾은 항마단의 검진은 그들을 어렵지 않게 격퇴시킬 수 있었다.

퍼퍼퍼퍼펑!

오행금강동인들과 격돌하며 발생하는 소리였다. 금강불괴라는 전설의 신체를 이룬 오행금강동인들을 겨우 육장으로 상대하는 승후의 모습에 항마단은 크게 감탄했다. 조금 전 검이 통하지 않던 오행금강동인들을 보지 않았던가. 그런데 승후는 두 육장만으로 오행금강동인들과 대등하게 상대하고 있었다.

우르릉.

승후의 신형이 눈부셨다. 오행금강동인들에게 포위를 당했음에도 승후의 움직임은 거칠 것이 없었다. 오행금강동인의 권장을 피해 승후는 끊임없이 움직였고, 또 장을 펼쳤다.

콰르릉!

어느 순간 언천보의 명령이 멈춰 있었다. 그러나 정작 당사자인 언천보나 항마단은 그 사실을 모르고 있었다. 그들의 눈에는 누런 금광을 뿌리며 오행금강동인들과 싸우고 있는 승후의 모습밖에 보이지 않았다.

콰콰콰콰쾅!

지축을 흔드는 굉음이 세석평원을 뒤덮었다. 드넓은 들판에 적지 않은 무림인들이 모여 있었지만, 누구 하나 숨을 크게 쉬는 사람이 없었다. 모두들 잔뜩 긴장한 얼굴로 뿌연 먼지가 걷히기를 기다렸다.

"아!"

누군가의 입에서 감탄성이 흘러나왔다. 오행금강동인이 승후에게서 삼 장이나 밀려나 있었고 승후는 그 사이에서 오연히 서 있었다. 단 한 번의 격돌이었지만, 승후는 오행금강동인을 밀어냈다. 비록 오행금강동인을 파괴한 것은 아니지만, 그래도 그들을 물리칠 수 있다는 가능성을 제기한 것만으로도 충분했다.

둥! 둥! 둥!

군림회의 본단이 정천맹과 백여 장의 거리를 두고 나타났다.

"군림천하! 창세천하!"

커다란 북소리와 함께 울리는 그들의 외침은 정천맹과 항마단을 위압하기에 충분했다. 그들의 외침에서 엄청난 패기와 자신감이 느껴졌다.

"항마단 만세!"

표사들 중 누군가 크게 외쳤다. 항마단의 시선이 일제히 만세를 부른 표사를 향했다. 궁여담이었다.

"오늘도 우리는 승리했다."

낮은 목소리였다. 그러나 이상하게도 그 목소리가 너무도 또렷이 머리 속에서 울렸다. 그랬다. 항마단은 군림회의 군마대와 흑랑대와 싸워 이겼다. 비록 마지막 오행금강동인들의 출현에 의해 잠시 진이 무너질 뻔했지만, 총표두 승후가 그들을 막아냈다.

'그래, 오늘도 우리가 이겼다!'

표사들의 마음속에 그런 외침이 자랐다.

"우리가 이겼다!"

"항마단 만세!"

"총표두님 만세!"

항마단의 함성이 군림회의 외침을 집어삼켰다. 강대한 적과 싸워 이겼다는, 피가 끓는 마음을 느껴보지 못한 이는 모르리라.

둥! 둥! 둥!

정천맹에서 북을 울렸다. 돌아오라는 의미였다. 그러나 항마단은 정천맹이 아닌 승후의 명을 기다리고 있었다. 하지만 승후는 항마단의 사이로 빠르게 지나가는 오행금강동인들과 하지첨의 모습을 바라볼 뿐이었다.

"총표두님!"

궁여담이 승후를 불렀다. 그제야 승후가 항마단을 바라보았다.

"정천맹과 합류합니다."

승후의 명이 떨어지자 항마단은 동료들의 시신을 수습하며 전장에서 물러나기 시작했다. 그리고 마지막으로 승후가 그 뒤를 따랐다. 또 한 번의 승리에 취해 있던 표사들과는 달리 승후의 안색은 무겁게 가라앉아 있었다.

승후가 정천맹의 임시 회의실에 들어서자 모두들 그동안의 노고에 대해 위로했다. 승후는 일일이 응대하며 한동안 인사를 하느라 정신이 없었다. 그렇게 어느 정도 시간이 흐르자 앞으로의 일에 대한 본격적

인 논의가 시작되었다. 그리고 그 논의의 시작은 군림회와 항마단이
아닌 황군의 움직임에 관해서였다.

"결국 황군이 남하했다고 합니다."

개방 방주 무일진의 말에 무거운 침묵이 찾아왔다. 황군이 움직일
것이라고 예상은 하고 있었지만, 그것이 막상 사실로 드러나자 당혹스
러웠다.

"역시나 시간이 문제이겠군요."

남궁세가의 가주 남궁도가 침통한 목소리로 말했다.

"과연 며칠이라는 시간으로 군림회를 굴복시킬 수 있겠습니까?"

남궁도의 거듭되는 부정적인 말에 아무도 반론을 제기하지 못했다.
군림회의 힘을 이미 충분히 느꼈다. 그리고 오늘 오행금강동인이라는
것을 처음 본 장문인과 세가 가주들의 얼굴에는 짙은 어둠이 떠올랐다.

"한데 승 국주는 앞으로 어찌할 생각입니까?"

항마단과 함께 정천맹 휘하에서 싸우겠는지 아니면 독자적으로 행
하겠는지를 묻는 말이었다. 황보의청의 물음에 승후는 선뜻 대답하지
못했다. 항마단은 승후 개인의 무력 단체가 아니라 중원상인조합 소속
의 무력단이었기 때문이다.

"제가 결정하기에는 아무래도 무리가 있습니다."

"무슨 무리가 따른다는 거요? 승 국주는 항마단의 단주가 아니오?"

무당파의 장문인 청허자는 승후의 행동이 못마땅했다. 정천맹은 군
림회로부터 무림을 지키기 위해 결성된 정파 유일의 조직이었다. 그런
정천맹에 들지 않으려는 듯한 승후의 태도가 마음에 들지 않았던 것이
다.

"그게 뭐가 중요합니까? 어차피 군림회와 싸우겠다는 의지만 있다

면 굳이 정천맹 아래 항마단을 둘 필요는 없지 않겠습니까?"

"그게 무슨 말이오, 악 장문인? 정마대전과 같은 대규모 전쟁에서는 그 명령 계통이 확실해야 하오. 어중이떠중이가 무리를 지어 정천맹을 돕겠다는 식은 오히려 맹의 공격에 방해만 될 뿐이오."

"누가 어중이떠중이란 말이오! 무당파의 장문인께서는 말씀이 너무 지나치시오!"

당사자인 승후보다 남궁세가의 가주 남궁도가 청허자의 말에 불같이 화를 냈다.

"그래, 그렇게 잘난 오파일방과 사대세가가 지금까지 한 일이 뭐란 말이오? 어디 제대로 된 승리라도 한번 얻은 적이 있소이까? 오히려 무당 장문인께서는 표가장의 일로 승 국주에게 고맙다는 말을 해야 하지 않소?"

"뭐라!"

무당파의 장문인이 자리에서 벌떡 일어나 소리쳤다. 그리고는 당장이라도 검을 뽑을 듯한 기세로 남궁도를 노려보았다.

"아미타불, 그만들 언성을 낮추세요. 밖에서 듣는 사람이 많습니다. 아직 군림회와 일전을 벌이기도 전에 우리끼리 자중지란을 일으켜서야 되겠습니까?"

요공 대사의 만류에도 청허자와 남궁도는 서토를 노려보는 것을 그만두지 않았다. 이에 할 수 없이 승후가 두 사람을 중재하기 위해 나섰다.

"어느 시기보다 지금은 중요한 때입니다. 두 분이 이렇게 감정이 상해 무림의 기둥인 두 문파 간 사이가 나빠질까 으려됩니다. 저와 항마단의 일은 남창의 조합에 알리도록 하겠습니다. 그리고 저와 항마단은 누가 뭐라 해도 정천맹의 편입니다. 그 점은 오해하지 말아주셨으면 합니다. 그럼 전 나가보겠습니다.”

승후가 자리에서 일어나자 요공 대사가 급히 만류했다.

“아니, 승 국주. 회의는 아직 시작조차 하지 않았는데 벌써 가겠다는 말인가?”

“맹주님, 저는 정천맹의 사람이 아닙니다. 제가 있으면 여러 사람이 불편해하실 겁니다.”

승후의 설명에 요공 대사는 더 이상 그를 붙잡지 못했다. 승후의 말이 모두 옳았기 때문이다.

“허허…….”

승후의 등 뒤로 요공 대사의 낮은 불호 소리가 들려왔다.

“총표두님! 저희랑 한잔하시죠.”

승후가 모습을 보이자 여기저기에서 승후를 찾는 부름이 있었다. 승후는 그들에게 일일이 손을 흔들어주고는 제법 평평한 바위 위에 걸터앉았다. 밤하늘에서 반짝이는 별이 유난히 밝았다. 요즘 부쩍 별을 보는 일이 늘었다고 승후는 생각했다. 갑자기 남창에 있는 아이들이 보고 싶었다.

“남창에 두고 온 부인이라도 생각하십니까?”

하늘을 바라보며 기분 좋은 미소를 짓는 승후의 모습을 발견한 궁여담이 그를 향해 다가오며 말했다.

“뭐, 비슷합니다. 갑자기 아이들이 생각나는군요.”

“예…….”

궁여담이 승후의 곁에 앉으며 술병을 건넸다.

꿀꺽.

목을 타고 흐르는 알싸한 기운에 금방 취기가 올랐다. 천일취라는 제법 독한 술이었다.

"상품의 천일취군요."

"하하하! 총표두께서는 술 맛을 잘 아시나 봅니다."

"잘 안다기보다 좋아하는 술입니다."

"그렇지요? 무릇 사내라면 한 말의 천일취 정도는 마셔야 하지 않겠습니까? 하하하!"

궁여담의 호쾌한 목소리에 승후는 빙긋 웃어주었다. 벌컥벌컥 천일취를 들이키는 궁여담의 모습에 삼국 시대의 호걸 장비가 연상되었다.

'그 장비는 술을 너무 좋아해서 부하에게 살해되었지…….'

"폭음은 건강에 좋지 않습니다. 천천히 오래오래 드세요."

"하하하. 총표두께서는 어떻게 제 마누라와 똑같은 소리를 하시는 겁니까?"

"후후. 저는 그런 잔소리를 하는 마누라가 둘이나 됩니다."

"오~ 총표두께서는 능력이 좋으십니다. 저는 부인 하나도 감당하지 못하는데 총표두께서는 부인이 둘이나 되시니 말입니다."

"능력이라기보다… 어떻게 인연이 닿았을 뿐입니다."

'그리고 앞으로 인연을 맺을 여인이 둘이 더 있다오.'

승후는 차마 그 말은 할 수 없었다.

"어쨌든 부럽습니다. 그런데 말입니다, 왜 그렇게 표정이 안 좋으셨던 겁니까?"

"예?"

"오행금강동인들과 싸운 직후 말입니다. 제가 듣기로 총표두께서는 이전 그 마물들과 싸워 목숨을 취한 적이 있다고 하던데 말입니다."

궁여담의 말에 승후의 안색이 빠르게 굳어졌다. 승후의 얼굴이 굳어지자 궁여담은 입으로 가져가던 술병을 슬며시 내려놓으며 승후를 바라보았다.

"그 마물들은 예전의 오행금강동인들이 아니었습니다. 이번의 오행금강동인들이 내지르는 권은 더욱 강력했고, 신법은 이전과는 비교할 수 없을 정도로 빨라져 있었습니다. 더욱이 이번에는 완벽한 금강불괴였습니다. 지난번 표가장에서는 저의 내력이 오행금강동인의 몸으로 침투할 수 있었습니다만, 오늘은 그러지 못했습니다."

승후의 거듭되는 설명에 궁여담은 술이 확 깨는 것을 느꼈다.

"그럼 그 오행금강동인을 제거할 수 있는 방법이 없는 것입니까?"

"그렇지는 않습니다. 강기로 목을 잘라 버리면 됩니다."

"허… 강기라……."

강기라는 말에 궁여담은 가슴이 답답해졌다. 무림을 통틀어 강기의 경지에 오른 고수가 과연 몇이나 될까. 무림에 아무리 기인이사가 장강의 모래알처럼 많다지만 강기를 만들어낼 수 있는 무림인은 그 수가 극히 제안되어 있다. 당장 정천맹에서도 강기의 경지에 이른 고수는 각 대문파의 장문인과 일부 장로들만이 시전 가능할 정도였다.

"하아— 결국 그들을 상대할 수 있는 고수의 수는 그리 많지 않다는 의미군요."

궁여담의 말에 승후는 대답 대신 머리를 끄덕여 주었다.

"그럼 총표두께서는 그 마물들을 제거할 수 없습니까?"

"일단 장으로는 힘들 것 같습니다."

"하지만 총표두님의 별호는 뇌룡신검이 아닙니까?"

"그렇긴 합니다만……."

검으로 별호를 얻은 이가 검이 없어 검법을 펼치지 못한다는 사실을 사람들이 안다면 어이가 없어할 일이었다. 승후는 그러한 사실을 궁여담에게 말할 수는 없었다.

"아직 제 마음에 드는 검을 만나지 못했습니다. 여자 인연은 많은데 왜 검과는 인연이 없는지 모르겠습니다."

그냥 분위기를 가볍게 하기 위한 농이었지만, 어느 정도 승후의 진심이 담긴 이야기이기도 했다.

"내일부터는 아주 치열한 하루하루가 될 겁니다."

승후의 말에 궁여담은 승후의 얼굴을 응시했다.

'총표두와 함께라면 그래도 견딜 만할 것 같습니다.'

더 이상 궁여담은 술을 마시지 않았다. 술을 마시지 않아도… 승후의 곁에만 서도 이상하리만치 가슴이 벅차올랐다. 조금씩 승후를 닮기 시작한 궁여담은 승후를 따라 밤하늘을 바라보았다. 오늘밤은 쉽게 잠이 오지 않을 것 같았다.

"물러나라!"

정천맹과 군림회는 사흘째 지루한 공방을 주고받았다. 딱히 어느 쪽이 우세하다고 여길 수 없을 정도로 일진일퇴가 이루어졌다. 그러나 정작 치열한 접전은 그리 많지 않았고 서로의 전력을 탐색하는 일의 연속이었다. 누군가 지금 정천맹과 군림회의 도습을 본다면, 어느 쪽이든 적극적으로 싸울 의사가 없는 것으로 오해할 정도였다.

하지만 하루하루 시간이 흐를수록 양측은 속이 탔다. 전면전을 치르게 된다면 전투에서 승리하든 패하든 그 피해는 엄청날 것이 분명했다.

그런데 황군은 계속 남하하고 있었다. 이제 겨우 이틀 거리였다. 자칫 십만 금군에게 포위되는 상황이 벌어질 수도 있었다. 일촉즉발의 상황이었지만 양측 모두 전면전으로 확대되는 것만은 막고 있었다.

승후는 잠시 휴식을 취하고 있는 항마단을 바라보았다. 모두가 지친 모습이 역력했다. 지나친 긴장감으로 심력의 소모가 평소의 배 이상이었기 때문이다.

"대형! 이대로는 안 됩니다!"

팽대악이 지금의 상황이 답답한 듯 그의 도를 허공을 향해 휘두르며 말했다.

"돌파구가 필요합니다."

"돌파구라……."

승후는 말을 마치며 정천맹의 수뇌부를 바라보았다. 결전을 자꾸만 미루는 그들이 못마땅했다. 이미 처음의 사기는 많이 떨어진 상태였고, 정천맹의 무사들은 지쳐 가고 있었다.

"국주님!"

흑우선 겸우와 흑랑 목불인이 승후를 향해 오고 있었다. 임시로 고용한 표사들의 우두머리인 이들 둘이 모습을 보인 것에 승후는 의아해했다.

"웬일들인가?"

비록 임시이긴 하지만 대류표국의 표사가 된 그들을 승후는 차별하지 않았다. 그리고 그들의 기질을 생각해 다른 표국과는 달리 표행이 없는 날이면 표국에서 일체의 간섭을 하지 않았기에 겸우와 같이 홀로 강호를 떠도는 무인들이나 목불인과 같은 낭인들도 대류표국에서만큼은 비교적 잘 적응했다. 그리고 몇몇 낭인들은 아예 정식 표사가 되기

도 했다. 그 임시표사들이 겸우와 목불인을 따라 상당수 이곳 세석평
원에 나타난 것이다.

"자네들 무슨 사고 쳤나?"

"예?"

승후의 생뚱맞은 물음에 얼굴에 반가움이 가득하던 겸우와 목불인
의 얼굴이 어이없다는 표정으로 변했다.

"아무 일이 없지 않고서야 임시표사의 거의 대부분을 이끌고 자네들
이 이곳에 나타날 이유가 없지 않나? 왜? 무슨 잘못을 했기에 외총관이
자네들을 이곳으로 보낸 건가?"

"그게 아닙니다, 국주님."

승후의 지레짐작에 겸우가 정색을 하며 말했다.

"음?"

"사 부인께서 전할 것이 있다 하여 이렇게 달려온 겁니다."

"뭘?"

사운화가 무언가를 보냈다는 말에 이번에는 승후가 의아한 얼굴을
했다.

"검이라고 하시더군요."

목불인이 검은 목곽을 승후에게 조심스럽게 건넸다. 목곽의 길이는
대략 사 척 정도였다.

목곽에 조심스럽게 손을 댄 승후는 순간 흠칫했다. 미약하지만 분명
승후의 내공과 같은 뇌령지기가 느껴졌던 것이다. 승후는 검은 목곽에
가볍게 내력을 흘려보았다. 그때 놀라운 변화가 일어났다.

우웅우웅!

승후의 내력에 반응하며 검이 목곽을 벗어나려는 듯 요동치기 시작

했다.

파핫!

승후는 검의 바람대로 힘차게 검을 뽑았다. 목곽과 같은 짙은 검은 색인 검날이 묘하게 마음에 들었다.

따라랑!

손가락으로 검신을 튕겨보았다. 맑은 검명이 울렸다. 검을 잡은 손에 힘이 들어갔다. 마치 아주 오랫동안 생사를 함께한 것마냥 묵검을 손에 쥔 승후는 검의 느낌이 아주 익숙하다고 생각했다.

"이놈 이거 아주 마음에 드는걸."

마치 마음에 드는 장난감을 얻은 아이처럼 승후는 너무나 좋아했다. 승후의 그 모습에 겸우와 흑랑이 묘한 미소를 지었다.

"국주님이 무척이나 좋아할 거예요."

사운화의 예상과 한 치도 틀리지 않은 결과라는 것을 승후 본인은 알지 못했다.

"한데 이 검은 어디서 난 건가? 쉽게 구할 수 있는 검이 아닐 텐데?"

"자세한 사정은 모릅니다만, 얼마 전부터 문성왕께서 표국에 머무르고 계십니다."

"음? 왕야가? 하긴, 그 양반 정도나 되어야지 이 정도의 검을 구할 수 있을 테지. 나중에 고맙다고 말이라도 해야겠군."

"그리고 저희는……."

"그래, 자네들은 도대체 왜 온 거야?"

검에 정신을 빼앗겨 있던 승후가 뒤늦게 생각이 난 듯 목불인을 향해 물었다.

"저희도 국주님을 도와 군림회와 싸우고 싶어 왔습니다."

"왜?"

"예?"

승후의 반문에 겸우와 목불인은 순간 할 말을 잃었다. '잘 왔다' 혹은 '위험하니 돌아가라' 정도의 대답을 예상했었다. 한데 '왜?'라고 물으니 일순 할 말이 떠오르지 않았던 것이다.

"당연히 국주님을 도와 무림의 안녕……."

딴에는 승후의 마음에 들기 위해 한 말이었지만, 승후의 얼굴은 대번에 찌푸려졌다. 목불인이 급히 겸우를 바라보았다.

'내가 뭐 잘못 말한 게 있나?'

하지만 겸우 역시 승후의 행동을 이해하지 못하기는 마찬가지였다.

"그런 거창한 이유는 필요없고, 자네들 끝까지 살아남을 자신이 있나?"

승후의 물음에 겸우와 목불인은 코끝이 찡해져 옴을 느꼈다. 사실, 내심 승후가 자신들을 군림회와의 전쟁에서 소모품으로 사용해도 좋다고 생각했었다. 그들에게 정착할 수 있는 기회를 준 것이 너무도 고마웠기 때문이다. 그런데 진심으로 자신들을 걱정해 주는 승후의 말에 감격한 것이다.

"당연합니다, 국주님. 꼭 살아서 국주님과 함께 돌아갈 겁니다."

"좋아! 앞으로 열심히 싸우자고."

승후는 짧은 한마디를 남기고 휘적휘적 걸어갔다.

"그런데 이 검 이름이 뭔가?"

항마단을 향해 걸어가다 말고 승후가 돌아보며 물었다.

“뇌문검이라 합니다.”

“뇌문검?”

승후는 놀라운 눈으로 뇌문검을 살폈다. 왠지 자신의 무공과 궁합이 잘 맞을 것 같은 기분이 들었던 것이다.

“적이다!”

지루하기만 하던 대치가 깨어지고 군림회가 먼저 움직였다. 커다란 초승달 모양의 군진을 이루며 서서히 다가오는 군림회의 가운데에는 오행금강동인들이 있었다. 그리고 초승달의 양끝에는 마령인들이 포진해 있었다. 이미 항마단과 한번 싸운 적이 있는 군마대와 흑랑대, 그리고 낙양과 합비에 나타나 정천맹의 간담을 서늘하게 만들었던 자전마대와 묵혈수라마대의 모습도 보였다. 그리고 소속을 알 수 없는 각양각색의 복색을 한 이들도 상당수 눈에 띄었다.

“적이 단단히 작정을 한 모양이군.”

언천보의 말이 아니더라도 승후는 군림회의 기세를 읽을 수 있었다. 이번 한 번의 결전에 의해서 무림의 앞날이 결정될 것이었다. 승후는 자신의 뒤로 늘어선 중원상인조합의 대표인 황엽산과 주산표국의 국주 만사랑군 강유청, 남창표국의 국주 송청 등을 비롯한 중원의 내로라하는 표국의 국주들을 바라보았다. 모두들 비장한 모습이었다. 그리고 항마단의 모습을 바라보았다. 군림회의 위압감에 잔뜩 긴장해 있었지만, 다행히 두려움 때문에 검진에서 이탈하는 표사들은 아무도 없었다.

둥! 둥! 둥!

진군의 북소리가 울렸다.

정천맹의 무사들이 진군의 소리에 맞추어 천천히 전진하기 시작했다. 그리고 항마단 역시 군림회를 향해 걸음을 내디뎠다.

착!

오십여 보의 거리를 두고 양 진영이 멈춰 섰다. 그리고 서로 무섭게 노려보았다. 평생의 원수를 만났는지 양 진영은 살기를 끌어올리고 있었다. 그 모습에 승후는 나직이 혀를 찼다.

'정말! 양립할 수 없단 말인가.'

승후는 안타까웠다. 서로가 서로를 왜 인정하지 못하는지 가슴이 답답했다. 마교라고 해서 모든 사람이 악하기만 한 것도 아니고, 정파라고 해서 모두가 선량하기만 한 것은 아니라는 것을 왜 무림인들은 인정하려 들지 않는지 승후는 정말이지 알 수 없었다.

"쳐라!"

군림회의 회주 고루혈마 사귀정의 명령이 떨어졌다.

"와!"

마치 학이 날개를 감싸듯 초승달 모양의 진의 양끝이 군림회를 에워싸기 시작했다. 그리고 그때 정천맹의 맹주 요공 대사의 명령이 내려졌다.

"아미타불! 부처님의 자비를… 무림의 정의를 수호하라!"

요공 대사의 명과 더불어 소림의 무승들이 일제히 달려나갔다. 그리고 무당파와 화산파, 사대세가가 뒤를 이었다.

"승 총표두! 어서 명령을 내리시오!"

정천맹의 무사들 모두 공격을 하고 있는데 항마단만이 움직임이 없자 황엽산이 재촉했다. 그러나 승후는 여전히 전황을 살필 뿐 움직이지 않았다. 아니, 움직일 수 없었다.

"총표두! 왜 움직이지 않는 거요?"

남창표국주 송청이 화를 냈다. 그제야 승후는 뒤를 돌아보며 말했다.

"항마단의 공격법은 철저히 검진에 바탕을 둡니다. 지금과 같이 혼전이 이루어졌을 때에 검진은 제 위력을 발휘할 수 없습니다."

승후의 말에 송청은 굳은 얼굴로 전황을 살폈다. 그리고 승후의 말처럼 피아가 섞여 혼전 중인 상황임을 어렵지 않게 알 수 있었다. 그런 상황에 일천여에 달하는 항마단이 검진을 이룬 채 공격을 한다면, 적아에 상관없이 큰 피해를 입을 것이 분명했다. 이 순간 자신들의 무공이 낮음을 자책할 수밖에 없었다.

"음… 하면, 언제까지 기다리기만 해야 한다 말이오, 승 국주?"

난주표국의 국주 허남형이 굳은 얼굴로 승후를 바라보았다. 그를 비롯한 중원십대표국의 국주들은 정천맹과 군림회의 대결을 구경하기 위해 온 것이 아니었다.

"기다려야지요. 틈이 드러날 때까지."

"허, 기다려야 한다라……."

황엽산은 혀를 찼다. 그러나 곧 항마단의 모습을 살핀 황엽산의 눈에 이채가 어렸다. 항마단의 누구도 승후의 결정에 이의를 제기하는 표사는 없었다. 심지어 승후의 곁에 서 있는 궁여담 역시 전장의 상황을 주시할 뿐이었다. 황엽산은 자신이 세석평원에 도착한 후 단 한 번도 자신을 찾지 않은 궁여담을 생각했다.

'자네도 승 국주에게 반한 것인가?'

궁여담의 모습에 황엽산은 입맛이 썼다. 그가 승후에게 반했던 것처럼 궁여담 역시 승후에게 반한 것이 틀림없었기 때문이다. 아니, 항마단 전체가 이미 승후에게 반한 것인지도 모른다.

“크아악!”

“아악!”

과연 군림회와 정천맹의 수뇌부들의 무위는 뛰어났다. 그들이 지나
간 자리는 여지없이 생명이 사라졌다. 특히 무당파의 장문인 청허자의
무위는 가공했다. 무극검(無極劍)이라는 별호처럼 청허자의 푸른 송청
검(松靑劍)의 날카로운 예기는 적에 대한 어떤 자비도 없었다. 청허자
의 검은 무당의 태극혜검이 펼쳐졌다가 또 양의검으로 변했다가 무당
칠성검으로 바뀌었다. 무당파의 절학들이 청허자의 송청검을 통해 쉼
없이 쏟아져 나왔다.

창!

언제까지 이어질 것 같은 청허자의 일방적인 도살이 드디어 그 적수
를 만나 멈췄다. 수하들의 죽음을 보다 못한 번천수라 모용파와 자양
노괴 노동천이 청허자를 협공한 것이다.

“홍!”

그러나 청허자는 두 사람의 등장에도 전혀 동요하지 않았다. 청허
자의 검이 번천수라 모용파를 향해 후려쳤다. 양의검의 일초인 금침도
겁(金針渡怯)이었다.

“흡!”

번천수라는 대경해 뒤로 물러났다. 풍림장의 우백청이 펼친 양의검
법과는 그 위력에서 차이가 확연했기 때문이다. 풍림장의 유백청으로
인해 무당을 은연중 무시하던 모용파의 얼굴에 한층 강한 경계의 빛이
어렸다. 그리고 자양노괴 노동천 역시 청허자의 이 한 수로 인해 굳은
얼굴을 했다. 모용파와 함께 연수하면 청허자를 쉽게 제압할 수 있을
것이라는 생각을 머리 속에서 지워야 했던 것이다.

"이 업보를 어이할꼬……. 아미타불……."

번천수라 모용파와 자양노괴 노동천이 청허자와 혼전을 벌이고 있을 때 혼전 중인 전장과는 어울리지 않는 요공 대사의 불호 소리가 들려왔다. 항마음이 담긴 요공 대사의 불호가 군림회의 인물들을 주춤하게 만들었다. 요공 대사의 불호가 계속되자 군림회의 태상 범위건이 요공 대사의 앞에 섰다.

"살업의 한가운데 선 당신이 내뱉을 말은 아닌 것 같소만, 대사!"

"다, 당신은 혀, 혈마존(血魔尊)!"

요공 대사는 대번에 범위건의 신분을 알아보았다. 오십여 년 전 마교 발호의 중심에 있던 인물이 혈마존 범위건이었다. 비록 내분으로 인해 마교의 발호는 일어나지 않았지만, 당시 그들에 대해 조사를 하였던 요공 대사는 결코 범위건을 모를 수가 없었다.

"내 오늘 당신네 정파들의 위선과 가면을 철저히 벗겨주겠다."

범위건의 우수가 붉게 변했다. 진득한 살기와 함께 짙은 마기가 뿜어져 나왔다.

"잔옥수(殘玉手)!"

요공 대사는 범위건의 공격을 알아보고는 급히 내력을 끌어올리며 마기에 대항했다. 그리고 잔옥수에 대항해 권을 펼쳤다. 부처의 따뜻한 미소만큼이나 부드러운 권이 패도적인 범위건의 잔옥수와 부딪쳤다.

"용왕유권(龍王柔拳)!"

요공 대사의 무공을 알아본 누군가가 크게 외쳤다. 유려함의 극치인 용왕유권은 패도적인 무공인 잔옥수와는 상극이었다.

퍽!

잔옥수와 용왕유권. 무림에 그 적수를 쉽게 찾아볼 수 없는 두 무공이 부딪쳤음에도 마치 바람 빠지는 소리만 들려왔을 뿐이었다. 그리고 두 사람의 손은 마치 지남철이라도 된 듯 붙어 있었다. 다른 어떤 대결보다 무서운 내력의 대결에 들어선 것이다.

“대형! 갈수록 싸움이 치열해지고 있습니다.”

팽대악의 말에 승후는 전장을 주시하며 머리를 끄덕였다. 현재까지 정세는 군림회와 정천맹 양측 모두 백중세였다. 그러나 승후는 굳은 얼굴로 한 인물을 바라보고 있었다. 다섯의 오행금강동인을 거느리고 있는 하지첨이 그 주인공이었다. 하지첨 역시 자신을 노려보고 있음을 승후는 모르지 않았다. 그리고 아직 전투에 돌입하지 않은 군림회의 인물들이 다수 하지첨과 함께 있었다. 그들이 개입하게 되면 지금의 균형은 분명 깨어질 것이었다.

“총표두님! 그 마물들이 움직였습니다!”

궁여담의 외침에 승후는 황급히 하지첨을 찾았다. 순간 하지첨의 입가에 비웃음이 서렸다. 오행금강동인들이 전장에 투입되기 시작한 순간이었다.

퍼억!

“으악!”

“컥!”

오행금강동인들의 개입으로 인해 팽팽하게 유지되던 균형에 서서히 균열이 생기기 시작했다.

“저런!”

“저, 마물들이!”

항마단 역시 오행금강동인들에 의해 정천맹의 무사들이 속수무책으로 쓰러지는 것을 바라보고는 답답해하며 발을 굴렀다.

"총표두! 우리도 공격합시다!"

"그렇소! 더 이상 시간을 끌다가는 다섯 마물이 있는 좌측은 곧 전멸할 거요!"

황엽산과 송청이 공격을 주장했다. 그러나 승후는 무겁게 가라앉은 눈으로 상황을 예의 주시할 뿐이었다.

"총표두!"

"천보."

송청이 재차 승후를 불렀다. 그러나 승후는 송청의 부름에는 대답하지 않고 언천보를 찾았다. 자신을 무시하는 승후의 행동에 노한 송청이 승후를 향해 신형을 날렸다.

"내 더 이상……."

창!

검을 빼어 들고 승후를 향해 달려들었던 송청은 호구가 찢어지는 듯한 충격을 받으며 뒤로 다섯 걸음 물러났다. 어느새 승후가 검을 뽑아 송청의 검을 쳐낸 것이다.

찌릿찌릿.

마치 벼락을 맞은 것처럼 검을 쥔 손이 저렸다. 송청은 놀란 입을 다물지 못하며 승후를 바라보았다.

송청은 승후와 자신의 무공이 그다지 차이가 나지 않을 것이라고 생각했다. 하지만 지금 단 한 번의 겨룸으로 승후가 자신보다 훨씬 윗줄의 고수임을 느낀 것이다.

"천보, 자네가 검진을 지휘하게."

승후의 거부할 수 없는 낮은 목소리에 언천보는 얼떨결에 대답했다.

"예."

"이제 싸우는 겁니까?"

팽대악의 목소리가 가볍게 떨렸다. 그러나 그것은 두려움 때문이 아니라 강한 적과의 결전을 앞둔 흥분이었다.

"여러분께서는 정천맹을 도와주십시오."

황엽산을 비롯한 중원상인조합의 수뇌들을 돌아보며 승후가 말했다. 승후의 말에 황엽산이 대신 대답했다.

"알겠소."

중원상인조합의 수뇌들은 내심 항마단과 함께하고 싶었다. 하지만 항마단 전체는 철저한 검진을 이룬 공격을 하고 있었기에 변형삼재진에 문외한인 그들이 설 곳은 애초에 없었다. 이에 승후의 말을 따를 수밖에 없었다.

"항마단은 나를 따르라!"

승후의 돌격 명령이 내려지고 언천보의 명령 또한 뒤를 따랐다.

"검진을 발동하라!"

"와!"

일천여 명의 항마단이 내지르는 함성 소리가 세석평원을 가득 메웠다. 그리고 일천의 항마단은 하나가 되어 전장을 향해 쇄도하기 시작했다.

　언제부터 무림이 정파와 마도, 혹은 정도와 흑도로 나뉘었을까. 그리고 또 언제부터 무학이 정종과 마공으로 나뉘어졌을까.

　정파가, 그리고 정종무학이 빛이라면, 마도와 마공은 그림자였다. 빛이 없으면 그림자가 생기지 않고, 그림자 없는 빛 또한 존재할 수 없었다. 세상을 비추는 빛이 있다면 때로는 그 빛을 피해 쉴 수 있는 그림자 역시 존재해야 했다. 하지만 무림인들은 빛과 그림자가 되어 서로가 공존하는 것을 바라지 않는 것일까. 아니, 애초 그러한 공존은 불가능한 것인가.

　승후의 검이 벼락을 뿜었다. 이미 상당수의 군림회 측 무사들이 승후의 검에 목숨을 잃었다. 하지만 승후는 머리 속에 꼬리를 물고 떠나지 않는 생각들에 지금 자신이 검을 휘두르고 있다는 것을 잊고 있었다. 이미 항마단과 멀리 떨어져 승후는 군림회의 한가운데 서 있었다.

"왜지?"

승후가 반문했다. 승후의 갑작스런 물음에 그를 포위하고 있던 군림회의 무사들은 순간 움찔했다. 승후는 그들의 얼굴을 바라보았다.

모두가 생김생김이 다른 분명 사람이었다. 그들의 피가 파랬던가? 승후는 '피식' 하고 웃음을 흘렸다. 이미 수없이 봐온 그들의 피는 자신과 같이 붉었다. 결국 생각이 다르다는 이유 하나로 서로가 원수가 되어 지금 이렇게 칼부림을 하고 있는 것이다.

"물러나라!"

잠시 대치가 이루어지고 있을 때 포위를 뚫고 한 인영이 다가왔다. 오행금강동인들을 앞세운 하지첨이었다. 피조물들을 앞세운 하지첨의 모습이 승후는 갑자기 우습게 여겨졌다. 그 스스로 앞에 나설 자신이 없어 오행금강동인이라는 희대의 마물들의 보호를 받고 있는 하지첨의 모습이 무언가 주객이 전도된 듯한 느낌이었다.

"스스로 적진에 뛰어들다니 네놈의 간이 얼마나 큰지 네놈 뱃속을 열어보겠다. 크크크."

"글쎄, 그런 일은 별로 일어나지 않을 것 같소만."

"갈! 여전히 오만방자한 놈이구나! 나의 이 창조물들을 표가장에서와 같다고 생각하면 큰 오산이다!"

하지첨의 일갈에 승후는 머리를 끄덕여 주었다. 분명 지금의 오행금강동인들은 지난번보다 훨씬 뛰어났다. 그러나 승후는 그다지 걱정하지 않았다. 손에 쥔 검이 별것 아니라고 말해 주고 있었던 것이다.

"훗!"

승후의 웃음에 하지첨이 얼굴이 벌겋게 달아올랐다. 승후가 자신의 창조물들을 또다시 비웃는다고 생각한 것이다.

"저놈을 찢어 죽여라!"

하지첨의 명령이 떨어지기 무섭게 다섯 오행금강동인이 승후를 향해 쇄도했다.

쐐액—

팡—

오행금강동인들이 내지른 권에 공기가 찢어지며 아우성쳤다.

퍼퍼퍼펑!

승후의 장이 오행금강동인의 몸에 격중되었다. 요란한 소리에 비해 잠시 주춤하는 것뿐인 오행금강동인들의 모습에 하지첨의 얼굴이 환해졌고, 반면 승후는 눈살을 찌푸렸다. 하지첨의 창조물들에 대단하다는 생각이 들었기 때문이다. 그 방향이 비뚤어진 것이 문제이긴 하지만.

"크크크……."

하지첨이 괴소를 흘렸다. 오행금강동인들의 승리를 확신한 모양이었다. 순간 승후는 번쩍 뇌문검을 치켜들었다. 언뜻 하지첨과 시선이 부딪친 것 같았다. 그리고 예의 그 청안에서 자신감을 읽었던 것도 같았다.

승후의 뇌문검이 오행금강동인들을 베어갔다.

"뇌황군림!"

번쩍!

콰르릉콰쾅!

마른하늘에 벼락이 쳤다. 그리고 엄청난 굉음과 함께 뇌문검이 벼락을 토했다. 세상이 뒤집힐 것 같은 거센 굉음에 전장에는 일순 침묵이 찾아왔다.

"어, 어떻게……!"

눈앞에 벌어진 광경에 하지첨은 망연자실했다. 금강불괴에 이른 오행금강동인들의 가슴에 어른 주먹만한 구멍이 나 있었던 것이다. 그리고 그 구멍 주위는 시커멓게 타 있었다. 그리고 더욱 충격적인 것은 목이 잘려야 쓰러지는 오행금강동인이 미동도 하지 않고 있다는 것이었다.

"말도 안 돼! 네 이놈!"

충격에 이성을 잃었던 것일까. 아니면 자신의 창조물과 함께 죽음을 택한 것일까. 하지첨은 자신이 무공을 익히지 않았다는 사실도 잊은 채 승후를 향해 달려들었다.

서걱.

데구르르.

하지첨의 머리가 잘리며 바닥을 굴렀다. 하지첨의 두 눈에는 여전히 원망이 가득 차 있었다. 그런 하지첨의 모습을 바라보며 승후는 한숨을 내쉬었다.

"휴… 당신을 살려둘 수는 없었소. 인간을 실험 대상으로 이용하는 당신을 용서할 수 없었기에……."

하지첨의 주검을 뒤로하고 승후는 당장이라도 무너질 것같이 위태한 항마단의 본진을 향해 걸어갔다. 그러나 그런 승후를 막아서는 한 인물이 있었다.

"본좌는 사마귀정(司馬歸正)이라 한다."

군림회의 회주 사귀정이 승후를 가로막으며 말했다.

"사마… 귀정?"

승후의 머리 속에 벼락처럼 스쳐 가는 생각이 있었다.

"사마도운!"

승후의 놀란 외침에 사마귀정이 고개를 끄덕였다.

"역시 숙부님을 알고 있었군."

"패륜을 저지른 조카가 할 말은 아닌 것 같소만."

"하긴, 그렇군."

승후는 사마도운의 불운한 과거를 알고 있었다. 조카의 패륜에 의해 식솔들을 잃어야 했던 불쌍한 사람이 사마도운이었다.

"하… 이놈의 영감들, 도대체 어디까지 부려먹을 심산인지……."

독고황과 사마도운은 승후에게 군림회의 발호를 막아줄 것을 부탁했었다. 하지만 지금과 같은 사마도운의 개인 은원은 말하지 않았었다.

"뭐, 서비스로 해결해 주지."

독고황과는 다른 사마도운의 진중하고 따뜻한 눈빛이 떠올라 승후는 사마도운의 은원을 대신 해결해 주기로 결심했다.

"어쨌든 스스로 앞에 나타나 주어 고맙소."

"그건 내가 할 말이네. 언제 숙부님의 후인이 나타날지 몰라 안심을 할 수가 없었거든. 흐흐흐."

"에휴… 도대체가 악인들은 왜 하나같이 웃음이 그 모양인지. 좀 개성있는 웃음을 웃을 수는 없소!"

승후의 투정 섞인 불만에도 사마귀정은 웃음을 멈추지 않았다. 사마귀정의 징그럽고 섬뜩한 미소에 승후는 눈살을 찌푸렸다. 그리고 막 사마귀정과 승후가 격돌하려 할 때였다.

둥! 둥! 둥!

뿌우웅!

두두두두두!

군의 진군을 알리는 북소리와 뿔 나팔 소리가 들려왔다. 그리고 수많은 기병에 의해 땅이 몸살을 앓는 듯 떨었다.

"황군이다!"

누군가의 외침이었지만, 굳이 그러한 외침이 아니더라도 지금 세석 평원에 정천맹과 군림회 말고 다른 세력이 나타날 일은 없었다. 하지만 황군의 등장은 모두의 예상보다 이틀이나 빨랐다.

"젠장, 사내답게 단 한 번으로 깔끔하게 승부를 가릅시다!"

갑작스런 황군의 등장에 내심 당황했던 사마귀정은 오히려 승후의 지금 제안이 기꺼웠다.

"좋다! 와라!"

황군의 갑작스런 등장으로 우왕좌왕하고 있는 정천맹과 군림회의 인물들과는 달리 승후와 사마귀정은 생사를 가릴 결전을 앞두고 있었다.

"고루혈천강(骷髏血天罡)!"

사마귀정의 두 손에 붉은 수강이 뻗어져 나왔다. 내심 쉽지 않은 상대라 생각하고는 있었지만, 사마귀정의 수강에 승후의 안색이 창백해졌다.

'너를 믿는다!'

승후는 자신의 검이 된 지 얼마 안 된 뇌문검에게 속으로 말했다.

"뇌전만리!"

콰르릉… 콰쾅!

사마귀정의 붉은 수강과 승후의 세상을 둘로 나눌 것 같은 금빛 벼락이 충돌했다.

콰쾅!

엄청난 굉음과 함께 거센 폭풍이 몰아쳤다. 승후와 사마귀정의 주위에 있던 군림회의 무사들은 급히 십여 장이나 물러나야 했다. 그러나 미처 피하지 못한 군림회의 무사들은 폭풍에 휩쓸려 전신이 산산이 찢어지고 말았다.

"크아악!"

"아악!"

너무도 잔인한 광경이었고, 소름 끼치는 비명 소리였다. 황군의 등장에 웅성거리던 정천맹은 물론 군림회마저 승후와 사마귀정의 격돌에 눈을 돌려야 했다.

"……."

수천 명이나 되는 사람들이 모여 있었음에도 누구 하나 말문을 여는 사람이 없었다. 그리고 천천히 폭풍이 잦아들고 승후와 사마귀정의 모습이 드러나자 양측 인물들의 눈과 입은 경악으로 크게 치떠졌다.

"회주님!"

"총표두님!"

사마귀정의 혈수는 승후의 가슴을 관통하고 있었다. 그리고 승후의 검 또한 사마귀정의 가슴을 관통했다. 하지만 승후의 검이 정확히 사마귀정의 심장을 관통한 것과는 달리 사마귀정의 혈수는 승후의 가슴 오른쪽으로 약간 치우쳐 있었다. 간발의 차이로 승후는 생명을 건진 것이다.

"왜……."

사마귀정의 갈라진 목소리가 흘러나왔다.

"당신의 숙부가 이런 결과를 원하는가 보오."

승후의 말에 사마귀정은 눈살을 찌푸렸다. 시커멓게 숯으로 변한 가슴에 아릿한 통증이 밀려왔다. 그리고 사마귀정의 두 눈에서 생기가 급격히 빠져나가기 시작했다.

"집에 갈 시간이군."

털썩.

승후는 사마귀정을 떨쳐 내고 천천히 걸음을 옮겼다. 승후가 걸어가는 방향은 정천맹도, 그렇다고 항마단이 있는 곳도 아니었다. 오늘도 무사히 승후가 돌아오기를 기다리고 있을 아이들과 가족들이 기다리고 있는 남창의 집이었다.

"대형!"

"총표두님!"

비틀거리며 걸어가는 승후를 향해 팽대악과 언천보, 그리고 궁여담을 비롯한 항마단이 다급히 뒤따랐다.

우뚝.

그들의 부름에 승후의 걸음이 멈췄다. 그리고는 천천히 돌아섰다. 승후의 가슴에는 붉은 피가 연신 흐르고 있었다.

"모두들… 집으로 돌아가……."

말을 채 마치기도 전에 승후의 신형이 무너져 내렸다. 이에 크게 놀란 팽대악과 언천보, 그리고 궁여담이 승후를 부축했다.

세 사람의 걱정 가득한 모습이 승후의 눈에 들어왔다. 그런 세 사람에게 승후는 걱정 말라며 웃어주었다. 그러나 세 사람의 눈에 비친 승후의 모습은 고통에 얼굴을 찌푸리는 것으로밖에 보이지 않았다.

뿌우우웅!

조금 더 황군이 가까워져 왔음을 알리는 뿔 나팔 소리가 들렸다. 그러나 승후는 그 소리가 너무도 아련하게 느껴졌다. 희미해지는 의식 끝에 잊고 있던 고통이 밀려왔다.

'망할! 매번 이런 식이지! 결정적인 순간에 꼭 이래…….'

그렇게 승후는 의식을 잃었다.

　대별산 세석평원의 결전 이후 보름이 흘렀다. 그동안 무림은 많은 변화가 있었다. 가장 큰 변화는 마도와 흑도에 속한 인물들과 문파들이 양지로 모습을 드러낸 것이다. 그것은 정천맹과 군림회의 협약에 의한 것이었다.

　세석평원의 결전은 정천맹과 군림회 어느 쪽도 승리하지 않았다.

　그것은 예상 밖으로 황군이라는 큰 변수가 등장한 때문이기도 했지만, 더 이상 서로의 전력이 소모되는 것을 원치 않는 양측의 이해가 서로 부합한 때문이기도 했다. 그리고 세석평원의 결전에서 정파 측의 상당한 전력이 된 표사들의 연합인 항마단의 이탈도 정천맹 측에는 적지 않은 압박으로 작용했다.

　어찌 되었든 정천맹과 군림회는 수백 년의 무림 역사상 처음으로 서로를 인정하고 화의를 결정했다. 비록 속마음까지 그럴 것이라고 생각하는 사람은 그리 많지 않았지만, 어쨌든 예상외의 손실로 무림은 평화를 찾았다. 그동안 무림의 전쟁으로 알게 모르게 피해를 입었던 일반 백성들이 평화를 가장 반겼다.

향후 십 년간 전쟁을 삼가기로 협의했고, 또 서로의 영역을 존중하기로 했다. 그러나 이러한 협의를 얻었다고 해서 완전히 다툼이 없어진 것은 아니었다. 새롭게 모습을 나타낸 흑도의 문파들과 기존의 정파 측 문파들 간 세력 다툼이 끊이지 않았던 것이다. 이에 정천맹과 군림회는 그들을 대리해 분쟁을 종식시키기 위한 바쁜 나날을 보내고 있었다.

이번 정마전쟁으로 가장 많이 사람들의 입에 오르내리는 인물이 있었다. 뇌룡신검 승후. 중원의 모든 표사들의 우상이 된 승후가 그 주인공이었다. 정마전쟁 당시 표사들의 단체인 항마단의 활약이 알려지면서 일반 백성들은 물론 무림인들까지 표사들을 바라보는 눈이 달라졌다. 그리고 승후의 대륙표국에서 시작된 변형삼재진은 거의 모든 표국에서 호국진법으로 사용되기에 이르렀다. 표사들의 처우가 개선된 것은 말할 것도 없고, 표사가 되기 위해 표국을 찾는 무림인들의 수가 급격히 늘었다. 그중에서도 승후의 대륙표국을 찾는 사람들이 가장 많았다. 표사의 처우가 파격적이었을 뿐만 아니라, 무엇보다도 무림을 구한 세석평원의 영웅이었기 때문이다.

전쟁이 끝나고 수많은 사람들이 세석평의 영웅을 보려고 대륙표국을 찾았지만, 승후의 모습은 보이지 않았다. 간혹 숭산과 화산, 무당산, 그리고 동정호에서 승후를 보았다는 소문이 돌기도 했지만, 그것은 어디까지나 소문으로 그쳤다.

이후 은둔한 영웅에 대한 갖가지 소문과 억측이 난무했지만 확인할 방법은 아무것도 없었다.

"아야야……."

아직 앳된 음성의 남자 아이가 고통을 호소했다. 하지만 누구도 사내아이의 편을 드는 사람은 없었다. 남창의 시장에서 붙잡혀 줄곧 끌려가고 있었지만, 사람들은 두 남매를 바라보며 미소를 지을 뿐이었다.

어느새 남창의 명물이 되어버린 최연소 가출 소년과 그 누이를 모르는 사람은 남창에 존재하지 않았다.

올해 여섯 살인 사내아이의 이름은 승평. 남창 제일의 표국 대륙표국의 주인이자 무림에 명성이 자자한 뇌룡신검 승후의 적자였다. 그리고 승평의 귀를 틀어쥐어 끌고 가는 여자아이는 올해 열세 살인 승후의 차녀 이영이었다. 남창의 사내아이들에게는 소마녀(小魔女)라는 악명(?)을 떨치고 있었고 또래의 아이들을 휘어잡은 이영을 두고 사람들은 벌써부터 여장부의 기개(?)를 엿보고 있었다. 하지만 이영은 자신을 향해 소마녀라 부르는 것을 제일 싫어했다.

사흘이 멀다 하고 가출을 감행하는 승평 역시 이영의 괴롭힘 때문이라고 사람들은 생각했다. 그리고 그것은 그렇게 틀린 것도 아니었다.

"남자가 한 대 맞았다고 집 나가고. 아주 잘한다."

"누나가 언제 한 대만 때렸어!"

이영의 말에 승평이 발끈 대들었다. 그러나 이영이 승평을 향해 말아 쥔 주먹을 내밀자 승평은 이내 꼬리를 말았다. 더했다가는 생명(?)이 위태할 수도 있었다.

"평아."

봄날보다도 더욱 따뜻한 음성이 승평을 불렀다. 승평의 얼굴 가득 환한 미소가 떠올랐다.

"큰누나!"

승평이 반색하며 석초혜를 향해 달려갔다. 승평은 자신을 낳아준 어머니보다 석초혜를 더 따랐다. 그것은 아이들의 일은 나 몰라라 하고 일 년에 절반 이상을 여행으로 보내고 있는 승후와 그 부인들의 책임이 컸다. 아직 의지할 상대가 필요한 아이들이기에 부모의 빈자리를 큰누이인 석초혜가 대신 메워주고 있었다.

"언니가 자꾸 어리광을 받아주니까 평아가 더 그러잖아!"

이영이 못마땅한 얼굴로 말했다.

"그래, 평아. 이번에는 왜 또 집을 나간 거야?"

"씨이— 저 마……."

승평이 소마녀라는 말을 꺼내기 무섭게 이영의 두 눈이 하늘로 치솟았다. 그 모습에 승평이 화들짝 놀라며 말을 삼켰다.

"작은누나가 괴롭힌단 말이야."

이영을 향해 소리를 지른 승평이 석초혜의 뒤에 숨었다. 그리고는 이영의 반응을 살폈다.

"그건 평아가 무공을 잘 익힐 수 있도록 도와주는 거란다."

"맨날맨날 때리는데도?"

승평의 물음에 석초혜는 잠시 난감한 표정을 지었다. 그리고 이영을 바라보았다. 이영이 석초혜의 시선을 피했다.

"그래도 집을 나가면 안 돼. 아버지와 어머니들이 아셔봐. 얼마나 마음이 아프시겠니."

"칫— 평아는 내버려 두고 맨날 놀러만 다니는데……."

석초혜는 승평이 집을 나가는 것이 단순히 이영이 가르치는 무공 수련이 힘들어서가 아님을 잘 알고 있었다. 사람들의 관심을 끌고 싶은 것이었다. 아직 승평은 마음껏 어리광을 피울 여섯 살 아이였다.

'아버지도 참……'

석초혜는 승후를 생각하며 한숨을 내쉬었다. 고작 여섯 살짜리 사내아이에게 제 몫을 하라니. 한숨이 나오지 않을 수 없었다. 그러면서도 석초혜를 비롯한 이영에게는 아직까지도 과하다 싶을 정도로 애정을 표현했다. 어린 승평의 눈에 누이들과의 차별이 더욱 확실하게 느껴질 정도였다.

"평아, 오늘은 누나가 맛있는 거 해줄까?"

"맛있는 거?"

승평의 눈이 초롱초롱해졌다.

"그래. 뭐가 먹고 싶니?"

"불고기! 라면!"

"그래."

"야! 신난다. 누나, 누나, 빨리 가!"

석초혜의 승낙이 떨어지기 무섭게 승평이 석초혜를 재촉했다.

"그래. 하지만 앞으로 또 가출하면 안 돼."

"응."

승평을 머리를 쓰다듬은 석초혜가 이영을 불렀다. 이영 역시 잔뜩 기대감 어린 눈으로 다가왔다. 그런 이영을 바라보며 석초혜가 살며시 미소 지었다.

"아버지와 어머니들은 지금쯤 어디에 계실까?"

"뭐, 장백산 어디에 계시겠지."

석초혜의 말에 이영이 못마땅한 투로 말했다. 승평과 같이 못마땅함이 가득한 이영의 머리를 쓰다듬으며 달랬다.

"그래도 돌아오실 때마다 선물을 사 오시지 않니."

"칫― 그깟 선물……."

이영은 선물보다 가족과 함께하는 것이 더 좋았다. 그리고 그것은 승평이나 석초혜 또한 다르지 않았다.

"누나! 누나!"

저 멀리 앞서 가던 승평이 석초혜와 이영이 쫓아오지 않자 누이들을 부르고 있었다.

"작은누나 마녀야, 빨리 와!"

"저놈이!"

승평의 말에 쌍심지를 켠 이영이 승평을 뒤쫓았다. 승평이 앞서 도망갔지만 이내 이영에게 붙잡히고 말았다.

"아얏, 아퍼! 마녀야!"

"내가 마녀란 말 하지 말랬지!"

　석초혜는 이영과 승평의 다툼을 바라보며 고소를 지었다. 매번 다투지만 서로를 생각하는 마음이 깊은 사이좋은 남매임을 모르지 않기 때문이다.

　'우리 큰딸, 동생들 잘 보살펴야 한다.'

　여행을 떠나기 전 승후의 말이 떠올랐다.

　'걱정 말아요, 아빠.'

　이영과 승평을 향해 신형을 날린 석초혜가 승후가 남기고 간 말에 뒤늦게 대답을 하며, 또다시 동생의 귀를 잡아끌고 있는 이영을 향해 신형을 날렸다.

『총표두』 終